明
室
Lucida

照亮阅读的人

闪亮的
Ring of Bright Water
水环

［英］加文·麦克斯韦尔 著
陈新宇 译

北京联合出版公司
Beijing United Publishing Co.,Ltd.

献给托莫尔的约翰·唐纳德和玛丽·麦克劳德

戒指

——凯瑟琳·雷恩

他以一枚戒指娶我,一枚闪亮的水环
它的涟漪自海洋之心荡漾而来,
他以一枚光环娶我,潋滟碎金
播撒于急流之上。
他以太阳的光晕娶我
耀眼炫目难以直视,镌刻于夏日长空。
他以白云之冠为我加冕
那萦绕于雪山之巅的白云,
以环绕世界的风将我缠绕
将我缚在旋风的中心。
他以月亮的轨迹娶我,
以无垠的星环,
以丈量年年月月日日夜夜的时间之轨娶我,
令潮涨潮落
命风起风息。

在指环的中央

精灵，或天使搅动一池宁静

自然之外的因由

指尖轻触，在某时某刻召唤出

星与行星、生命与光

或令云雾聚拢于寒冷之巅，

那至圣的爱之触碰，唤出我的世界。

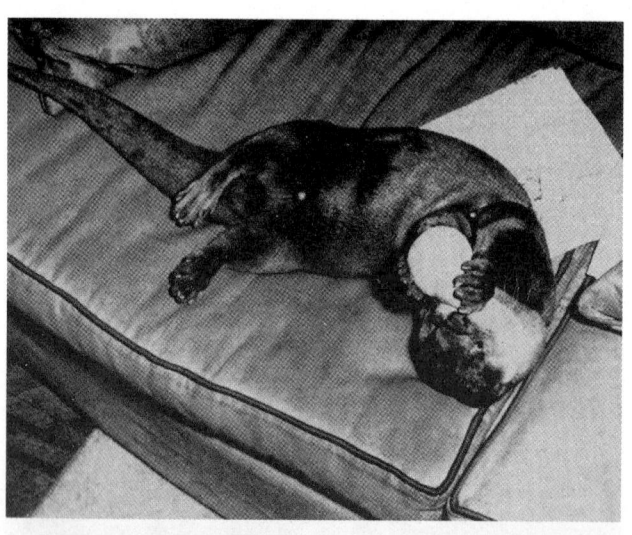
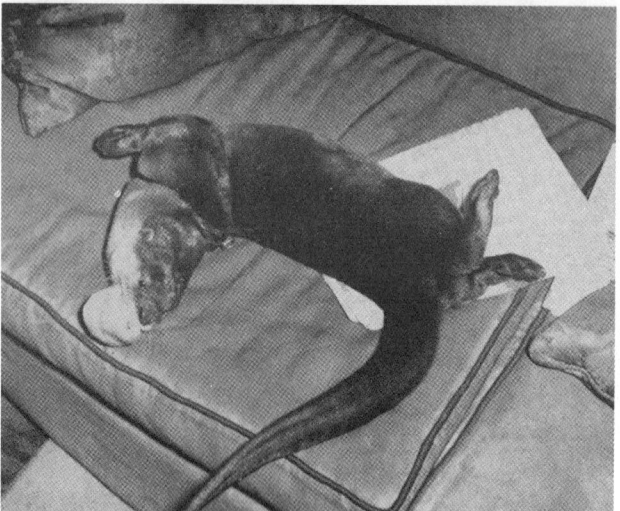

麦克斯韦尔水獭

目 录

前言　　　　　　　　　　　　　　　　　　　i

第一部分　桤木湾　　　　　　　　　　　　001
第二部分　与水獭们共同生活　　　　　　　093

附录一　动物译名对照表　　　　　　　　　245
附录二　植物译名对照表　　　　　　　　　251
附录三　地名译名对照表　　　　　　　　　253

加文·麦克斯韦尔其人其事（代译后记）　　257

前言

这本书写的是我的家，但我并没有写出这所房子的真正名字。我并不是为了制造神秘感（事实上，好奇的人很容易就能打探出我住在哪里），而是因为在印刷品上标明它的名字从某种意义上说是一种牺牲，是对它的偏远和与世隔绝的一种背叛，仿佛这样做会将它的敌人，如工业化和城市生活带到这个地方来。我用小溪边生长的桤树为它命名，"卡姆斯费尔纳"[1]，意即桤木湾。这名字并无深刻含义，因为在西高地和赫布里底群岛的荒凉海湖中，这样的海湾和房屋随处可见，这些房屋空空荡荡，早已废弃不用，描述其中一处，读者或许便能从中看到他自己喜爱的某地的影子。这是一种象征，对我和许多人来说，这些地方象征着自由——摆脱人口稠密的社区和亲密人际关系的束缚，冲破办公室的四堵围墙和工

---

1 原文为盖尔语 Camusfeàrna，camus 意为"湾"或"海湾"，feàrna 意为"桤树"或"桤树林"。——如无特殊说明，本书注释均为译者注

作时间的樊笼形成的不甚复杂的桎梏，或者哪怕仅仅是挣脱成年生活的羁绊，躲入被遗忘的童年世界——个体或整个人类种族的童年世界中去。因为我深信，人类在与土地和世界上其他生物分离的过程中饱受痛苦，他们的智力发展已超出了身为动物的需求，为了内心的安宁，人类仍须长久地凝视一片他未曾涉足的原始土地。

因此，此书讲述的是我在苏格兰西北海岸一座孤寂小屋里的生活，讲述了与我共同生活的动物，以及在岩石和海洋景观中我唯一的近邻。

加文·麦克斯韦尔
一九五九年十一月二十四日于卡姆斯费尔纳

第一部分

桤木湾

1

　　我坐在镶着硬松木墙板的厨房兼起居室里，一只水獭仰面躺在沙发靠垫上睡着了，前爪举在空中，一副小婴儿紧闭双眼的睡觉神态。壁炉架下面的石板上刻着"*Non fatuum huc persecutus ignem*"（我追寻的不是幻觉中的火焰）。门外就是大海，相距不过一箭之遥，海浪轻轻拍打着海滩。四周是雾霭缭绕的群山。一小群灰雁从窗前掠过，停落在小片绿草地上。除了灰雁轻柔、满足的咕哝声以及海浪和瀑布的声响之外，四周绝对寂静。这个地方成为我的家已经十余年了，无论今后我的生活怎样变化，无论今后我将去到哪里，这儿都是我的精神家园，至死不变。回到这里，不一定有人类同胞的欢迎，也不敢期待舒适和安逸，回到这里就是回到了一种长久的熟悉之中，在这里，每一块长满地衣的岩石、每一棵花楸树都是那么熟悉，那么令人安心。

　　我从未想过自己会再回西高地生活。我早些时候曾在赫布里底群岛待过一段时间，回想起来那似乎只是插曲，而它的结束却是毫无妥协的终章。回去的念头仿佛是被抛弃的恋人向他再也没有权利要求什么的冷漠情人哀求复合。当时我觉得，我追寻的确实是一个虚无缥缈的愿望，因为我还没有明白，幸福既不能靠努力来获得，也不能靠努力来维持。

回首我年少轻狂的青春期末期，我不无厌恶地想到，彼时的我曾是凯尔特外缘[1]的热忱一员，痴迷于格子呢和暮光[2]。这种情愫并不是民族主义观点的副产品，我的渴求也不可能通过朝那个方向发展而得到满足，因为那时我是个彻头彻尾的势利小人，在我看来民族主义[3]运动本质上是底层运动。此外，这个运动的支持者大多是一些年轻人，他们在西高地的存在与我一样备受争议，我并不怎么想与这种人为伍。看到那些来自工业城市、穿着格子呢的徒步旅行者那种更健康、更活力四射的模样，我心中涌起的厌恶之情，简直堪比康普顿·麦肯齐笔下那位本尼维斯山的麦克唐纳[4]。某些偏远高地

---

1 Celtic fringe，主要包括爱尔兰、苏格兰高地、威尔士和康沃尔。这些地区语言、文化、宗教上与英格兰有别，长期以来是凯尔特文化的保留地，常被英国中心主义边缘化。

2 Tartan and twilight，典型的凯尔特文化意象。自1893年叶芝出版散文集《凯尔特的暮光》(Celtic Twilight) 后，凯尔特的暮光逐渐成为一种风格的代名词，常用来描述爱尔兰文艺复兴（Irish Literary Revival）。

3 主要指19世纪末到20世纪30年代，在爱尔兰、英格兰和威尔士逐渐升温的本土民族主义，主张语言文化复兴甚至政治自治或独立。

4 康普顿·麦肯齐（Compton Mackenzie, 1883—1972），英国作家。麦克唐纳是麦肯齐1954年创作的喜剧小说《本尼维斯向东进》(Ben Nevis Goes East) 中的人物。

的族长——他们的胡须几乎和世系传承一样长,对他们,我并不像对侥幸存活的恐龙那样感到敬畏,而是像老爷车爱好者对二十世纪二十年代的宾利车那样怀着热情与崇拜。在我早年的生活中,我深信祖辈们建立起来的既定秩序正当合理,从不曾有过丝毫质疑之心。在我看来,西高地是由鹿林和世袭族长组成的,羊群、徒步旅行者和林业委员会都是当地贵族浪漫生活中令人遗憾的插足者。

我并不因自己出身于低地家族,在同一个地方生活了五百多年而感到羞愧,我在那里出生并在那里长大,我是一个地道的加洛韦苏格兰人。但这当然也是一个障碍,同样成为障碍的还有我不会高地舞蹈,不会说盖尔语。学习盖尔语就等于承认我以前不懂盖尔语,这在我看来是不可思议的。不过,我确实学会了用风笛演奏一些曲子,可是吹得很糟。我有一个会说盖尔语的保姆;我从小就穿苏格兰短裙——虽然是牧羊人格子图案的;还有最重要的一点,也可能是导致我走上这条路的主要原因:我的外祖母是阿盖尔公爵[1]麦卡勒姆·莫尔的女儿。每逢长假,我都会离开牛津,在法恩湖对面的因弗雷里城堡和斯特拉赫度过假期时光。已故公爵统治下的因弗雷里是凯尔特人和其他文化的"暮光"殿堂,可其氛围几乎无法治愈我的"疾病"。斯特拉赫和因弗雷里的忧

---

1 阿盖尔公爵(Duke of Argyll),苏格兰世袭贵族,在苏格兰历史上有很高的地位和影响力,同时也领导着全球逾300万坎贝尔人。麦卡勒姆·莫尔(MacCallum Mor)是该家族的一个传统称号,源于苏格兰盖尔语,通常指家族的首领或重要成员。

郁之美反因我初恋时的煎熬而变得更为复杂；在我本该为文学教育打下基础的时候，我却完全沉浸在尼尔·门罗[1]和莫里斯·沃尔什[2]的作品之中。这些基本源于我与生俱来的忧郁浪漫的天性，而西高地险峻的山峦和海湾（loch）显然为这种天性提供了一个特别的家园和统一的氛围。

我在牛津大学求学期间，加入了学校里的一个奇特的地主乡绅小团体，大家极力表现出对城市生活的不屑，穿着打扮与大学生活格格不入。比如，我们总是穿着粗花呢狩猎外套，脚上踏一双鞋底钉有铆钉的笨重狩猎靴，靴子因涂着防水油而毫无光泽。西班牙猎犬或拉布拉多猎犬紧跟在我们身后，亦步亦趋。我们中间有些是英格兰人，但大多数是苏格兰人，或是父母有租用苏格兰高地狩猎场地习惯的人。我毫不怀疑这种崇拜与我自己的崇拜类似，我记得秋季开学时，这个团体成员的宿舍里挂满了假期里猎杀的雄鹿头。事实上，我们中的大多数人都是生活优渥的徒步旅行者，我们也是贵族和教育不再同义的一个鲜明例证。

在那些日子里，我对高地的向往就像一场没有结果的恋情一样备受煎熬，因为无论我杀死多少头雄鹿或住进过多少座封建城堡，我仍缺乏一种基本的参与感。我离高地太远了，还不如一个只种过一个土豆或一块一块垒石头的英格兰移民。

---

[1] 尼尔·门罗（Neil Munro，1863—1930），苏格兰记者、报纸编辑、作家和文学评论家。
[2] 莫里斯·沃尔什（Maurice Walsh，1879—1964），20世纪30年代爱尔兰最畅销的作家之一，因其短篇小说《安静的人》（*The Quiet Man*）而闻名于世。

往往是那些梦想着拥有荡气回肠的激情的人最终会找到爱情，可是爱情往往会让他们饱尝痛苦，变得更加悲伤，我亦如此。当我终于凭借自身的努力和对土地的所有权来到西高地后，它们却让我屈服，让我败兴而归、几乎破产。但在那五年的挣扎中，我所渴慕的那种虚假已经褪去，取而代之的是一个更为真实的苏格兰，虽然没有格子花纹的装饰，但它的美丽却毫不逊色。

战争刚刚结束，我便买下索厄岛。这是一片约四千英亩[1]、相对低洼的"黑土地"，蜷缩于斯凯岛库林山脉光秃秃的尖峰和冰蚀岩礁之下，距离铁路有十七英里[2]的海路。这个小岛人口稀少，居民们颇有不满情绪。我想为他们创建一个新产业，捕捞夏季出现在赫布里底水域的大姥鲨，加工提炼姥鲨鱼油。我建造了一座工厂，购买了船只，配备了鱼叉枪，自己也成了一名鱼叉枪手。在那片曾经对我来说充满朦胧和虚幻浪漫的土地上，我工作了五年，最后我失败了。当这一切结束时，从某种程度上说，我与高地——或者说我与自己和解了，也许在我自己看来，我已经赢得了在这片土地上生活的资格。

索厄岛的事业结束后，岛屿和船只被出售，工厂遭拆除，居民也被遣散，我前往伦敦，试图靠画肖像为生。有一年秋天，我和一位在牛津认识的朋友住在一起，他在西高地置有一座庄园。一个周日早餐后闲聊时，他对我说：

1　英亩是英美制面积单位，1英亩约为0.4公顷。
2　英里是英美制长度单位，1英里约为1.61千米。

"既然你失去了索厄岛,你还想在西海岸找个落脚之处吗?如果不嫌小木屋寒碜的话,我那里倒是有一幢空着,就在海边,不通公路,离哪儿都有几英里远,它叫卡姆斯费尔纳。那里有一些小岛,还有一座自动灯塔,已经很久没人住了,我现在也不可能让我庄园上的人住到那儿去。如果你愿意维护它,欢迎你去住。"

我就是这样在十年前偶然地拿到了我家的钥匙,而在整个西高地和群岛中,我没有见过任何一个地方像这里,方寸之间拥有如此浓郁多变的美。

这条路的前四十多英里都是仅容一辆车通行的窄道,顺着大约三十度的坡度上到高处,道路向南延伸至卡姆斯费尔纳内陆一英里左右,高出卡姆斯费尔纳约四百英尺[1]。道路上正好位于这幢房子上方的地方,有一幢孤零零的小木屋,名为德鲁姆菲亚克拉赫[2],那是我的朋友和最近的邻居麦金农家。从德鲁姆菲亚克拉赫向内陆,小山陡峭耸立,形成连绵起伏的群山,直至三千多英尺高的主峰,一年中大部分时间群山都被或厚或薄的积雪覆盖。朝西望去,路的另一侧,斯凯岛耸立在三英里宽的海湾对面,而南面更远处,拉姆岛荒凉的堡垒和卧狮般的埃格岛挡住了海平面。由于卡姆斯费尔纳的地势陡然下降,站在上方的路上,既看不到那幢房子,也看不到周围的岛屿和灯塔。那个"天堂中的天堂"对于偶尔路

---

1 英尺是英美制长度单位,1 英尺约为 0.3 米。
2 原文为盖尔语 Druimfiaclach, druim 意为"山脊"或"山脉", fiaclach 源自 fiacla, 意为"牙齿"或"有牙的",反映出山脉的形状或特征。

过的人来说仍然是个未知的秘密。过了德鲁姆菲亚克拉赫，这条路看上去有点意气消沉，仿佛已经意识到与海面齐平的六英里之外就是它的尽头，在那儿被上方可怕的高山乱石和下方黑暗的海湾深渊夹在中间。

德鲁姆菲亚克拉赫是荒山和泥炭沼泽中的一小片绿洲，距离最近的路边民居也有四英里远。它是一块绿洲，亦是一处巢穴。从房子的窗户向西望去，赫布里底群岛尽收眼底，群峰后提尔[1]紫色的绚丽落霞慢慢淡去。太阳落山后，星光璀璨时，礁石和岛屿上的许多灯塔在海浪间忽明忽暗。冬季，阵阵西风扫过来，德鲁姆菲亚克拉赫小木屋的墙壁瑟瑟发抖，波纹铁皮屋顶上绑着沉重的石头，以防它像这里其他屋顶一样被大风刮走。狂风怒吼着从大西洋上冲来，冰雹咆哮着砸在窗户和铁皮屋顶上，简直是人间地狱，但房子屹立不倒，麦金农一家依然住在里面，就像他们世世代代生活在附近的祖先一样。

如今回想起来，曾经有一段时间我居然不认识麦金农一家，真是奇怪，而更奇怪的是，我第一次来卡姆斯费尔纳居住时，从他们家门前经过，距离不过一百码[2]远，我还把车停在路边，可是当时既没有和他们打招呼，也没有意识到后来会建立起如今这种长期的依赖关系。我记得看到几个小孩在门口呆呆地望着我，但我已想不起第一次见他们父母时的情

---

1 提尔（Tyre），位于今天黎巴嫩的南部沿海地区，曾是历史上著名的地中海贸易中心，以其珍贵的紫色染料而闻名。
2 码是英美制长度单位，1码约为0.91米。

形了。

我把车停靠在溪边的羊圈旁,这是一个用于浸洗羊群的干石围场。从公路到卡姆斯费尔纳通常走的是一条界限不明的步道,由于地形不熟,我沿着溪流往下走。小溪的源头远在山里,靠近主峰峰顶,溪流在几乎平缓的山壁上刻出一道裂缝。在最初的一千英尺中,它时而流淌,时而坠落,穿行于乱石堆和五彩斑斓的地衣之间,溪水即使在夏天也像雪水一样冰冷。山顶上,除了鹰、鹿和雷鸟之外,小溪似乎是唯一会动的东西。在山上,它被称为"蓝溪",但在岩石裸露的山脚,当它流经一个芦苇丛生的小湖,进入宽阔的冰川峡谷后,人们又以其目的地的名字——Allt na Feàrna,即"桤木溪"——称呼它。峡谷中,清澈如黄玉的溪水在低矮的橡树、桦树和桤木树之间奔腾,水声潺潺。树脚下,一层厚厚的绿色苔藓上点缀着猩红、深紫、明黄的鲜艳毒蕈。夏天,成群闪着金属光泽的蓝蜻蜓在林间空地盘旋飞舞。

约四英里后,小溪从德鲁姆菲亚克拉赫处的道路下穿过,离我停车的羊圈只有一箭之遥。我第一次来卡姆斯费尔纳生活时,正值早春时节,小溪两岸的草地上开满了一簇簇茂密的报春花和紫罗兰,尽管山顶上的积雪还很厚,峡湾对面,斯凯岛的低山丘陵上却只披着一层宛如蕾丝的薄雪。空气清新凛冽,从东到西,从北到南,清冷湛蓝的天空上没有一丝云彩。蓝天下,依然光秃秃的桦树枝条在阳光中泛着紫色,而深色纹理的树干却白得如远处的积雪。阳光照耀的山坡上,正在吃草的高地牛群构成了一幅风景画的前景，而这幅风景画的鲜艳色彩在兰瑟[1]的调色板上是找不到的。肩上的背包上下晃荡，叮当作响，我朝新家走去。

我一点也不孤单，在我面前小跑着的是我的忠实伙伴强尼——一只巨大的黑白两色史宾格猎犬。它的父亲和祖父曾陪我度过青少年的大部分时间，那时的我非常喜欢体育运动。我们从小就被培养去打猎，而这样就会形成一种奇怪的矛盾：最喜欢动物的人往往在成长的某一阶段会变得极为嗜血。在一直到大学的读书时光里，打猎占据了我大部分的时间和思想。许多人对狗有特殊的感情，因为它陪伴他们度过了人生中的不同阶段，我对强尼也是如此。它和它的先辈见证了我的童年、成年，以及战争岁月，尽管从那以后，我没有太多空闲时间，对打猎的兴趣也不大了，强尼平静地适应了它的新角色。我记得在捕鲨的那几年里，渔船在波浪中颠簸，它在敞开的船舱里摆好姿势，毫无怨言地任我把它变成枕头。

此刻，强尼撅着胖胖的白屁股在我面前的帚石楠和蕨草丛中跑跳着，就像今后的无数个夜晚，我将跟随它隐约可见的、宛如航标的苍白色身影穿过黑暗，从德鲁姆菲亚克拉赫到卡姆斯费尔纳。

此时，小溪渐渐变窄，在陡峭的溪边人已无法立足，溪水在岩壁间向大海急剧倾斜，我听到下方瀑布的轰鸣声。我

---

1 埃德温·亨利·兰瑟（Edwin Henry Landseer, 1802—1873），英国画家和雕塑家，以画动物而闻名。

爬出峡谷，发现自己站在一片覆满帚石楠和红蕨的悬崖上，俯瞰着大海和卡姆斯费尔纳。

展现在眼前的海陆风景如此美丽，让我一时无法完全消受。我的目光四处游移，从房屋看向岛屿，从白色的沙滩转到环绕农舍的平坦绿色草场，从飞舞的海鸥到平滑的海面，再到远处斯凯岛上白雪覆顶的库林山脉。

就在我的脚下，长满帚石楠的陡峭山坡和覆盖着赭色山草的大山直落而下，直至成为一片宽阔的绿色田野——几乎像一个孤立的岛屿，因为小溪从其右侧绕过，向大海蜿蜒流去，有如一个闪闪发光的马蹄。小溪在这里汇入大海，海滩构成了这片开阔地带的整个前沿，并在靠近我这边的地方延伸成一个由岩石和沙砾组成的海湾。在海湾边缘，卡姆斯费尔纳的房子矗立在青草丛中，它距大海和小溪都不过一箭之遥。房子四周没有围栏，黑脸羊群正在草丛中吃草。除了正对房子的一小片区域之外，这儿的地势从海边缓缓向上倾斜，一道沙丘将其与大海分隔开来，丘脊上满是浅色的滨草和一簇簇海草。房子周围的矮草丛里兔子窜来奔去，沙丘那边，两只海豹的黑脑袋像两颗子弹头在潮水中时隐时现。

越过绿色草地和溪流冲刷出的宽阔砾石滩，就是那些岛屿了。近处的每座岛屿不过几英亩大小，崎岖多石，偶尔有几棵矮小的花楸树，枯死的蕨类植物被太阳晒得通红。这些岛屿形成了一条长约半英里的链条，最后一个岛屿面积最大，与其他几个岛屿的面积总和相当，它朝向海洋的那边有一座灯塔塔楼。这一串岛屿中散布着小块的沙滩，沙滩上沙子白得耀眼。群岛之外的大海闪闪发光，有如琉璃，再远处是高耸入云的斯凯岛，紫褐色的远山间缠绕着白雪织就的线条和涡旋。

即使从远处看，卡姆斯费尔纳的房子也呈现出一种久已闲置才有的奇怪面貌。这种感觉难以言喻，房屋也看不出明显疏于管理的迹象，它的屋顶上只少了几块瓦片，窗户也完好无损，但房子却带有一种神秘的表情，某种程度上有点儿像初孕少女的神态。

当我沿着陡峭的山坡继续往下走时，另外两座建筑出现在我的视线中，紧贴在山坡的裙摆下。一座是牛棚，正对着卡姆斯费尔纳，位于绿草地之上；另一座是年代更久的无窗农舍，紧挨着海边，离海浪如此之近，我不禁好奇这幢房子是如何幸存下来的。后来我得知这里最后的居民是被一场大风暴赶出去的，海水涌进房屋，他们不得不通过一扇后窗逃生。

山脚下，小溪在两行桤树之间平静地流淌，我身后的岩石峡谷里，不见瀑布踪影，水声却响彻云霄。我走上一座有石墩的坚固木桥，片刻之后，我第一次在卡姆斯费尔纳的大门上转动了钥匙。

2

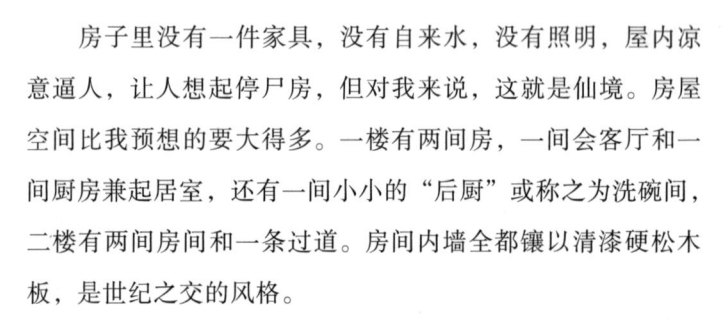

  房子里没有一件家具,没有自来水,没有照明,屋内凉意逼人,让人想起停尸房,但对我来说,这就是仙境。房屋空间比我预想的要大得多。一楼有两间房,一间会客厅和一间厨房兼起居室,还有一间小小的"后厨"或称之为洗碗间,二楼有两间房间和一条过道。房间内墙全都镶以清漆硬松木板,是世纪之交的风格。

  我的背包里带了一两天的生活必需品——被褥卷、装有少量燃料的普里莫斯炉(便携式汽化煤油炉)、蜡烛和一些罐头食品,供在这里探查情况之用。我知道,找些可以坐的东西不成问题,因为我在这一带海岸线五年的捕鲨生涯告诉我,每个朝西的海滩上都布满了鱼箱。鱼箱堆砌成的座椅和桌子就是卡姆斯费尔纳早期的主要家具,即使是现在,尽管房子已经很舒适了,它们仍然是许多家具的基础,经过修饰和塞进填充物之后,很难看出它们的本来面貌。

在卡姆斯费尔纳的十年隐居生活让我明白一件事：只要等得够久，几乎所有想象得到的生活用品迟早会出现在房子周围一英里内的海滩上。现在，我对海滩探险仍保持着当年的那份痴迷和期盼。一阵西风或西南风过后，几乎什么都能找到。鱼箱——大多印有马莱格、巴基或洛西茅斯公司的名字，但有时也有来自法国或斯堪的纳维亚的鱼箱——太常见了，数都数不过来，不过人们还是会收集鱼箱，更多是出于习惯而非需要。此外，还有鱼篓、敞口双柄柳条篓、木柴篓和废纸篓。完好无损的木盆非常罕见，我在这里的几年内只找到过三个；看到英格兰一家鸡尾酒吧的老板异想天开把木盆当凳子用，我不禁哑然失笑，我可是没有办法才这样做的。

我们大多数人身上都拥有鲁滨孙或瑞士"鲁滨孙一家人"[1]的那种潜能，也许是源自我们童年玩过的搭建房子游戏。自从十年前来到卡姆斯费尔纳后，我发现自己总是在寻找每一件奇怪的漂浮物或水上垃圾，并考虑它可能派上什么用场。作为一个经验丰富的海滩拾荒者，我惊讶地发现，在所有的漂浮物中，最常见的一种是橡胶热水袋。漫长的褐色海藻带里有跳动着的沙蚤，也有古怪的鞋子、空的靴油罐、滑石粉罐、用来给龙虾网和渔网作浮标的圆形软木塞，还有到处可见的羊和鹿的头骨，与它们相比，热水袋力压群雄，成为最有用的东西。完好无损的热水袋数量多得惊人，如今它们已经在

---

[1] Swiss Family Robinson，是瑞士小说家约翰·达维德·维斯（Johann David Wyss）于1812年出版的小说《瑞士鲁滨孙一家人》中的人物，小说讲述了一家人荒岛求生的故事。

卡姆斯费尔纳库存过剩,而从损坏的热水袋上则可以剪出有用且功能强大的桌垫。

不过,刚开始时并没有需要保护的桌子。我在卡姆斯费尔纳才住了几天就清楚地意识到,我起码得运进一小车必备的家具。这可不是一件容易的事,因为这儿没有通公路,而且我距离能寄送家具的最近村庄也有大约十五英里的海路。(由于有许多像挪威峡湾那样的长海湾深入西海岸,如果从陆路去那个村庄,则有一百二十英里的距离。)最终,我驱车前往一百英里外的洛柴洛特客栈。在我捕鲨的那几年里,我跟这家旅馆的老板乌伊拉梅娜·麦克雷已经混得非常熟了。乌伊拉梅娜是刘易斯岛人,出身卑微,但非常美丽,在无声电影早期,曾到好莱坞当过演员,还曾是柯南·道尔灵性主义实验的灵媒。她有个叔叔在美国当教授,教过她逻辑,显然并不太成功。她有许多高层朋友。战争期间,她即将从中年迈入老年,与修理她家门外道路的承包商有过一段短暂婚史。结婚不过几个月,他就被征召入伍并在战争中丧生,乌伊拉梅娜恢复了她的娘家姓氏,再也没有提起过这一段不匹配的婚姻。我觉得她是我见过的最热情、最有人情味、最讨人喜欢,也许也是最霸道的人。她毫不掩饰自己的缺点,身为客栈老板,她不按常理出牌,反复无常。客栈午餐的价格从两先令到一英镑,完全取决于她的心情(如果她不想做饭或不喜欢客人的长相,有时根本就没有午餐);酒吧会因为存货卖光、她又忘记采购而关闭几天甚至几周,加油泵也是如此。比起关心陌生游客,她更关心一大群动物的福祉,从鹦鹉(我现在还能听到那两只鹦鹉疯狂地尖叫着说"哈喽"的声音）到鹅再到设德兰矮种马。（她告诉我，有一次她把鸡饲料端给一些美国游客，告诉他们那是粥，结果他们吃完了还要添。）她个性洒脱、活力四射、讨人喜欢，几年前她去世后，许多人的心里都空落落的，怅然若失。她身后留下了巨额债务，但能让杂货店老板赊账三千英镑，也许这正是她人格魅力的一种体现吧。

乌伊拉梅娜卖给我的一些家具着实令人咋舌，供我在卡姆斯费尔纳使用：两个五斗橱——它们的那些抽屉只有在最小心的呵哄之下才能开合，两张餐桌、一张床、三把硬邦邦的餐椅，还有一块毛都磨光了的布鲁塞尔地毯。我不敢去想，这堆破烂先靠铁路，然后又靠租来的汽艇在海上漂流了十五英里，最终花掉了我多少钱。它们是最后一批进入卡姆斯费尔纳的家具，其余的家具都是后来慢慢添的，有的是在海滩上捡到的，有的是曾在这里暂住的聪明朋友们自己做的。只有能够被运送到山下的家具我才会考虑添加，而这类家具中，可以用鱼箱改装而成的物品数量惊人。例如，厨房的半面墙现在被一个很大的沙发占据着，其实，它看起来是个沙发，实际上全是鱼箱，在上面铺了一层泡沫橡胶板，罩上灯芯绒沙发套，再摆上一些沙发靠垫。旁边是一个又高又长的方形物体，上面搭着一块布料，这块布料曾经是我主要的猎鲨船"海豹号"上的船舱座套；掀开这块遗留物，你就会看到一个摆满鞋子的鞋架——整个结构是由五个侧面被敲掉的鱼箱组成的。在我的卧室里，这回用了岸边捡来的装橙子的木箱，采用同样的方法把它们搭建成我的衣橱，用于存放我的衬衫和毛衣，衣橱门用的是非常时尚的装饰布料，上面的图案是波提切利的《春》，看起来非常体面。真应该更广泛地开发鱼箱家具艺术，与某些广告宣传的当代家具品牌一样，它有一个独特的优势，就是你可以无限地添加单元。

在我住进这座房子的第二或第三年，有一次我说："我们现在只缺一样东西——一个洗衣篮。"几周后，海滩上就出现了一个洗衣篮，一个硕大雅致的洗衣篮，完好无损。

我第一天下午走进这座冰冷空旷的房子时，每个房间都像风化后的骨头一样空落落的，不知是因为这些房间的家具在我身边逐年增多，还是因为我对卡姆斯费尔纳及其周围一切的深深热爱，现在对我而言，这是最令人放松的房子，而客人们也觉得他们一到这里，立刻就舒适自在起来。即使是在家具这件小事上，也让人始终充满期待，就好像一个老旧家具收藏家，随时都可能在某个早晨发现一件稀有而贵重的家具躺在自家门前的街道上，等着他去拾取一样。

在漫长的潮汐线上，在海藻和浮木之间，散落着许多零碎杂物，其中蕴含着很多悲情故事：被火熏黑的小船的横梁；被海浪打碎的儿童玩具；手工雕刻的木制蛋杯上精心刻制的名字"约翰"；一堆早已被渡鸦和冠小嘴乌鸦啄食得干干净净、散落一地的小狗骸骨，项圈上的铭牌已经无法辨认。最令我心酸的是第一年的某个清晨我捡到的东西，那时我一直想找一块切面包的砧板，心里想着一个桶盖就很理想，如果我能找到一个完整的桶盖就更好了。结果我真的很快就找到了。

我把它拿在手里，翻转过来，读着上面的字母ISSF（索厄岛鲨鱼渔业）——这是我在索厄岛的那五年里，大海给予我的唯一回报。

有些漂浮物完全是谜一样的存在，让人不禁对它们产生无限遐想。一根十英尺长的竹竿，上面系着三面蓝色的小旗，旗上写着"Shell"和"BP"[1]这几个字，用仔细打的水手结和大量绝缘胶带固定在一起，自从第一次被发现，它就一直在激发着我的想象力。这是拉斯卡水手[2]制作的祈祷旗吗？一个求救信号，令人心碎地没能起到什么作用，是在大海中漂流了数小时，四周鲨鱼游弋的小舢板里做成的？还是在离陆地千里之外，被大西洋巨浪高高抛起到浪尖上的小船中做成的？我没有找到令人满意的答案。两根扫帚杆，用一根女式塑料雨衣的腰带牢牢地绑成了十字架的形状；一块帆布碎片，上面用蓝色颜料写着"尚未"；一顶毡呢质地的小礼帽，小得似乎是为一只小猴子做的——围绕着这些东西和其他许多物品，我们可以编织出无数的神秘故事。

然而，想象力并不仅仅依靠这些人造物品来唤起激动、悲怆或者记忆中的辉煌。一个人长时间独处时，视野会变得更加广阔。在潮水冲积而成的垃圾堆中，那些小骨头和干枯皱缩的翅膀——微小生命的遗迹，浮现出的影像因不受肉眼的限制而更加鲜活。三月的一个白色清晨，麦鸡从一具羽毛

---

1 二者均为石油公司品牌。
2 Lascar，来自印度次大陆、东南亚、阿拉伯、英属索马里兰或好望角以东其他地区的水手或民兵，从16世纪到20世纪中叶受雇于欧洲船只。

斑驳、肮脏瘦弱的干尸上振翅而起；一团腐烂的海草，一脚踩上去，会乱窜出一团团嗡嗡作响的苍蝇，其间干枯的鱼鳍鱼鳞静止不动，执着地封存了潮水里穿梭于摆动的海藻间、闪闪发光的鱼群姿态；十月的月光下，被跳跃的沙蚤那狂热的抛物线轨迹所掩盖的残折鹿角，在裸露的、怪石嶙峋的山谷里复原并再度跃动。

海浪冲到卡姆斯费尔纳岸上的东西，相对而言并不算多，因为这幢房子坐落在一个朝南的海湾里，而海岸线却向西，再说，从这里通往灯塔的一连串岛屿也为卡姆斯费尔纳提供了一些遮挡。向北和向南的海岸上大部分是岩石，但是长长的鹅卵石海滩上这里或那里偶尔会有些开阔空旷之处，常年的西风将海上垃圾冲到这些地方，堆积起来。这是一条凶险的海岸线，礁石林立，险象环生。卡姆斯费尔纳有雪白的沙滩、修剪整齐的绿草地和低矮的白色灯塔，两侧黑暗崎岖的海岸线更为它增添了迷人的气质。

这一带的海岸上悬崖峭壁林立，密布的洞穴幽深而宽敞，洞口大多高出潮汐水位，因为几个世纪以来，海水已经退去，悬崖峭壁之间裸露着从前海滩上的碎石。直到最近，许多这种洞穴里仍有流动小贩居住，人数众多。由于商店距离遥远，又几乎没有任何通信方式，这些小贩很受当地人欢迎。他们除了卖东西，还带来遥远村庄和其他地区的消息，他们发挥着地方报纸的作用，荒凉寂寞之地的居民翘首期盼他们的到来。

其中一人把家和他的据点设在卡姆斯费尔纳附近的一个洞穴里，谁能想到这人曾经是一名骑师。他的真名叫安德鲁·泰特,但他是一名逃兵,自己改名为乔·威尔逊。他曾经的居所"乔的洞穴"至今在地图上仍有标注,不过,愤怒的人们放火烧毁了他的洞穴屋顶并将他驱逐出海岸,已经是多年前的事了。

起初,乔很受欢迎,因为他是个讨人喜欢的家伙。他和他的洞穴情人珍妮从未举行过婚礼仪式,但如果有人要朝他们扔石头的话,洞穴或许比玻璃屋更安全。之所以偶尔有小石子被扔过来,似乎主要因为他曾当过逃兵。珍妮不是荡妇,乔也不是贫民窟制造者,他们的穴居生活整洁有序,吃饭用的餐桌是鱼箱拼成的,餐桌上铺着洁白的桌布,吃的是鱼、甲壳类动物和各种可食用的贝类。他们在洞穴前面筑起围墙,还修了一条通往海边的台阶,即使是现在,他们停船的小道上仍然没有大块的石头。

只有一件事破坏了他们的滨海田园生活——珍妮和乔都太喜欢喝酒了。珍妮沉迷其中,不过她是两人中比较理智的那个,管着钱袋。她喝酒有一定的量,只花一定的钱,再多就没有了。每次两人喝醉后都会吵嘴,乔喝醉后,会为要钱买酒而揍她。

一天晚上,他们按老习惯划船四英里来到村里的酒馆,和另一个叫约翰·麦奎恩的小贩一道喝酒。麦奎恩有点傻,被人们叫作"鹈鹕",会拉小提琴。他们在酒馆里一起逗留到深夜,在琴声中吵架、喝酒。

后来到底发生了什么至今无人知晓,但是他们的伊甸园就此终结,珍妮和乔的洞穴生活从此宣告结束。乔第二天早上回到村子里,一遍又一遍地宣称珍妮"被杀了,淹死了,被杀了,淹死了"。他们的船被冲到了南边十英里处,船里有半舱水,还有珍妮的尸体。她裙子上的口袋被扯掉了,身上也没有钱。警察从最近的小镇赶来,尽管当地人对乔和"鹈鹕"十分愤怒,但珍妮的死亡细节仍然不清楚,他们俩并没有受到谋杀指控。很明显,珍妮在淹死前已被打昏。站在乔一边的人说,珍妮是挨打后自己掉进海里淹死的;也有人说,乔和"鹈鹕"在喝醉后的愤怒中把珍妮打得失去知觉,再灌了半船水,然后放任珍妮漂流溺死。

无论真相如何,附近的人——如果可以这么说的话,因为乔没有邻居——认为他们中间住着一个怪物。他们来到乔的洞穴,在里面放了一把大火,还点燃了洞穴上方山坡上的帚石楠丛。热浪劈开了岩石,洞穴外围坍塌了,乔成了无家可归的流浪者。如今,他已死去多年,不过,在被大火熏黑的岩石下面,还有他与珍妮一起生活时的小物件——发霉的鞋子、一些金属碎片、曾属于一个水壶的锈迹斑斑的铁制花纹网状物。头顶上,在曾经是他洞穴居所的檐口处,原鸽已经筑巢安家,它们的羽毛飘落在被毁坏的壁炉上。

我住在卡姆斯费尔纳时,传统的流动小贩已经很少见了,取而代之的是印度人,他们往往热情得过了头,时不时开着装满廉价商品的小货车向路边的居民兜售。当地居民不习惯这种高压式的上门推销,视之为无礼冒犯。并非所有的小贩都讨人喜欢,哪怕最无害的小贩也被人提防,受到怀疑。我只认识乔的流浪部族中的一个人，他现在已经去世了——一生钟情于饮用甲基化酒精，这使他很快走进了教堂墓地。我第一次见到他时，他大概六十出头。当时他告诉我，他钟爱这种烈酒，它的危害被夸大了，因为他已经喝了四十年，直到最近他的视力才开始受损。不过，他也坦言，这个嗜好颇不方便，因为整个西高地的大多数五金杂货店都收到警告，不要卖这种酒给他，他不得不绞尽脑汁来保持他的酒窖库存。对他而言，在偏远地区通电之前去世也许是件好事，因为到那时，正如我亲身经历的那样，几乎到处都买不到甲基化酒精了。

那些穴居的流动小贩并非卡姆斯费尔纳海岸线上的唯一居民，因为早在十九世纪初高地清洗[1]之前（西高地和赫布里底群岛大部分地区的祖辈们对清洗的残酷和不公仍记忆犹新），离卡姆斯费尔纳房屋现在的位置不远，曾有一个约两百人的繁荣社区。其中一个家族的后代现在生活在加利福尼亚，他们的祖先被赶出家园后就定居在那里，他们的故事是我在当地遇到的为数不多的"阴阳眼"[2]故事之一。

卡姆斯费尔纳旧定居点的孩子们每天早上要步行五英里去村里的学校上学，晚上再走五英里回家。冬天，每个孩子都得为学校生火做贡献，天亮前他们背着一筐泥炭出发，长

---

1 又称盖尔人驱逐，18世纪中叶至19世纪中叶，苏格兰高地和群岛上驱逐了大量佃农。

2 second sight，直译为第二视力，在苏格兰当地文化中，特指预知未来或其他形式的超感知能力。

途跋涉去上学。有天晚上，这家人留宿了一个上了年纪的流动小贩，当他看着这家人中的两个男孩清早准备背上他们的泥炭筐时，他转身对孩子们的父母说："他们会越过茫茫绿海，可是茫茫绿海也会淹没他们。"这家人祖祖辈辈靠海谋生，两个孩子长大后也投身大海，一个当了船长，另一个当了大副，但两人都在海上遇难淹死了。

旧村庄破败的废墟散布在海湾周围和沿岸，现已长满荆棘，人们都离开了，商贩们也离开了，卡姆斯费尔纳的房子孤零零地立在那里。

虽然关于"阴阳眼"的故事相对较少，而且通常一提起来都发生在过去几代之前的人身上，但是我们应该认识到，这与当前人们对这种能力的相信程度，以及相信自己仍然拥有这种能力的人数没有任何关系。与一般人的看法完全相反，一个拥有或相信自己拥有这种神秘能力的人，往往对此讳莫如深，甚至感到恐惧，除了最亲密的朋友之外，会对其他人隐瞒这种能力。这倒并不是因为他害怕别人嘲笑或怀疑他，担心他的邻居会说"看，这人在胡说吧"，而是因为他们害怕证明自己具有这种超能力，因为一般人与拥有或声称自己拥有这种能力的人在一起会感到不自在。于是，这些深信自己拥有所谓的超感知能力的人也害怕看到自己的阴阳眼所展现的东西，他们宁愿与普通人交换命运。只有当他们确信自己的天赋将用来行善时，他们才会自愿地发挥能力。在我的印象中，整个西高地和赫布里底群岛，几乎所有人，包括博闻广识的人,都对"阴阳眼"的存在深信不疑,而为数不多的几个嘲笑者对自己所不具有的这种能力也仅在口头上表示怀疑。一些争议较少的传说口口相传,保存了下来。在人们识字较晚的那些地区,这些故事在口头流传中几乎没有变化,因此没有理由认为"阴阳眼"的故事受到过刻意歪曲。

我在卡姆斯费尔纳的近邻卡勒姆·默多·麦金农,来自斯凯岛——我很快就会讲到他的——他给我讲了一个他祖先的故事。故事非常简单,很难让人觉得是凭空编造的。在他曾祖父还活着时,有一个男孩在村前的海湾里捕鱼时溺水身亡。孩子的母亲心急如焚,只求能打捞起儿子的尸体,并按基督教的方式安葬。大约有六艘装有铁钩的船在他失踪的地方来回巡游了一整天,可一无所获。全村人自然都在谈论这个话题,傍晚时分,卡勒姆·默多的曾祖父得知了此事。当时他已年过八旬,体弱多病,双目失明。最后他说:"如果他们明早带我去能俯瞰海湾的那座小山上,我能告诉他们孩子的尸首在哪里。他们只需准备一艘船。"搜索人员听从了他的话。第二天早上,他的孙子把他抬到山丘顶上,孙子还带来了一条花格子披风,用来发信号。半个多小时过去了,小船在他们脚下的海湾里来来回回地划着,抓钩也已准备就绪,但老人却坐在那里,双手抱头,一声不吭。突然,他大声喊道:"举起披风!"[1] 他的孙子照办,抓钩沉了下去,带着那个溺水男孩的尸体浮出水面。

---

1 原文为盖尔语 Tog an tonnagl!

当一个人不在赫布里底群岛时，更容易持怀疑态度，当他的视野未被同伴说的常识澄清——或模糊——时，也更容易如此。

有关卡姆斯费尔纳早期居民的传说流传下来的很少。考虑到这个地区很可能已经存在了数千年之久，传说数量如此之少令人相当吃惊。最早的故事大概可以追溯到中世纪，其中一个讲的是出生在海湾、野性难驯的海上抢劫者，他袭扰南部海岸，特别是马尔岛，那里有许多秘密港口和隐蔽的抛锚地。他驾驶一艘盖伦帆船，一侧涂成黑色，另一侧涂成白色——据说这样做大概是为了让人们难以描述其外观，此外，黑白二色给人以海盗船的印象，能打击对方士气。无论策略如何，他似乎成功了。据说他后来回到了卡姆斯费尔纳，最后自然老死。

在不列颠群岛上，躺下睡觉时，想到方圆一英里半之内无人居住，而三倍于这个距离的范围内除了一户人家，再无人烟，那种感觉真是很奇怪。事实上，很少有人能体验到这种感觉，因为地球表面人口泛滥，凡是可以居住的地方总有人居住。要在这种荒无人烟的地方搭起临时帐篷并不困难，但找到一个被四面坚固墙壁围住且能够称之为家的地方却非常困难。这让人平添一份孤立之感，与陌生人置身于城市中的孤独感截然相反，因为城市中的孤独源自接近他人，以及与他人之间的隔阂，源于意识到自己在人群中是孤独的，每一寸墙壁都带来伤害，每一个无法沟通的陌生人都像竖起了隔离带。可是,在荒无人烟的地方独处,会让人陡然振奋不已,就好像突然卸下了某种压力,对周围环境有了强烈的意识,感官更加敏锐,对周围丰富热闹的非人类生命有了直接的认知。我第一次体验到这种感觉是在我非常年轻的时候,那时我独自行走在北极圈以北三百英里的苔原上。更为奇异的是,那儿的夜晚跟正午一样明亮,只有睡眠这种个人的生理需求将黑夜与白昼区分开来。说来近乎荒谬,虽然外部环境截然相反,我在一九四〇年的猛烈空袭中也产生了同样或类似的感觉,仿佛生活中无关紧要的东西都被剥离了,比如对金钱的担忧,比如渺小的自我野心,留下让我面对的只有终极本质。

在卡姆斯费尔纳的第一个晚上,我躺在空荡荡的厨房里睡觉,听到屋后沙丘上兔子窝里兔子脚步的扑通声、因温暖的天气而提前从冬眠中醒来的蝙蝠发出的微弱"吱吱"声,以及等待潮汐转变的蛎鹬不安的鸣叫声。这些都是中等距离的声音,与瀑布的咆哮声形成鲜明对比。在风平浪静的日子里,瀑布那低沉的轰鸣声成了其他所有声音的背景音。

那天晚上,我把头枕在强尼毛茸茸的肚子上睡了过去,就像多年前在敞开的船舱里一样。

清晨,我下到小溪边去取水,我第一眼看到的是五头雄鹿,它们警觉但毫不紧张地从爬满报春花的农舍院墙外凝视着我。其中两头鹿的鹿角都脱落了,因为那时四月的第一周行将结束。另外两头鹿各脱落了一只角。但第五头雄鹿仍然双角齐全,且它们又宽又长又结实,一侧的角有七个叉,另一侧有六个——它高贵的头颅是我在那些嗜血年月中从未见过的。几年过去，我慢慢认识了这些雄鹿，因为它们每年冬天都会从卡姆斯费尔纳小溪下游经过，莫拉格·麦金农经常在德鲁姆菲亚克拉赫喂养它们——有点偷偷摸摸地，因为它们在森林围栏之外，在羊群的地盘上。她称那头鹿角有十三个叉的雄鹿为"君王"，虽然它似乎从未在秋天发情，但我敢肯定它至少有一只后代，因为去年的一个夜晚，在黑暗中，我的车灯照亮了一头被吓得半死的雄鹿，它试图跳过新林场围栏的水泥柱，下到卡姆斯费尔纳去。那鹿角虽然至多只能算是王室成员级别的，但形状与"君王"鹿角宽阔的弧度丝毫不差。我差点就杀了它，因为我以为它是那天从猎人小屋出发的狩猎队伍打伤，又追丢了的一头雄鹿。尽管它晕头转向，但是在我从枪盒里取出步枪之前，它就踉踉跄跄跑出了车灯的光束之外。

我怀念那些曾在冬天靠近房子过冬的雄鹿。现在，卡姆斯费尔纳和德鲁姆菲亚克拉赫之间的山坡上种满了小树苗，鹿群被迫退到了森林围栏的后面，因此，除了偶有闯入者之外，湾区一英里的范围内再也看不到它们的踪迹。我刚到卡姆斯费尔纳的第一个冬天，一觉醒来望向窗外，就能看到不远处的天边勾勒着一排鹿角，在某种意义上，它们与溪边软沙上野猫的大脚印、渡鸦刺耳的聒叫，以及房子下方海湾里圆滑闪亮的海豹头一样，对我很重要。这些动物都是我的邻居。

来到卡姆斯费尔纳的英格兰客人通常会被这里荒凉壮观

的景象，以及春日淡蓝与金色交织的绚烂清晨震撼到说不出话来，也对我周围种类繁多的野生动物赞不绝口。例如，许多英格兰人完全不知道野猫是西高地常见的动物，一提及野猫，他们就认为这是家猫变野了，而没有想到那是每隔一年便会在我家门口两百码内筑窝的、棕色的、像猞猁一样的野生猫科动物。它们和家猫的关系就像狼和小猎犬的关系。它们在我们粗野的祖先最早来到悬崖下的洞穴居住之前早已生活在这里了，而且据说它们是无法被驯服的。当我第一次来这里时，这座房屋所在的庄园早已对野猫发动了长期的战争，四英里外，猎人小屋的鹿肉储藏室旁的一棵树上挂着它们的带状尾巴，像一大捧荚蒾花序一样。现在，庄园已经从普通农业转向林业，由于野猫是田鼠的最大天敌，而田鼠却是新栽树木的最大破坏者，野猫因此受到保护。在这种良性机制下，野猫的数量有了惊人的增长。公猫有时会与家养母猫交配，可是其后代很少能存活下来，原因要么是公猫会在小猫出生后立即返回并杀死它们，从而消除它"偷腥"的证据，要么是许多人认为野猫难以驯服，不信任它们身上的"污点"——小猫身上的野性基因还是占主导地位，表现为猞猁般的外观、比家猫多出的爪子和野性本能。那些少数逃脱毁灭的混血猫通常会回到山上，过着它们雄性祖先的洞穴生活。洛柴洛特的一位老河道看守人，出于某种我现在已不记得的原因，被人称为"提佩雷里"[1]。他告诉我，一天晚上，他被外面的吵闹

---

[1] Tipperary，爱尔兰地名，因歌曲"It's a Long Way to Tipperary"而闻名，"一战"期间，这首歌在士兵中非常流行。

声惊醒，拿着手电筒走到门口，在手电筒的光束下，看到自己的一只黑白母猫正在和一只巨大的公野猫激烈地交配。之后，他迫不及待地想看到小猫的出生。生产的时候快到了，母猫在牛棚里安下家来。那一整天，他都在等待第一只小猫的出生，到天黑时，母猫仍未分娩。凌晨时分，他听到门外传来可怜的喵喵声，打开门一看，发现他的母猫嘴里叼着一只受伤而垂死的小猫。在门外黑暗处，他听到了公野猫凶狠的撕咬和咆哮声，他用手电筒照向牛栏，看到那只野兽正在撕咬另一只小猫，绿眼睛里闪烁着余烬般的光芒，瓶刷般的大尾巴一闪而过，手电筒照亮的路径里满是被残杀的可怜新生小猫。那只幸存下来的小猫——它的妈妈想把它叼到屋里来避难——不过几分钟后也死了。

野猫体形巨大，比最大的家猫还要大上两倍不止。今年有一只野猫，在房子附近留下了史诗级别的巨大粪便，其大小足以让阿尔萨斯狼犬的粪便看起来像是便秘了。白天很少能见到这些动物，因为它们只存在于黑暗和星光下。有一次，我用捕兔夹意外捉到一只野猫，这是一只尾巴上足有十个环纹的大公猫。在卡姆斯费尔纳的第一年，我曾两次看到小野猫在晨曦中嬉戏，在农舍围墙外的报春花丛中和新芽初绽的桦树间玩耍。它们看起来漂亮极了，软乎乎、毛茸茸、近乎温驯，没有一丝每年都会夺去大量羊羔和马鹿幼崽的生命的凶悍气息。在人类灭绝兔子之前，兔子是粗长腿的山狐和这些低地野猫的主食，每天早上我都能在洞口的沙地上看到深深的爪印。现在没有兔子了，只有羊羔仍按季节到来。有时，黄昏时分还见过的一只健壮羔羊，到黎明时就只剩下累累白骨，以及像手术中用过的、沾满血迹的棉签一样的绒毛。然后，渡鸦从海边的悬崖上飞来，还有冠小嘴乌鸦，这些无处不在的灰色食腐动物都来了。夜幕降临时，除了白色的骨架和一团柔软、脏兮兮的绒毛（看起来比手帕大不了多少），那在母亲子宫里缓慢孕育了几个月的生命就什么也没留下了。

在哺乳动物中，除了野猫，最让南方客人们感到惊讶的就是海豹了。整个夏季，海豹几乎总是出现在人们的视线里，由于在卡姆斯费尔纳没人骚扰它们，它们变得非常温驯。夕阳西下时，它们会跟着小艇穿过波光粼粼的平静水域，头浮出水面，离船越来越近，最后与小艇只保持一艘船的距离。只有节奏变化会让它们感到害怕，我们必须稳稳地划船前进，摆出一副只顾自己而不理会它们的样子。棕色海豹的头骨又大又圆，有着狗一般的短鼻头。它们随处可见，在小艇沿岸划行的一个小时内，我数了数，大约有一百多头。除了这些本地繁殖的海豹外，大西洋海豹从五月起就在这些岛屿附近逗留，直到初秋，它们才会返回零星而分散的繁殖岩石。夏天出现在卡姆斯费尔纳的大西洋海豹可能是在卡纳岛以西的岩石上繁殖的，那里是距离我最近的海豹繁殖地了。海豹们从不成群结队地离开繁殖地。在夏季漫长宁静的日子里，海面平滑如丝绸，太阳火辣辣地照着露在潮水之上、苔藓覆盖的岩石，海豹们三三两两地在卡姆斯费尔纳群岛上闲逛。它们通常是公海豹，大量捕食岩鱼，为繁殖季节积蓄能量，以便秋天时可以与成群的雌海豹尽情地交配。因为在发情期，公海豹可能连续数周不进食。初次见到北大西洋海豹的人会觉得它们体形庞大，一头大公海豹长约九英尺，重近半吨，是非常壮观的野兽。但是对我来说，它们缺乏棕色小海豹的魅力——小海豹行为可能不那么高贵，但好奇心强，像狗一样。有一次，我在阿里塞格海角附近的岩石上捡到一头棕色的海豹宝宝，它出生不过才一两天，一身柔软的白色幼毛——通常这种毛在子宫里就会脱落，它看起来像是专为取悦孩子而设计的玩具。它身体暖和，圆滚滚的，不仅不怕人，还扭来扭去，对我极其亲昵。我有些不舍地把它放下，不过它也没那么容易离开，当我走开时，它摇摇摆摆跟在我身后。这样走了几分钟后，我想甩开它，便躲在石头后面，但它以惊人的敏捷一下子找到了我。最后，我慌忙爬上船，迅速划离，但刚划出二十码，它又出现在我身边，用口鼻碰着船桨。我急得不知拿这只意外发现的弃婴如何是好，而它疯狂的妈妈此刻已经在二十码之外鼻息如雷了。突然，它回应了母亲的呼唤，它俩一起离开了。毫无疑问，小海豹要接受刻骨铭心的教训了。

　　马鹿幼崽在生命的最初几天里也对人类没有天然的恐惧感。六月间，当你偶然发现一头皮毛颜色斑驳而身体光滑的小鹿躺在长长的绿色蕨类植物丛中，如果你想顺利离开，千万不要去摸它。以前我还不太懂这些，我经常抚摸它们，到我想走的时候，它们就会玩起比海豹宝宝更疯狂的捉迷藏游戏，而心烦意乱的母鹿则徒劳地跺脚吼叫。不过，虽然小鹿在最初未受教导的日子里没有表现出对人类的本能恐惧，但它们打一出生就害怕它们的天敌——老鹰、野猫和狐狸。我曾见过一头母鹿为了保护小鹿不受老鹰的伤害，每当老鹰双翅上举，呼啸着俯冲下来时，它都会耳朵后竖，立起身体，拼命挥舞前蹄。如果母鹿能击中目标的话，老鹰的肠子都会被打出来，不过它未能碰到老鹰的身体，尽管如此，老鹰还是警惕起来，最后朝着山谷深处扬长飞去，阳光下，它的羽毛闪耀着白色的光芒。

六月，山地狐狸的主食是无助的马鹿幼崽，四五月间，则是小羊羔。现在野兔已经消失了，雪兔也非常稀少，山地狐狸一年中其余时间靠什么为生，对我来说仍是个谜。它们可能比我们想象的吃得更少，老鼠肯定是它们的主要食物。几年前，我曾在产羔期后与一名狩猎者一起去猎山狐。狐狸的巢穴在大约两千英尺高的山上，黎明时分，太阳还没有升起，我们便出发了。山顶上仍然白雪皑皑，山峦在苹果绿色的天空下轮廓分明，天上飘着几缕微弱的猩红流霞。山地狐狸洞穴其实就是一堆花岗岩石块，位于雪线之下，在山腰裂缝之间。当我们到达时，太阳已经升起，金色的光芒洒满高高的山顶。猎犬们冲进山洞，我们在母狐冲出来企图逃跑时射杀了它，猎狗们杀死并叼出五只小狐狸，但是公狐却踪迹全无。我们在山下几百码处的泥炭坑里发现了它的脚印，它下坡时并没有飞奔，而是安静地一路小跑，因此我们断定它在我们到达之前的一段时间就已经离开了洞穴，可能完全没有察觉到有什么不对劲。我们找了个掩体坐下，等它回来。

我们等了一整天。从海上吹来的春风轻拂着脸庞，岛屿就在脚下不远处铺开,我们可以看到环网渔船驶出去,开始捕捞夏季的第一批鲱鱼。整整一天,山上没有什么动静。有一次,一群初生小鹿从我们右侧山谷的边缘走过,还有一次,一只老鹰从我们近旁飞过,当它搜寻的目光发现我们时,它一个急转弯飞走了,振翅时羽翼间发出刺耳的气流声。傍晚时分,天渐渐凉了,太阳落到了外赫布里底群岛上,雪影也变成深蓝色,我们琢磨着干脆走掉算了,于是开始收拾东西。这时我注意到我们脚下的泥炭坑里有动静。那只公狐正一路小跑着向山上的洞穴而来,它毫无戒备,嘴里还叼着什么东西。步枪在五十码外将它击毙,我们下山去看它叼的是什么。原来是一窝粉红色的、刚出生的小老鼠——这就是它为母狐和五只幼崽打猎一整天后带回家的全部收获。

这儿生活着如此多的食肉动物,空中有鹰、鹫、隼、渡鸦、冠小嘴乌鸦,地面上有野猫、狐狸、獾和松貂,却没有什么可供它们捕食的猎物。乍一看,这简直是卡姆斯费尔纳周围地区的谜团之一。毫无疑问,在淡季,没有年幼动物可供捕食时,数量惊人的各类动物得花费大量时间从事我的业余爱好——海滩拾荒。在潮汐带周围松软的沙地上,我不断遇到野猫、獾和狐狸的脚印。有时,它们会找到沾满油污的海鸟;有时,它们会发现一只羊的尸体——羊是从绿色悬崖上掉下来的,在整个西高地的悬崖峭壁上到处都有这种充满诱惑且致命的陷阱;有时,它们会找到一头雄鹿的尸体——这头雄鹿从三月的积雪中蹒跚而下,寻找唯一的食物海藻,或是想悄悄接近正在黑暗中等待潮水转换的蛎鹬和杓鹬。不管它们能找到什么，这些长着獠牙的动物总是在夜间来到海边。有时候，也许它们找到的东西并不多，因为我在野猫和狐狸的粪便中都看到了未消化的沙蚤。

渡鸦和冠小嘴乌鸦虽然会啄食弱小的活羔羊或小鹿的眼睛，但实际上它们基本以食腐为生。在夏末和隆冬时节，冠小嘴乌鸦大部分时间都在海岸边活动，它们把贻贝拎到房屋那么高，然后松开，让贻贝摔到岩石上砸开后再食用。但一年中大部分时候，它们总是能在其他地方找到食物。冬末，大地尚未被春天的气息唤醒，年老的雄鹿虚弱不堪，没能熬过去，死在雪堆里，灰色的食腐动物在尸体上吵嚷争夺。不久，乍暖还寒时，母鹿停下吃草，转过头来烦躁地啃咬着自己脊背上的皮毛，冠小嘴乌鸦则围着它们飞来飞去，啄食钻出鹿皮掉到地面的肥胖肤蝇幼虫。到了产羔季节，它们就在地上四处搜寻羊胎盘之类的东西，从那时起，这里就有了比它们小的各种鸟蛋和雏鸟可供食用。

关于我的人类邻居——麦金农一家，我到目前还很少提及。人们称呼麦金农时，总是同时称呼他的两个教名——卡勒姆·默多，因为这个地区有太多名叫卡勒姆·麦金农的人，只用卡勒姆一个名字会引起混淆。默多这个名字同样如此，有那么多的默多，单独使用这个名字无效。还有太多的默多·卡勒姆——其实这才是他名字真正的顺序，但为了将自己与其他同名的人区分开来，他不得不颠倒它们。这种做法在家族体系里颇为常见，在西高地的许多地方——冠以氏族名号的家族仍然栖居于他们的古老领地上——他们的名号仍被普遍使用。有时他被人称为"路边的卡勒姆"（同样地，我在其他地方认识了"灵车约翰""货车邓肯""射手罗纳德"和"哑巴罗纳德·唐纳德"——最后那个"哑巴"绝不是对此人的嘲笑侮辱，因为他真是个哑巴）。但是，对于一个除了我之外其他最近的邻居都在四英里之外的人来说，这种严格的区分法真是太奇怪了。

我第一次来到卡姆斯费尔纳见到卡勒姆·默多时，他是个瘦小结实的中年人，已经当了很长时间的修路工人，负责德鲁姆菲亚克拉赫两侧几英里长的那条窄路。人们可能以为，他生活在这种与世隔绝的高地上，除了日常生活琐事外，和他几乎没有什么话题可聊。比如，人们不会指望他能够引述《英诗金库》[1]中的大部分篇章，读过大部分经典著作，对国内外政治有丰富而精辟的见解，也绝不会想到他是《新政治家》的订户，然而这些却是事实。我害怕卡勒姆·默多发现他受过更高教育的新邻居，却在许多方面还不如他知识丰富，看问题还不如他透彻，我害怕这会让他大失所望。他向我讲了许多引人入胜的逸闻趣事，每次都会用同一句话结尾："现在，少校，像您这样受过良好教育的人肯定已经听够了一个老工人的胡扯。"在此后的十多年里，他让我受益匪浅。

1　*The Golden Treasury of English Songs and Lyrics*，最初由英国诗人弗朗西斯·特纳·帕尔格雷夫（Francis Turner Palgrave）于1861年选编出版，收录了英国16世纪至19世纪上半叶的名家诗作。其后，其他人又在原作基础上，续编了1861年后至20世纪初的英国经典诗歌。

卡勒姆·默多的妻子莫拉格，一位美丽的女性，优雅坚毅，幽默为她平添了几许柔和。我立刻在她身上找到了我们的共同之处，那就是对动物的热爱。人们经常读到或听到圣方济各和圣卡斯伯特[1]的精神传人的故事，他们与飞禽走兽有着直接而亲密的交流，不会让野生动物产生丝毫恐惧——但在遇到莫拉格之前，我从未亲眼见过这种人，我对他们的存在甚至有些怀疑。我觉得，我自己在与动物相处中取得的一点点成功完全归功于我的耐心、经验和设身处地为动物着想的刻意努力，但是莫拉格根本不需要这些。她坦言，动物比人类更招人喜欢、更可爱，而动物们也对她回以信任和尊重，就好像她是它们中的一员——这是我们大多数人无法从自己的同类那里获得的归属感。我深信，她和动物之间存在着一种默契，这种默契是大部分人类即使通过长期坚持不懈的努力也仍然无法获得的。也许，在某些个案里，她与动物之间的这种明显默契不难找到更合理的解释，但正是这些个例的数量，以及动物对她的行为全都偏离了它们对待人类的既定模式，使我相信这里面有一些现有理论无法解释的东西。

一个例子就足以说明问题。麦金农家对面是一片芦苇丛生的小湖，长约一百码，宽约五十码。每年冬天，野天鹅、大天鹅们被北极的恶劣天气驱赶至此，通常会逗留数日，有时甚至好几个星期。莫拉格很喜欢这些天鹅，她每天都会在自家绿色的门前问候它们几次，这样天鹅们熟悉了她的声音，

---

1 圣方济各（St. Francis），动物和自然环境的守护圣人；圣卡斯伯特（St. Cuthbert），中世纪英格兰北部最重要的圣人之一。

当莫拉格来时，它们不会像其他人出现在路上时那样躲到湖的另一边去。一天晚上，她听到它们躁动不安的叫唤声，那清晰的、号角般的声音被风吹得凌乱。第二天早上她打开门，发现湖边有些不对劲。那对身为父母的成年天鹅正待在湖边，焦急地围着一只似乎被困在芦苇丛边的小天鹅转来转去，虽然野天鹅优雅而庄重，但此刻它们有些失态，显得十分焦虑。莫拉格往湖边走，像往常一样边走边呼唤它们。小天鹅在水里挣扎，扇动着翅膀，可怜巴巴地拍打水面，但它仍紧紧地陷在泥炭质的土里。两只成年天鹅没有在莫拉格面前退缩躲避，而是继续待在小天鹅身边呼唤着。莫拉格开始蹚水朝小天鹅走去。湖底又软又黑，她走到湖水深及大腿处时，才发现自己够不着小天鹅。这时，小天鹅突然转向她，挣扎着向她靠近，停止了拍打翅膀，静静地待着。莫拉格在水里摸索着，她的手碰到了一根铁丝，她拉动铁丝，最后摸到夹在小天鹅腿上的一个生锈钢夹。这是为了诱捕狐狸设置的陷阱，而且用一根长铁丝加固，以便狐狸更快地溺水而亡。莫拉格把小天鹅从水里捞出来，让它安静地躺在她的怀里。她轻轻地打开钢夹，这时那两只大天鹅也游了过来，一左一右停在她身旁——就像她说的那样，温驯得像两只家鸭。当她把小天鹅毫发无损地放到水里，开始原路返回时，它们并没有游开。

在那之后，天鹅们还在那里逗留了一周甚至更久，现在它们不再等待她的问候了，而是会主动向她打招呼。每次她打开家门，它们银铃般甜美的声音就会从路对面的小湖里传过来。如果叶芝也拥有莫拉格那样的奇特能力，他的"九又五十只天鹅"[1]或许不会突然飞走，当然也就没有他的那首诗了。

莫拉格并非因为没有子女才转而喜爱动物，她有三个儿子。我刚来卡姆斯费尔纳时，长子拉克伦已经十三岁了，他还有两个十一岁的孪生弟弟，尤安和唐纳德。这对双胞胎热心、健谈、乐于助人，虽然不是事事都能帮上忙，但总是很热心。最初的几个星期后，他们一家人就成了我的朋友。傍晚放学后，他们会把我的信件顺道从德鲁姆菲亚克拉赫送过来，周末时还会帮我做些家务活。他们用雪新粉（Snowcem）涂料帮我粉刷房子的外墙，或者说，把他们矮小的身量和一架破梯子所能够得着的范围尽力粉刷了。白色雪新粉很重，他们用纸袋装着从德鲁姆菲亚克拉赫运来。有一天，我建议他们用我的背包装运，这样会更容易些。他们非常高兴地接受了我的建议。第二天再来时，整个背包装满了散装雪新粉，满满一包，不仅背包的主袋里，还有制造商专门设计的、用于放牙刷和烟草等个人物品的每一个带拉链的小口袋里也装满了。那是九年前的事了，现在这两个孩子已经长大成人，离家闯世界去了，但天气潮湿的时候，我的背包的接缝处仍会渗出肉眼可见的白色糊状物。

渐渐地，麦金农一家成了我的生命依托，成了我与那个

---

[1] 语出叶芝诗作《柯尔庄园的野天鹅》("The Wild Swans at Coole")，这句诗的原文是"Are nine and fifty swans"。

充满商店和邮局、电报和怒气的遥远世界的唯一联系，而我本来希望能完全摆脱这一切。在任何时候，要给一幢没有通公路的房子供应食物都不容易，何况当最近一个至少有一家商店的村庄距离公路有三十到四十英里的路程时，情况就变得更加困难了。邮件从购物村的铁路站出发，通过复杂的海路、陆路运输，每天一次抵达德鲁姆菲亚克拉赫，再从这里出发，用汽艇把它们运到离德鲁姆菲亚克拉赫五英里的一个小村庄，再靠汽车把邮件分发到附近零散的居民家中——原先是一辆庞大的老亨伯汽车，现在换成了路虎。因此，如果我翻山越岭到德鲁姆菲亚克拉赫去取邮件，我每天至少能收到一封信（不过有时路况太差，邮船无法下水，而且在西高地，由于工作人员疏忽或性急，偶尔把整个邮包送到斯凯岛的情况也不是没有），但我只能在第二天晚上把回信留在德鲁姆菲亚克拉赫，第三天早上由路虎来取。因此，如果我在星期二晚上收到一封信，寄信人要到星期五才能收到我的回信。但如果我去德鲁姆菲亚克拉赫取报纸的话，晚上到手的报纸则是当日出版的。由于周围山脉的高度，任何收音机都只能发出隐隐约约的声音。如果将耳朵贴在收音机上，你可能会捕捉到诱人的零星新闻片段，往往是关于战争和战争传闻，或是同样不受欢迎、叨扰人的摇滚乐。这些微弱的声音比绝对寂静更能突显卡姆斯费尔纳的遗世独立，像老鼠的"吱吱"声一般，提醒着我遥远的人类有多疯狂。

在实际操作中，信件的交换往往需要整整一周的时间，这种情况带来的挫折感使得我那些没有耐心的朋友大量使用电报。而电报除了由晚间运送邮件的路虎车送到德鲁姆菲亚克拉赫外,唯一的投递方式是邮差从邮局艰难地骑五英里的自行车到德鲁姆菲亚克拉赫,然后再步行一英里半的山路——往返一趟就是十英里的骑行和三英里的步行。村里的邮差是一个为人正直、极端尽责的人。我在卡姆斯费尔纳收到的第一封电报是在一个酷热的夏日,山峦中暑气蒸腾,被苍蝇叮咬的牛群站在没膝的海水中,大海也静止不动。邮差筋疲力尽地站在我门前,手拿一封电报,上面写着"生日快乐"。大山在阵痛中分娩,结果生出一只老鼠。[1] 之后,我费了很大的劲才说服邮差,让他自行判断电报是否紧急,不紧急的可以放到路虎车上,让它傍晚再送到德鲁姆菲亚克拉赫即可。

西高地和英格兰之间的电报传输经常会闹些乱子,产生服务部门所说的"乱码群"。在第一次住在卡姆斯费尔纳期间,我明白虽然这幢房子好像从天而降,但我并没有任何附属权利。由于饮食主要以贝类为主,我寻思适当加些兔肉可能比较好,于是给庄园的主人拍电报,请求他的许可。他收到的我的电报是这样写的:"我可以向罗伯特[2]开枪吗,如果可以,朝哪儿开?"

对我的这个施虐狂似的请求,答复是肯定的。于是我每天早晚都从厨房窗口用消音的 0.22 英寸口径手枪向罗伯特射

---

[1] 典出《伊索寓言》,后被贺拉斯等人引用并改写,成为欧洲许多语言中的成语,表小题大做之意。原文是"Parturient montes, nascetur ridiculus mus"。
[2] 指兔子。

击，为我和我的狗强尼解决食物供应问题。唉，现在罗伯特和它所有的兄弟们都离开了卡姆斯费尔纳，除了彻底靠海吃海，我们很难做到自给自足。

有一两年，这里还能喝到羊奶，因为莫拉格以其一贯作风庇护了四只因主人去世而无家可归的山羊——其中一只娇小玲珑、俏皮可爱的白色小精灵名叫梅丽·班，她把这只山羊送给了卡姆斯费尔纳。这只是一个象征性的举动，因为这个小奶妈并不知道自己已经易主，它更喜欢和同伴以及它们那又臭又好色的首领待在一起。不过，羊群把大部分时间都花在了卡姆斯费尔纳，它们沿着农舍围墙顶端一路走来，仔细地洗劫和摧残桥边的老苹果树和李子树。为此，我们不得不建起几道奇怪的高高的屏障——现在这些屏障看起来十分神秘，因为羊早就没了。山羊们那玩世不恭、凶残的黄眼睛，闪烁着古老而自负的智慧，时刻留意寻找敞开的门。不止一次，当我下午捕鱼归来，发现厨房里一片混乱，梅丽·班则在餐桌上肆无忌惮地搔首弄姿，而最后一块面包消失在它灵活柔韧的嘴唇之间。

最终，对卡姆斯费尔纳的偏爱导致了山羊们的毁灭。房子以前的某位住户曾经在菜园里种过大黄，大黄叶子长得很茂盛。有一年春天，山羊们大嚼特嚼大黄叶，结果，除了那只公山羊，其他几只羊都死了。公山羊本来就气味难闻、行为举止惹人生厌，失去妻妾后，更是散发出恶臭，性情变得愈加粗俗，多亏它那无可否认的华丽外表才使得我没有加入仇视它的阵营。它苟延残喘，像一个孤独的萨提尔[1]，成了阳刚之气遭受挫败的可悲象征。它被无处发泄的性欲压得喘不过气来，四处游荡，最终死去。

　　山羊并不是这所房子唯一的入侵者，因为那时候，房子周围没有篱笆，在那些最不可思议和不受欢迎的访客看来，一扇虚掩着的门就是默默的邀请。有一次，我离开几个小时后回来，在距离房子还有四分之一英里远的地方，我就收到了危险警告：一连串沉重而空洞的呻吟声，夹杂着用重锤敲击木板的声音，让人不由想到一种可能比诡异的现实还要糟糕的景象。在木楼梯的半道上，也就是直角转弯到达小平台的地方，一头巨大且明显怀孕的黑母牛被牢牢地卡在了两堵墙之间。它无法前进，后退吧，又害怕斜坡。它的臀部活动频繁——不知是焦虑带来的压力，还是出于缩小体形的明智愿望——下方的楼梯上堆满了令人作呕的粪便，阻挡了任何救援者的视线和脚步。此外，尽管它站立不稳，而且有孕在身、大腹便便，它还是宛如法翁[2]般夸张地踢着腿。然而，正是这种任性的攻击行为最终让它真的倒下了。它的两只后蹄企图同时用力一蹬，结果轰隆一声，母牛沉重而可怜地跌倒了，满身污泥，巨大的肚子着地，腿耷拉在身后。我花了将近一个小时才把它拖到外面。我很为它肚子里的小牛担心，不过完全没必要，没过多久，我就帮它接生了——不是用产钳，

1　Satyr，希腊神话里半人半羊的森林之神。
2　Faun，罗马神话里掌管畜牧的、半人半羊的神。

而是用绳子拴在那已伸出来的小牛蹄子上。小牛掉在石头地上，发出可怕的撞击声，可是半小时后它就站起来吃奶了。

由于我此前提到的山羊在适宜交配的壮年不幸死亡，卡姆斯费尔纳此后一直依赖于罐装牛奶。在偏远地区，日用品都是通过与邮件相同的三段式路线，依靠那种友好而偶然的合作送到我手中的。傍晚，我在德鲁姆菲亚克拉赫的杂货店、五金店或药店留下订单，路虎车第二天早上来取走，然后把它交给邮船船长，船长送到商店，再把货物带回来——如果它们可以在"购物中心"买到的话。虽然这里实际上只是个小村庄，但商店多得惊人，里面的东西又少得出奇。比如，要买一些像晾衣架或牛仔裤这样的普通物品，最近的地方是苏格兰对岸一百英里之外的因弗内斯，或是往南同样距离的威廉堡。除了因为当地人不求上进、没有事业心之外，还因为他们对生活必需品抱着一种"愚昧童女"[1]的态度，这种态度在我还拥有索厄岛时屡见不鲜。直到我来卡姆斯费尔纳居住后，苏格兰西部水电局才为该地区提供了电力供应——不过我这儿没有通电。在此之前，这儿所有的房屋都点着石蜡灯，许多人家都用普里莫斯炉做饭。然而，尽管西北高地的电灯质量出了名的反复无常，但每个村庄的每家商店都立即停止了石蜡、甲基化酒精和蜡烛的销售。去年，据我所知，方圆

---

[1] 《新约·马太福音》第二十五章讲述了十个童女准备迎接新郎的故事，其中五个聪明的童女准备了足够的油灯，而另外五个愚蠢的童女的油灯没有备好油，结果错过了迎接新郎的时刻。

一百英里内再没有一滴甲基化酒精出售。友好合作精神在这种情况下也适用：有一回，我向一个遥远的村庄发出求救信号，想要求购甲基化酒精，结果收到了一个奇怪的包裹。它看起来实在不像包着酒的样子。我不解地拆开包裹，发现里面是一张铅笔字条，我费了好大劲才辨认出来："抱歉，没有甲基化酒精，但我给你寄了两磅[1]香肠。"

为了避免罐头食品的单调乏味，我很早就开始尝试食用菌类，但结果并不理想，我从未成功地将它们纳入卡姆斯费尔纳的主要饮食。我有两本书，分别介绍了可食用菌类和有毒菌类。有了这两本书的加持，八月的一天，太阳火辣辣地晒在岩石地衣和紫花欧石楠上，我出发去采集所有能找到的菌类。傍晚时分，我满载而归，采到的蘑菇似乎比两本书里描绘的种类加起来还要多。我把这些东西像粉彩调色板一样摊在厨房桌子上，手边放着这两册薄薄的小书随时查阅，迫不及待地开始辨认哪些可食用，哪些有毒，就像区分山羊和绵羊一样。然而，我几乎立刻就发现，每一种可食用的品种都会有一种类似的有毒对应品种，它们的外表如此相似，让人无法区分。半小时后，我放弃了分辨，把朋友和伪装成朋友的敌人一股脑儿扔进了垃圾坑。现在，只有一种蘑菇值得我费力去寻找，那就是美味牛肝菌，它有小面包一样的亮棕色菌盖，吃起来有一股浓郁的蘑菇味。那些娇嫩的橙色鸡油

---

[1] 磅是英美制重量单位，1磅约为0.45千克。

菌，外形像玩具小喇叭，大量生长在山坡溪流旁的树下。虽然十八世纪的一位作家曾说，它们的味道能让死人复活，我却觉得它们平淡无奇，毫无滋味。它们的美丽是肤浅的，它们更适合加入苔藓、蕨类和潺潺流水的奇妙组合，而不是被摆放到餐桌上。

我们家的人从小对待菌类就很保守谨慎，虽然采集并食用了大量的野蘑菇，但大人们一直让我们相信野蘑菇有毒。最近我才知道它们并没有毒，不过对我来说，它们能赢得美食家的青睐仍然像一个奇迹。野蘑菇是我吃过的最不起眼、最低调的食物，什么味道都没有，口感模糊，难以界定，堪称典范的美食虚无主义。有时我想知道，那些夸赞它们美味的人是否真的尝过它们——如果一定要找个尝过它们的人的话，罗薇娜·法尔[1]小姐曾在《海豹的早晨》中描述过吃它们，并且发现它们非常美味的事。

如此一来，卡姆斯费尔纳的菌类大多未受干扰：在溪流和隐蔽的瀑布旁，在桦树下斑驳的阳光里，它们与蕨类植物一起茁壮成长，有紫色、绿色、红色和橙色等斑斓的颜色。一些善于辨别和欣赏的啮齿动物会啃食它们，其感知能力并没有因为尝试鉴别而变得迟钝。

---

[1] 罗薇娜·法尔（Rowena Farre，1921—1979），英国女作家，因1957年出版的《海豹的早晨》（*Seal Morning*）而成名。该书描述了作家自十岁起，和姨妈在苏格兰一个偏远庄园里与各种宠物共同生活的七年，其中一只宠物是名叫罗拉的海豹。

3

我在卡姆斯费尔纳住了八年之后，这里才通自来水。在此之前，我都是用水桶从小溪里取水用。头几年，小溪上有一座坚固的石礅桥，人们可以在桥下汲到未被下游牛群弄脏的水。后来，一九五三年，这座桥被冬季洪水冲毁，五年内都没有重建。夏季，小溪里的水最多只有一英尺多深，流淌在石头之间，当它流经桤树林时，水深可达三四英尺。溪水呈琥珀色，波澜不兴，但高高的树枝间夹杂着碎石块，可见冬季暴雨时的水位之高。当大风从西南方向吹来，小溪变成一股泛着泡沫的泥炭瀑布迎向入侵的大海，桤树有半截都泡在水里，到了夏天，一条条干枯的黑色海藻从高出溪流十英尺甚至更高的树枝上垂下。

桥没了之后，冬天穿越小溪爬山去德鲁姆菲亚克拉赫变得很危险，有时甚至不可能。我在小溪两岸的桤树间系了一根绳子，但其支撑力很弱。当溪水像瀑布一般冲下来时，即使水深只及大腿，其纯粹的冲击力也足以把人的双脚冲离水底。你根本站立不稳，双脚被拖向大海，只能紧紧抓住绳子。

我在卡姆斯费尔纳生活的十年间，这儿的自然环境的变化令人惊叹。人们总以为，在没有人为干预的情况下，这样的地貌是永恒不变的，然而在这短短的几年里，这儿的地貌发生了持续且渐进的细微变化。溪流冲刷着河岸下的土壤，桤树的根部裸露出来，被冲刷得又白又光，有些树已经倒下。在小溪两岸没有树木的地方，低矮的绿草皮被水流从下面掏空，终至塌陷，溪流的河床变得越来越宽、越来越浅。再往下走，靠近大海的地方，溪流绕着卡姆斯费尔纳弯曲流过，崖沙燕成群地在岸边沙崖上挖洞筑巢，造成了同样的效果——沙崖上的草皮被掏空，草皮在羊群的脚下松动、塌陷，滚落到水边。崖沙燕洞穴的下方现在是松散的沙土陡坡，而十年前还是垂直的沙崖。房子和大海之间的沙丘不断变形，又不断重塑，它们的轮廓两年来从未相同过。不过，生长其上的、粗糙的青灰色滨草倒是给人一种静止不动的永恒感。这些沙丘有效地阻挡了海滩向这幢房屋的延伸，同时顺道为房子遮挡了一些南风。但是不管怎样，这一切不过是最近发生的事。据我所知，现在的房子是五十多年前建造的，那时田地一直平坦地延伸到海边，因此房子朝向大海的一侧没有窗户。

沙滩本身，只要不是岩石直接斜插入海的地方，也在不断变化，沙滩上会出现之前一直没有的宽阔碎石带。松软的流沙区域在几周内成形又消失。像雪堆一样洁白的沙洲，点缀着多彩的贝壳，在岛屿之间浮出水面，又沉没消失，仿佛在夏日的阳光下消融了。

在我心中，瀑布也许是卡姆斯费尔纳最永恒的象征，可是它也变了，而且变化还在继续。当我离开这个地方并回想这里时，我首先想到的是瀑布。水声日日夜夜在耳边回响，人们听着它入睡，伴着它入梦，随着它醒来。它的音调随着季节的变化而变化，从冬夜沉闷汹涌的怒吼到夏日的低吟浅唱，如果我把贝壳放在耳边，传来的不是大海的波涛声，而是卡姆斯费尔纳瀑布的声音。在我以前汲水的小桥上方，溪水奔流过石滩，在巨石之间穿行，两岸长满桤树，蕨类植物和苔藓中盛开着大量报春花和野生风信子。春天，苍头燕雀在桤树的枝杈间用地衣筑巢，鸟鸣声此起彼伏，石头间满是鹡鸰活跃的身影。这段溪流只能说"漂亮"而非美丽（"pretty" rather than beautiful）。它看似不知从何而来，因为瀑布隐藏在一个拐角处，溪水像是从一堵三十英尺高的岩壁上涌出来的。岩壁上挂满了忍冬，花楸树从裂缝中伸出。但是，站在那块岩石脚下往上看，"漂亮"这个词就完全不适用了，瀑布之美难以用言语描述。它并不高，因为另一个八十英尺高的大瀑布就在河道上方约两百码处。它夹在巨石和峭壁之间，从狭长深谷的朦胧世界中涌出，再跌落下来，落差约十五英尺，上下宽度大约一致。峡谷是水流经过数千年，甚至数百万年在山腰上凿出来的。瀑布泛着泡沫从无形的黑暗中涌出，像一条白练飞流直下，落入三面岩壁围成的一口深圆大锅中。黑水在黑岩间打着漩儿，飞溅的羊毛般的白色泡沫环绕着一潭黑水。在那口黑锅的上方，深绿色的水苔生长在每一处有土壤依托的地方。每年河乌在这里筑起圆顶巢穴，与那一圈圈苔藓厚垫相比，并无区别，只是形状对称而已。阳光只有在下午短暂的时间里才能照到瀑布上，那时，飞溅的水雾上会生出一道彩虹。在瀑布顶部的巨石之间，阳光让平滑流淌、连绵不断的水流看上去像一块可见纹理的绿色玻璃。

一年中的大部分时间里，瀑布的水流都很大，足以让一个人站在瀑布和岩石之间的岩架上还能几乎保持干爽[1]。在人和天空之间，瀑布形成了一道奔腾而下、震耳欲聋的乳白色水帘，透过它，除了光什么也看不见。如果人向前迈步，让流水彻底冲刷头和肩膀，这时他意识到的只有水的磅礴力量，根本无法感知水是冷是热。只有当人从瀑布中退开，那些飞溅的冰凉水珠刺痛皮肤时，他才知道原来那水冰冷刺骨。

瀑布看似永远不会改变，然而年复一年，它的形态却发生了变化：一块新的巨石被水流冲下，暂时停留在瀑布的上沿；悬崖壁上摇摇欲坠的一棵树终于掉落下来，堵在瀑布的出口处；一块巨大的岩石被生长缓慢的树根撬开，碎裂开来。

春秋两季，瀑布周围的自然美景，是任何人工的雕琢与装饰都无法媲美的。春天，岩石上方的绿色堤岸上密密麻麻地开满了报春花，花朵们挨挨挤挤的。蓝色的野生风信子从花丛中冒出来，似乎没有叶子。夏末秋初，长满蕨类植物的岩壁上，猩红色的花楸果在飞溅的白色水雾和幽暗的岩石映

---

[1] 瀑布水量充沛时，高速水流因贴壁效应与气流缓冲形成水幕，使处于岩架内侧庇护区的人可保持干燥。

衬下显得格外绚丽。

对我而言，卡姆斯费尔纳的灵魂是瀑布而不是那所房子，如果死后我的一部分还能重回世上的某个地方，我要回到瀑布这里。

如果说瀑布是卡姆斯费尔纳的灵魂，那么小溪和大海则赋予了它本质的特征。那一道银练环绕着绿色的田野，使之几乎成为一座岛屿。房子下方的海滩绵长而陡峭，低潮时，潮水会回流两百多码，交替流过石头和沙子。卡姆斯费尔纳在其狭小的范围内，拥有各种迷人的东西，独独缺少一样，那就是锚地。站在山丘上，可以俯瞰海湾和那些错落有致的岛屿和礁石。令人难以置信的是，这么多海湾和海口竟然不能为船只提供一个栖身之所。由于退潮的时间较长，这些看似平静的微型港口在低潮时都会干涸。多年来，我在卡姆斯费尔纳一直没有船，当我最终买了一艘小艇时，又被往返于水边、无休止的拖船过程所吓倒，于是我又买了一艘几乎可以提起来的九英尺平底小船。再次拥有一艘船，哪怕是玩具般的小船，也会让人渴望扩大自己的活动范围——沿着海岸线来回活动，甚至去斯凯岛。现在我有了两艘带舷外发动机的小艇，其中一艘是十五英尺长的坚固救生艇，船头有甲板。在小溪汇入大海的那个海湾里有停泊处，那艘玩具般的小船就停在海滩上，作为大船的摆渡船。但是强劲南风刮来的时候，总是让人不安。即使是在夏天，西高地狂风暴雨的突如其来和强烈程度也必须亲身经历才能理解。丝绸般光滑的浅蓝色大海在几分钟内就可以变成铁灰色的凶险之地，白色的滔天巨浪被卷起。不过，拥有船只带来的心安远远大于这种担忧。生活在海边却不能出海，无法去到遥远的岛屿，无法在夏天捕鱼，不得不翻山越岭爬过德鲁姆菲亚克拉赫去最近的商店购物，这些都令人沮丧。拥有小船，卡姆斯费尔纳周围成了一个全新的世界，将这个狭小封闭的天堂拓展出广阔的天地。夏天，在船上的时间过得飞快，工作被抛到一边，生活中的琐事显得那么遥远且毫无价值。

海边的生活有一种永恒的神秘和刺激，部分原因是能让人回到童年；部分原因是，对我们所有人来说，大海的边缘仍然是未知世界的边缘。孩子们看到岩石池中亮晶晶的贝壳、鲜艳的杂草和红色的海葵时会感到惊奇，可他们只看到这种细枝末节，而仍然保有好奇心的成年人则会带着知识来观察，结果反过来更增加了他的好奇心。他还会带着联想和象征的眼光来观察，这样，他不仅站在海洋之滨，还站在自己潜意识的边缘。

对那些善于在海边发现宝贝的人来说，卡姆斯费尔纳的海滩是一座宝库。这里的贝壳比我在其他任何海岸看到的都要多。形态各异、颜色斑斓的彩色双壳贝，色泽从珊瑚粉到报春花黄到珠母贝银，还有蓝色、紫色和珍珠母色，各种颜色都有；还有小如小指甲的宝石扇贝、大过茶碟的扇贝、坚果壳、赫布里底群岛的方舟蛤、珍珠贝和精致的粉红货贝，应有尽有。岛屿之间的沙洲和海滩就是由无数这些钙质贝壳风化而成的。真正的贝壳沙在阳光下白得刺眼，在潮水边缘则板结成又厚又硬的沙层，里面有许多完好无缺的小空贝壳，花里胡哨的，像五彩瓷珠。由于贝壳更重，在它们的上方不远处，有一层精致华丽的白色和紫色珊瑚丛，每一块都是松散的，能放在手掌上，但是它们太多了，在沙地上形成了一层又密又脆的珊瑚层。在寂静的夏日里，潮水涌上海滩，潮水边缘甚至没有一丝细浪或涟漪，珊瑚漂浮在半月形的海面上，好似清澈湛蓝的水面上开出了白色和紫色的花朵，连花朵的枝干也非常精致。这时，大海就像供人观赏的池塘，而珊瑚就像池塘中的睡莲。

在贝壳堆积的地方，往往是那些破碎的贝壳具有最美的形态。蛾螺是乏味的，除非人们可以看到蛾螺内部螺旋形的完美雕刻。精致的骨架细节。卡姆斯费尔纳的许多贝壳，还有石头上面，都布满了龙介科管虫钻出来的白色石灰通道，看上去像奇异的象形文字。它们仿佛是某种被遗忘的文字的字母或符号，即使最简单的形式中也可能饱含深意。当贝壳表面布满了这种纹路时，它们呈现出印度寺庙的雕刻或罗丹的《地狱之门》那样的外观，每一处狂乱的细节都精准无比。部分雕刻看起来几乎是具象的：一只惊恐的野兽在追赶它的掠食者面前奔逃；一位好心的圣人刺死了一条龙；一只手的手指微微抬起，像拜占庭艺术中基督的手那样，表达的却是一种否定而非祝福。

但最重要的是海滩上的奇幻色彩，作为一种形象，它压倒了所有细节。在潮汐线上方，灰色岩石上铺满了密集生长的地衣，有着金盏花般的鹅黄、鲑鱼般的粉红，还有其他蓝绿颜色。它们的下方是鲜艳的、橙褐色和土黄色的海草，紫色的贻贝床,惨白的沙子。透过清澈的海水,人们可以看到海底,有如透过淡绿色的玻璃瓶看到的一般,海星和粉紫色的海胆栖息在叶子宽大的海带上。

海滩上还有丰富的可食用贝类。除了无处不在的贻贝、帽贝和滨螺外,还有蛤蜊层、蛏子层,甚至还有一片牡蛎层——最后一种的出现到现在依然是卡姆斯费尔纳的一个谜。牡蛎是多年前这块地的主人引进的,生长在一个圆形的小海湾里,海湾直径不超过二十码,几乎与大海隔绝。一股淡水从岛上的泉眼流下,穿过沙地流入海湾。在这个海湾上方的潮汐线处,经常能发现新鲜剥开的牡蛎空壳,它们的质量连惠勒餐厅[1]也挑不出毛病——偶尔还会发现活牡蛎,但是尽管我年复一年地搜索,却始终没有找到牡蛎层。这样也好,不然,现在这个群落可能已经因我的口腹之欲而彻底被消灭了。

潮水退去后,岛屿周围的白沙与厚重的海带或伞形海藻丛交替出现,形成了一片茂密的丛林。白天,龙虾潜伏在这片昏暗的水域中。在海草间的沙地上放置龙虾笼,很少会空手而归。除了龙虾,还有其他各种生物可能进入这些笼子,有精致的,也有粗鄙的;有时饵料上布满了巨大的蛾螺,而且几乎总是有可食用的大螃蟹。人们经常还能捉到一种奇怪的生物——天鹅绒梭子蟹,蟹壳像棕色天鹅绒,还有一对充满怨恨的红眼睛。有一次,我抓到了最令我厌恶的一种生

---

[1] Wheeler's of St James's Oyster Bar and Grill Room,这家餐厅以"世界上最古老、最优质的鱼类品牌"而闻名。

物——蜘蛛蟹。令人作呕的不仅是它有巨大的长腿却没有钳子,更是它从头到脚都布满了紫红色、皱巴巴的海草,看上去就像鬼魂身上的裹尸布一样,让人对它的真实性产生怀疑。其实,这些海草是螃蟹自己嵌上去的,为的是伪装,这种丑陋到令人发指的外表,以及所隐含的鬼鬼祟祟的狡猾,实在让人难以安心。

我必须承认,所有螃蟹在烹饪前,我对它们都有一种轻微但明显的厌恶,尤以蜘蛛蟹为甚。随后,这种厌恶渐次递减,到居住在空壳中的寄居蟹就没那么强烈了,因为它们用别人丢弃的华丽服饰体面地遮盖着自己毫无吸引力的裸体。在我成年以后,寄居蟹是为数不多能让我独自一人时放声大笑的东西。有时,我提着水桶去捡可以吃的滨螺,一舀就舀了几十个,但我的注意力偶尔会被池底某只巨大的海螺所吸引,它大到至少能填饱一只狨猴的嘴,而不仅仅只能满足一只老鼠。就在我的手指划破水面,正准备捕捉的时候,这只大滨螺由于把戏被人识破,突然带着懊恼和尴尬的神情一溜烟跑了,就像舞台上马克斯兄弟[1]扮奶牛(一个是假牛的前半身,一个是后半身)被大家发现了,但他们还在做着最后的无望努力。

---

1 The Marx Brothers,美国著名喜剧团体,由五兄弟组成,他们在二十世纪初期以各种滑稽搞笑的电影和舞台表演闻名,以其幽默风格、夸张的表演和扭曲的对话而广受欢迎。他们的作品包括"马克斯兄弟"系列电影。

4

卡姆斯费尔纳的春天来得很晚。我曾不止一次在四月初从南方驾车来这里，却被积雪困在距离卡姆斯费尔纳仅二十英里的山口。那时，通往海边的狭长山谷附近还有雄鹿。到了四月中旬，光秃秃的桦树和花楸树上仍然没有一丝绿芽，地面也没有绿意。不过，就像我第一次来到卡姆斯费尔纳时那样，经常会有几天好日子，温和静谧，晴空万里。这时卡姆斯费尔纳的主打色彩是淡蓝、赤褐和深深浅浅的紫，每一种颜色都如打磨过的珐琅一样清澈：淡蓝的海洋和天空，赤褐的枯草和蕨类植物，尚无新叶的深紫的白桦，还有浅紫的斯凯岛群山和拉姆岛的山峰。这些景致又被三种白色照亮——白桦树干的珍珠白、贝壳沙滩的耀眼白和高山积雪透过来的柔和亮白。尽管高山依然覆盖着积雪，羔羊尚未出生，但在小溪周围和岛屿河岸间,报春花已经开始绽放。短短的几年间，这种时刻让我深感满足。我知道，在卡姆斯费尔纳，真正的春天和夏天还在前面，我将看到树木发芽，大地变绿，山上的积雪会融化，但也有些积雪整个夏天都不会消融。

北方的春天有自己的管弦乐队，这小小的序曲为它拉开帷幕。每年，当大雁飞往北方解冻的繁殖地时，我的头顶上都会传来它们的呼唤声，有时候还能听到大天鹅的叫声，宛如银色的号角在清澈蔚蓝的天空中高声吹响，野性十足，余音不绝。欧绒鸭来到岸边和岛屿上繁殖，带来了赫布里底春夏时分最具感染力和最令人难忘的声音，如木管乐器般低吟，那是公鸭求偶时深沉的声音在萦回。

繁殖期的鸟类一个接一个地返回海滩和岛屿——那是它们的孵化地。崖沙燕回到小溪脚下的沙崖上；穗䳭飞向兔子洞——周围的草皮被啃食过，只剩下浅浅的一层；黑海鸽和海鸥也回到了卡姆斯费尔纳岛。银鸥最先来到。灯塔所在的那座最大的岛屿上，聚集着大约二百五十对银鸥，在被海鸟粪便染白的岩石和散落着破碎贝壳的海石竹丛上空，响彻着它们铿锵的叫声，布满了扇动着的白色翅膀。在它们中间，有两三对大黑背鸥，体形庞大，声音嘶哑，凶猛成性。随后而来的是普通海鸥，它们纤细、优雅，由于对粗言秽语和掠夺成性的邻居充满不信任，它们躲开黑背鸥，尖叫着飞到附近的一个岬角上。最后，直到五月中旬，像海上的燕子一样的燕鸥才飞来，来到自己偏远的岩礁上。它们到来的那一周，正好是燕子从非洲飞来、在田野对面的废弃农舍里筑巢的时节。燕鸥振翅时划破空气，有如薄薄的钢桨在水中划动，伴随着这种节奏，春天就要让位于夏天了。

到那时，到处都是绿色。紫色的桦树枝条隐藏在一片柔嫩的新叶形成的云层中；卷曲的、苦杏仁味的嫩蕨在短短几周内拔地而起，长到三英尺高，撑开绿色叶冠，覆盖了地面上去年新增植被的残枝枯叶。小溪和海岸边，黄旗鸢尾的叶子形成了一片宽刃刺刀般的丛林，而在四月时，除了齐膝深的帚石楠根之外，岛上到处还光秃秃的，现在则布满了牛筋草和荆棘。这种笼罩一切的绿色，冗余得近乎维多利亚式的厚重繁复的覆盖，总让我感到窒息，就像给本不需要覆盖东西的骨架罩上了毯子。多亏有大海的青涩气息，不然，我会觉得那些绿意像盛夏中牛津的水草甸一样，使人精神委顿。

五月初，鳗鱼鱼苗海洋洄游的奇迹再度上演。亲眼看见任何一种数量难以估量的生物，都会让人深感敬畏。或许，它唤起了一种更多属于远古时代的返祖的共鸣，那时我们也曾是动物生态中的真正一员。从前看到其他物种多到无法计数时带来的恐惧或希望，现在早已不再适用。当幼鳗到达卡姆斯费尔纳小溪时，它们只有三英寸长，比烤肉扦还细，从上往下看是钢青色的，但透过光线看，除了鳃处有一个红点外，浑身都是透明的。它们的幼体从百慕大西南的产卵地出发，历时整整两年，穿越两千英里的海洋，战胜无数敌人才来到这里。在这出于本能的、漫长而盲目的旅程中，它们的数量已经减少到当初出发时的百万分之一，甚至是十亿分之一。然而难以想象的是，还有比到达卡姆斯费尔纳小溪的幼鳗数量庞大得多的鱼群，而更难以想象的是，这也仅仅是沿着其他溪流向上游进发的庞大群体中的一小部分。

当小溪在平坦的地面缓缓流淌时，幼鳗大军缓慢而有目的地起伏，朝着似乎不可逾越的瀑布壁垒前进。它们继续向上，越过桥，进入水流湍急的区域。激流在凹凸不平的石头上奔腾碰撞，绕过岩石弯道，来到瀑布脚下。在这里，它们也许暂时被吓到，也许是在向垂直的、被水花打湿的岩壁进攻之前进行休整，反正全都一动不动地聚集在岩池中，形成了几英寸深的钢青色鱼层。在这里舀一桶水，捞出的幼鳗可能比水还多。有些幼鳗误入歧途，沿着陡峭的细流来到那些由喷溅的水花形成的、死胡同般的水池里。虽然数量庞大，它们却没有被赋予沟通或推理的神奇能力，于是同时出现向上和向下的两道鳗鱼流，而喷水池本身也被漫无目的、游动着的鱼群填得满满的。

就是在这里，在瀑布脚下等待的这段时间里，它们的数量最后一次急剧减少。一两个星期内，瀑布下的岩石上溅满了苍鹭的白色粪便——苍鹭站在那里，张开喙，大口大口地吞食这些鳗鱼鱼苗。就在即将到达目的地时，两年来历经重重危险的幼鳗残余部队再一次遭受重创。

人们并没有亲眼看见这一壮观漫长的迁徙，只在幼鳗最终攀登瀑布的过程中，人们才得以窥见它们本能的巨大驱动力有多么惊人。起初，在瀑布边缘，在水花溅到水平岩壁间的浅石槽处，路很好前行——只需水平爬升几英寸，幼鳗就能到达下一个石槽。但是，以这种阶梯式攀爬的方法前进一两英尺后，它们要么面临左侧白色水流的冲击，要么面对前方光滑的黑色岩壁——岩壁每隔几秒钟就会受到溅起的大量水花的冲击。在这面岩壁底部几英尺处,长着一丛密集而黏滑的水草,在其细小的卷须中,幼鳗们缠绕自己,开始非常缓慢地向上蠕动,形成一条大约两英尺宽的密集垂直队列。有时,一大团水花正好落在它们队伍中间,上百条鳗鱼被击落,掉回下面的石槽里,但是它们会慢慢地、耐心地爬回来。我从来没有为了辨认而在幼鳗身上做过记号,不过据我所知,一条幼鳗可能在一天甚至一小时内反复遇到这种情况。人们忽视了这种情况,也许与这些生物是透明的有关。加之它们体形纤小,数量惊人,让人难以接受它们有着这样本能的盲目力量和内在执行力,仿佛秘密的动力之源应该是可见的一样。

一旦越过浸在水中的水草,攀爬中的幼鳗就再也没有其他额外的支撑,它们眼前只有湿滑光溜的岩石,只能依靠透明的腹部去感知那极微小的粗糙。它们悬挂在那里,显然不受重力影响,偶尔抽搐一下,似乎是出于绝望。一小时内,它们也许能爬升六英寸,有时候在一秒钟内又可能向后滑行同样的距离,而在它们上方还有十二英尺的岩石。

看着这一大群游过来的幼鳗,我很难即刻将自己代入它们中的任何一条。不过,抬头仰望瀑布的边缘,看到它们从上方隐蔽的水潭中溢出——闪闪发光的那么一大片,显然它们已经完成了不可能完成的壮举,而且距离安全只有一步之遥——让人甚感宽慰,情感上得到满足。

在数以亿计的幼鳗中,也许有几百万条能爬上卡姆斯费尔纳瀑布。当然，也有一些鳗鱼能爬上第二和第三级瀑布。我曾在高达两千多英尺的山峰上，在小溪源头处见过大小与此相仿的幼鳗。从这个角度看，与精子相比，幼鳗的存活率肯定要高得多。

在卡姆斯费尔纳，我只见过一次其他生物的数量堪比那些鳗鱼苗，而且我对那次经历记忆犹新。那是夏末一个温暖的傍晚，太阳仍在库林丘林的齿状山尖上方闪耀，并照耀着花楸树浓密的红色浆果，麦金农家的孩子们从德鲁姆菲亚克拉赫下山，到岛上的白沙滩上游泳洗澡。我还没有听到一丁点他们的声音，我的狗强尼——现在有点肥胖，反应速度也慢——就已竖起耳朵，发出"呜呜"的叫声，它那羽毛般洁白的尾巴在石板地上轻轻蹭来蹭去。我走到敞开的门前倾听，强尼坐在外面的石板地上，身体挺得笔直，眼睛盯着高高的天际线，鼻子一抽一抽地探寻着，而我只听到潺潺的流水、荒野上微弱而熟悉的鸟鸣、岸边鸟儿的啁啾，或许还有在头顶盘旋的鸢的叫声。耳边还有渐渐消失的瀑布冲击声和小溪流淌在巨石间的声音，以及另一侧，海浪拍打着海岸激起泡沫发出的低沉声响；还有崖沙燕在依然静谧的金色天空中捕食苍蝇时发出的叽喳声、渡鸦的呱呱声、大海上传来的海鸥叫声，以及平滑如白绸、一直延伸到远处的埃格岛的大海的声音。偶尔还能听到房子后面沙丘中兔子洞里兔子发出的砰砰作响的警告声。

但是强尼总是知道孩子们什么时候来，当我终于也能听到他们的声音时——那些高亢而微弱的嗓音从远处传来——强尼会突然装出一副毫不在意的样子，用僵硬而无所谓的姿态走着，大摇大摆地抬起一条腿跨过附近的一丛芦苇或护卫小花园的一根小柱子。从男孩们的头在山顶上隐约可见的那一刻开始，还要经过大约五分钟，他们才会顺着最后一段最陡峭的小路下来，过桥，穿过绿草地来到我家门口。而在这段时间里，我一直在想他们会给我带来什么——是盼望已久的信还是不受欢迎的信，是我急需的一些用品还是他们母亲送的一瓶山羊奶，或者什么也没带。如果什么都没有，欣慰与失望会同时涌上我的心头。因为在卡姆斯费尔纳，我既反感外界的入侵，又渴望得到它依旧存在的保证。

那天傍晚，双胞胎兄弟给我带来了一大包信件，我坐在昏暗的厨房里读了一会儿，听到从海滩上传来他们激动的叫喊声。我走出家门，眼前的一幕至今仍然历历在目——仿佛就发生在几小时之前，而不是几年之前一样。

太阳已经很低了，房子在草地和芦苇丛中拉出一道长长的黑影，而上方的山坡泛着金色的光芒，就像透过橙色镜片看到的一样。蕨类植物不再是绿色的，帚石楠也不再发紫，只有鲜艳的花楸果在阳光下呈现出本来的颜色，猩红得有如静脉血。我转向大海，它是如此苍白和光洁。浅滩上，这两兄弟站在齐膝深的海水中，在大海的映衬下，他们的剪影无比纯粹，古铜色的四肢和躯干镶着一圈黄色光晕。他们喊啊叫啊，大声欢笑，手舞足蹈，用手掬水。随着他们的动作，在他们移动处，水面上喷射出一股金色和银色的小鱼，密密麻麻,光彩夺目,模糊了孩子们的身影。男孩们仿佛是一座巴洛克式喷泉中心的装饰雕像,被奇异的灯光照亮,当他们弯腰用双手捧水时,新的火花从他们手臂浸没处向上飞溅,落下时有如一道脆弱而耀眼的瀑布。

我自己像蹚过银色糖浆一般走到海水中。我们赤裸的双腿碰到密密匝匝的鱼群,每走一步都像要推开一道坚固的、不愿让路的障碍。我们捞起它们,又松手任它们洒落;我们喊叫、欢笑;我们好像古代的寻宝人,无意中发现了传说中的帝王宝库,把钻石像谷糠一样四处抛撒,难以抗拒,不能自已。在那个闪耀着橙色光芒的空气和水的泡泡里,我们因鱼而沉醉,而疯狂,而欢乐。那时两兄弟大约十三岁,我大约三十八岁,但鱼儿们的这个奇迹却让我们每个人做出了同样的反应。

数以百万计的小鱼变成喷射的烟花供我们观赏,我们沉浸其中,乐此不疲。几分钟后,我才开始思考,是什么把这群巨大的鲱鱼苗——我们这儿把它们叫作"土"(soil)——驱赶到这片海湾里来的?为什么它们没有向外散开到大海中去,反而在浅滩上越聚越多?然后我看到,在一百码外的海面上,鲭鱼群在翻腾,它们飞快地游动着,在平缓涌入的潮水上溅起一片浪花。鲭鱼群把面前的鲱鱼苗赶进了狭窄的浅湾,并把猎物们困在那里,可是现在围捕者们也无法回头了,因为它们不断受到从大海那面来的一群鼠海豚的骚扰。鼠海豚在鱼群的最外围游弋,把它们往岸边赶。猎手和猎物将鲱鱼群不断向内推进到沙滩上,最终,沙滩上每一个浪头里都翻滚着一片银色的小鱼。让我奇怪的是，鼠海豚应该早就吃饱了，为什么还不离去。这时我看到，就像被追逐进海湾的鲱鱼苗和鲭鱼一样，鼠海豚们的后路也被切断了，它们无法返回到这个海峡的开阔水域，因为，在它们身后，在苍白的落日下，有一头雄虎鲸高耸的黑色剑鳍。这是大大小小的海洋生物的终极敌人，难有敌手；单单靠它那可怕的身形，就能控制住它和海岸之间的数十亿条生命。

太阳在库林山脉背后落下，海水变得冰冷，灰蒙蒙的潮水背负着无助的鱼群，爬上沙滩。远处早已昏暗得看不清虎鲸的鱼鳍，但我们还能听到鲭鱼随着潮水移动时发出的扑哧声。天几乎全黑了，我们拿来水桶，将之沉入岸边的海水里。提起来时，桶在我们手里沉甸甸的，不是装满了水，而是装满了拇指长的小鱼。

清晨时潮水水位最低，海面静止如山中小湖，目光所及之处，大海已经往退后了大约两百码。高水位线上的海藻及岸边垃圾就堆积在沙丘下方的白沙斜坡上，但那天早晨它并不像一根黑柏油绳那样环绕着海湾，而是闪烁着蓝灰色和白色的光芒，布满了数以百万计、一动不动、诱饵般的小鱼。当太阳升起时，海鸥们已经在狼吞虎咽了。它们沉默地站着，身体蜷缩、鼓胀，稍稍朝向大海排成若干排，太阳低低地照耀着山丘，它们的影子依然被拉得很长、很整齐。

我又捞了几桶小鱼，在那个阳光明媚的九月，我尽可能让它们保持凉爽。我认为，就像一切其他东西一样，天赐粮食也应该多样化——至少应该有五十七个品种。然而，上天在赐予丰饶的同时,往往也赋予单调。第一顿油炸小白鱼令我有一种新奇感和意外收获的喜悦,就像大风过后的头几天里,我因在海岸上拾获到某些不起眼但新奇的宝贝而感到愉悦一样。但第二顿就少了点什么,到了第六、第七顿,我实在有些腻味了,而此时还有三桶满满的小鱼。强尼对各种鱼类有着非同寻常的热情,它吃得比我多,但桶里的鱼似乎从未减少过,即使我们努力消耗,一有人来做客时,就把它们做成鱼糕和鱼馅儿饼,做成鱼粥和鱼汤,放咖喱和各种调味料。直到最后,一天清晨,小鱼终于开始发臭,我们这才得到解脱。然后,我们用它们做捕捉龙虾的诱饵,但是过了一段时间后,连龙虾似乎也吃腻了。

恰巧,那个时候我难得去一趟因弗内斯购物。酒店午餐菜单上的第二道菜就是油炸白鲦鱼,餐厅里弥漫着曾经令人食欲大增的鱼香,我却像是在餐桌底下发现了尸体一样逃离了那家酒店。大约两年后,我才能再次吃下油炸白鲦鱼。

5

每年夏天,卡姆斯费尔纳总少不了鲸鱼家族里的小个子成员。有时,大块头鲸鱼,如蓝鲸和须鲸,也会威风凛凛地穿过灯塔岛外的峡湾,但它们从未进入过海湾,因为只有在潮水涨至最高水位时,才有足够的水量浮起它们庞大的身躯。

在所有的海洋生物中,鲸鱼让我特别着迷,这或许是因为我知道它们有着极其发达的大脑,同时又生活在一个难以捉摸、压抑而寂静的世界里。它们的大脑结构非常复杂,有人甚至认为,要不是令人沮丧地缺乏四肢,它们很可能已经超越人类,统治地球表面了。然而,令人难以置信的是,由于它们的体形和栖息地与大白鲨类似,很多人将二者混为一谈,其实后者的大脑小而简单。尽管很早以前,捕鲸人就有关于他们的猎物具有非凡智力的奇怪传说,但是直到近代,这些事实才逐渐为人们广泛接受。美国的所谓"海洋馆"会让馆内的鼠海豚和海豚囚犯们展现出高智商、和善和顽皮的个性。它们出人意料地表现出取悦人类和与之合作的愿望——它们会与饲养员玩球，浮出水面与他们打招呼，并高兴地捡起不小心掉进水池里的女士手提包等类似物品。毫无疑问，它们彼此之间也乐于互助。与许多动物一样，它们的行为与人类的非常相似，但也许比大多数动物更胜一筹。然而，由于鲸脂能抵御极地海洋的寒冷，人类从一开始就为它们选择了最残忍、最痛苦的死亡方式，那就是将鱼叉深深地插入活生生的鲸鱼体内。

直到最近，动物学家们还认为鲸鱼是哑巴，而能够协调相距甚远的鲸鱼个体行动的交流系统，以及它们在海水浑浊不清时能够探测物体存在的"第六感"都尚未被发现。长期以来，我们一直愚昧地以为，其他生物感知世界的感官在很大程度上一定与我们自己的相似。事实上，人类利用了科学发明，才刚刚开始接近鲸鱼与生俱来的感知方法。它们不仅能探测到比人耳所能听到的声音频率高出四倍的声音，而且还拥有一个高度发达的系统。我们最近发现，它与雷达非常相似，可以持续发送超声波音符（note），而返回的"回声"会向它们传达其探测范围内的所有物体的位置、大小，可能还有更多人类尚未猜测到的信息。水下录音设备现在还证实，鲸鱼族群成员之间几乎一直在交谈——这些声音很少或者从未在一条鲸鱼单独存在时出现，而是在其附近有其他鲸鱼时才会出现。

因为人类听不到它们的声音，所以人类认为它们是哑巴。

如果能听到鲸鱼被鱼叉击中时发出的痛苦叫声，人类就有可能（但也仅仅是有可能）对屠杀鲸鱼更为自责——不过，即使看到两头成年鲸鱼努力让一头受伤幼鲸的吹气孔保持在水面上，捕鲸者的态度也不会改变。

当然，对于偶尔来到海边的游客或船上乘客来说，要想从瞬间瞥见的鼠海豚的鳍中推断出其复杂而又令人兴奋的特征并不容易；事实上，令人惊讶的是，知道海豚其实是一种鲸鱼的人寥寥无几。

鼠海豚身长六英尺，体态矫健优雅，是卡姆斯费尔纳海湾最常见的鲸类访客。与活泼喧闹的海豚不同，它们生性害羞、内向，人们需要有闲暇和耐心，才能看到更多它们的身影，而不仅仅是那像安装在缓慢旋转的轮毂上的钩状小鳍。闲暇才能使人收桨，静止不动，耐心才能让好奇心战胜胆怯。然后鼠海豚会在船边喷气，发出轻微的喘息声，似乎受了惊吓。在这样近的距离里，它们惊奇和探究的眼神和人类脸上可能出现的表情一样清晰可见。那张还不会抑制情感的孩童般的脸，跟虎鲸之外所有鲸鱼的脸一样，显得很和蔼可亲，甚至很友善。但是它们不会停留在那里让人盯着看，在那迅速的换气之后，它们会急速潜入幽暗的水中，忙自己的事去了，而不会像海豚那般逗留嬉戏。

有一年夏天，十七条宽吻海豚在卡姆斯费尔纳海湾整整待了一周，它们似乎一直在等待游船出海与它们玩耍。除非人类观众近在咫尺，否则它们懒得跳跃、嬉戏。但是当我们开着汽艇航行在它们中间时，它们就会和我们玩那种热闹、好笑的捉迷藏游戏。另外，还有一种水上捉瞎子的游戏——在这种游戏中，我们在船上的人在它们眼里简直就是瞎子，它们可以想出任何手段来给我们一个惊喜或惊吓。游戏刚开始时，总是固定不变的老一套，它们会成群地在水里推进，每隔五到十秒，它们的鳍就会从水里有力地向前冲出一大截，而我们则紧随其后，看看到底能靠它们多近。当我们离它们约五十英尺时，它们会突然消失。此时，水面上一片寂静，而它们却在我们看不见的地方突然转身，悄悄地游到船的正后方。有时它们会在水下停留很长时间，我们便关掉引擎，静静等待。这是属于海豚的时刻。只要我还活着，无论未来还会见到多么壮丽的景象，我永远不会忘记海豚跃出水面那一刻的纯粹的荣耀——它们一条接一条从船身旁跃出海面，腾空而起，足有十英尺高，像一道闪烁着银色光芒的抛物线。当时，我有一种似曾相识的感觉，但想不出曾在哪里见过。后来我才意识到，这让我不由自主地想起了烟花发射器接二连三的发射，当每条海豚几近垂直地从波浪中射出水面时，发出的剧烈呼气声与烟花发射时划开空气的声音如出一辙。

在这群海豚中，有六七条小海豚，身长不过四五英尺，而它们的父母有十二英尺长。小海豚紧跟在母亲身边，总是在右边。我注意到，当海豚妈妈跃起时，它们会严格控制自己的动作，以适应小海豚的能力，跃起的高度不及那些没有孩子的成年海豚的一半。

这群海豚说话的声音，人耳完全可以听到。它们离船只很近的时候很少说话,通常都是在一两百码的距离外直线前进时才开口。当海豚强而有力地向前推进并破水而出时,它们中的一条或几条就会发出介于尖锐的哨声和"吱吱"声之间的声音,单个音大约持续两秒钟左右。奇怪的是,我找不到任何关于鲸鱼声音的书面记录,比如这种可以在水面上听到的清晰甚至刺耳的声音。

灰海豚,或者更确切地说,里氏海豚,比宽吻海豚长几英尺,也会在夏天光顾卡姆斯费尔纳海湾。以前捕鲨的时候,我总把它们看作是海洋中的小丑,因为它们玩耍起来总是很粗野、不按常理出牌。不过,来卡姆斯费尔纳的这群里氏海豚与宽吻海豚相比,庄重严肃,几乎每次都带着胖乎乎的小海豚,并一心一意地觅食和躲避危险。跟其他海豚不同,它们不允许船只靠近,似乎很反感人类的存在,如果经常被人类尾随,它们很快就会离开海湾。

大多数教科书都把里氏海豚描述为稀有动物,事实上恰恰相反,夏季到访赫布里底群岛的所有小型鲸类中,里氏海豚是最常见的一种。在我从事捕鲨业的那些年里,我们的主力捕鲨船"海豹号"整天都在海上巡游,寻找不同形状的鳍,一星期能看到六七群里氏海豚的情况十分常见。与大多数其他种类的鲸鱼一样,渔民们给它们取了名字,有时,甚至用同一个名称来描述几个不同的种类——这让探究的科学家感到困惑。因此,只有通过相对罕见的个体鲸鱼搁浅事件,物种的存在才能得以确认。围网的渔民称里氏海豚为"低跃者"

（lowpers）或"碰撞者"（dunters），这两个词源于它们看似漫无目的、随意跳跃的习性。实际上，与白侧海豚和普通海豚不同，里氏海豚和宽吻海豚并不以一连串低空跳跃、掠过波浪的方式行进，它们似乎只在闲暇和嬉戏时才会跳跃。

事实上，一个有经验的人很难将里氏海豚的鳍与其他动物的鳍混淆，除非是雌虎鲸的鳍——用"母牛"（cow）这个阴性名词来称呼这种海洋中最可怕的动物可能有些奇怪，用"公牛"（bull）来称呼它的屠夫伴侣也好不到哪儿去，但这种术语已约定俗成。有时，人们会竭力从陆地动物中寻找类似的动物来形容它们——虎鲸被称为海中之狼、海中之虎、海中鬣狗，但这些说法都不太贴切，或许没有其他哺乳动物能有虎鲸那样的凶残属性。

任何人写到虎鲸时，都会发现有必要描述在一头虎鲸的胃中发现的东西——这些东西给人的印象太直观太震撼了，我在此也想再重复一次。这头虎鲸的胃里至少有十三条鼠海豚和十四只海豹。可以说，就是对海中巨兽利维坦来说，这也是一顿丰盛的大餐了。然而，与大型鲸鱼相比，虎鲸只是一头小兽，雄鲸长不过二十五英尺，雌鲸只有十五英尺。成年鼠海豚长六英尺，海豹种类的平均体形也不小。但虎鲸们成群捕猎，那时，就连巨鲸也难以幸免。它们成群结队地攻击巨鲸的舌——舌头本身可能就有一吨重。一旦舌头被撕裂，这头巨兽就会因失血过多而死，虎鲸们则正好大快朵颐。

就在我写这篇文章的时候，海岸边几百码远的地方躺着一具棕色海豹的尸体。它刚死没多久，头的前半部分已经不见了，眼睛前部的颅骨被什么东西给咬碎了，一侧腹部的肉和脂肪被撕开，造成一道约一英尺长的伤口，露出内脏。尽管可能存在其他解释，但都不太能站得住脚。实际上，这是典型的虎鲸杀戮行为。在海斯凯尔，灯塔上的人告诉我，他们曾亲眼看见过虎鲸们袭击海豹，不为猎食，只为取乐。最后，海豹们身受重伤，奄奄一息，被弃置于礁石之上，慢慢死去。

每年都有一两头虎鲸来到卡姆斯费尔纳，但不会在此逗留。如果它们逗留不走的话，我会尽我所能，采取任何手段将它们杀死，否则，它们会赶走海湾周围的其他海洋生物。再说，我也不想在小船上与它们为伍。关于它们袭击人类的传说有很多，但经证实的记录却很少，不过，不管怎样，我可不想成为第一个受害者。去年整个夏天，一头雄虎鲸在卡纳岛的小港口引起了公众的恐慌。约翰·洛恩-坎贝尔和我一样，不愿意成为虎鲸饮食研究的小白鼠，他写信向我请教如何消灭它。我自作聪明地建议他射杀它，并就射击的精确时间和精准部位给出了合理指示。但我当时远在三十英里之外，我敢说，我的建议在卡纳岛听上去并不像在卡姆斯费尔纳听起来那样合理且有建设性。

自从来到这里，我还从未遇到过奇怪的海怪，不过，一九五九年夏天，我们这儿附近出现了某个难以解释的东西。特克斯·格迪斯曾经是索厄岛鲨鱼渔场的鱼叉炮手——现在是该岛的主人——他曾带一位英国游客乘船出海捕鱼，看到了下面这一幕。

九月十三日是个星期天，他带着来自赫特福德郡的工程师加文先生,去索厄岛南端海域钓鲭鱼。那天天气炎热,风平浪静,海面上的每个物体在几英里之外都清晰可见。下午四点左右,加文先生请特克斯注意,一英里外斯拉宾湖方向有一个巨大的黑色物体。当时鲭鱼正在海面上嬉戏,船周围的海水翻腾不已,所以特克斯起初并没有注意,而是继续面朝相反的方向钓鱼。然而,那个物体却逐渐靠近,两个人都停下钓鱼来观察它。当它离他们大约两百码远时,特克斯注意到在拉姆岛方向不远处有一群虎鲸。特克斯和我一样不信任虎鲸。他在第二天写给我的信中说:"我弄不清这到底是什么东西,它正在慢慢地向我们靠近——它看起来肯定不像虎鲸,但我也没有特别兴奋。"

当它靠近时,特克斯起初以为那是一只陆龟或海龟,但当它与船并行后,他改变了想法。那东西的头部约有两英尺半露在水面外,头上有"两只像苹果那么大的巨大圆眼"——用加文先生的话说,它的头像陆龟的头,只不过是一个被放大到驴头大小的陆龟头。它的嘴大咧着,像一道深深的伤口,嘴唇很明显,约占头部周长的一半。它的嘴巴有节奏地一张一合,露出红色的口腔内部,还发出一种"呼噜呼噜"的声音,让特克斯想到患有胸膜炎的牛。此外,他既看不到鼻孔,也看不到耳朵。它的头后面大约两英尺处是背部,比头部高,长达八英尺或更长;背部高耸,然后逐渐向下倾斜,呈深褐色,但没有头部的颜色那么深。特克斯在第二天给我写信时如是写道:其背部并不光滑,而是"像库林山丘一样隆起于水面"。他说,这个"山丘"令他觉得,它是一头重约五吨的动物。

这只怪物距离特克斯的船最近的时候不过十五到二十码远；它以五节左右的速度经过，朝西南偏南方向的巴拉岛而去。

特克斯的同伴证实了这个故事的每一处细节。在如此理想的能见度和如此近的距离下，很难说两人都受到了光学错觉的影响。顺便要提一下，在索厄岛附近出现怪物的事不止一两次了。

自从我不再将老猎物——姥鲨，作为我的生计来源，或者更确切地说，不再以猎杀它们作为谋生之道后，我就很少见到它们了。我与姥鲨第一次交手是在十六年前，在卡姆斯费尔纳灯塔附近的海面上。那是一次奇怪的偶遇。此后我在这里断断续续住了十年，看到姥鲨的次数却屈指可数，而且大多都离得很远。毫无疑问，它们经常趁我不在的时候出现。只有一次，我在近岸看到它们。当时，它们正在被我的继任者们追杀，而我整夜陪伴着快死的强尼，它那时奄奄一息，悲伤和疲倦让我根本无法想起自己过去生活中的那段奇怪的小插曲。

强尼患病的各个阶段在我的脑海中已经模糊，它经历了两次危机，虽然都奇迹般地康复，但都不过是转瞬即逝，现在哪次危机在前哪次在后已不再重要。我那时一直在伦敦，四月的最后一周前往卡姆斯费尔纳。莫拉格打电话告诉我强尼的情况不太好，等我到达时，它已经深受肺炎折磨。它本来是一只非常强壮的狗，可它正在老去，它的心脏也不再年轻。

在德鲁姆菲亚克拉赫，我与强尼共度了一个绝望的夜晚。

莫拉格安顿好她的家人后来接替我,我便开始沿着山坡向卡姆斯费尔纳走去。我晕头转向,心情沮丧,只想往床上一躺,睡一大觉。走到可以俯瞰房子和大海的那段小路时,我被一阵绝不会听错的鱼叉炮的轰鸣声吓了一跳,并一下子被带回到过去。在我下方的宁静海湾中,停泊着一艘来自马莱格的环网捕渔船。前方激荡着浪花,船艏的鱼叉炮口飘着一缕硝烟。在稍远的海面上,还有两只鲨鱼的巨大背鳍浮在水面上,随着鱼叉击中鲨鱼的声音响起,穿透的白色浪花慢慢平息。我坐在那里看着整个熟悉的过程,他们启动绞盘,半个小时后才把鲨鱼拖出水面。我看到那条六英尺长的大尾巴破水而出,猛烈地抽打和撞击船舷,而船员们则像我以前经常做的那样,奋力套住狂暴的猎物。我看到它被捕获并被固定住——然而,由于筋疲力尽和心神不宁,整个场景对我来说毫无意义。当船员们在甲板上匆匆忙忙地做着曾经我天天做的那一套活计时,我在精神上没有任何参与感。不过,其他时候,当我透过望远镜观察远在峡湾下游游弋的鲨鱼时,它们的鳍会令我受一种狂野而完全不合逻辑的不安困扰。这种不安,我想,是迁徙性动物在迁徙季节到来时会产生的那种被囚禁之感吧。

虽然强尼成功地战胜了肺炎,貌似还恢复了之前的强壮,但它的命运已经注定。几个月后,它患上了直肠癌。我认为它不会感到疼痛,它从来都是一只高贵而又爱干净的狗,当自己的白色"丝绒外套"被恶臭的排泄物污染了时,它会羞愧难当。我不在卡姆斯费尔纳的那段日子,它与莫拉格·麦金农生活在一起,对她的忠诚并不亚于对我。我在离开数月后回来时，它快活得像只小狗崽，领着我走下通往卡姆斯费尔纳的小路，仿佛我从未离开过一样。但是最后，它还是在莫拉格的陪伴下离世的，因为我太懦弱，不敢北上看着我的朋友被安乐死。可是，从人道主义出发，非如此不可。

卡姆斯费尔纳离兽医诊所很远。事实上，最近的兽医诊所在斯凯岛上，大约有将近五十英里的距离，要通过公路和渡船才能到达。一九五四年冬天，兽医来看望强尼，说强尼的病情恶化得很快，疼痛会突然袭来且来势凶猛，直肠会被完全堵塞。他认为强尼有五成的机会活下来，但坚持认为不管是延长还是结束强尼的生命，我们都必须立即做出决定。

那时我还没有车，所以租了一辆车全程陪同，手术期间让车等着我，晚上再把我送回卡姆斯费尔纳。回来时，我有可能独自一人，也有可能跟一只昏迷的狗一道。强尼喜欢坐车旅行，对能开始这段旅程表现得很热情。当我们颠簸在通往渡口的陡峭山路上时，它把头伸出窗外，像多年前还是小狗时一样满怀热情地迎着风。从某种意义上说，我辜负了它的信任，晚上我有可能会独自回来，把它留在斯凯岛上死去，这让我很难过。它躺在手术台上，我在漫长的等待中，满脑子想的都是过去与强尼一起度过的时光。其中，许多日子似乎久远得像跨越了人的一生，而不是狗的一生。后来，我留下来帮忙打麻药。强尼很信任我，但对这些奇特的准备工作感到困惑，我不得不用橡胶面罩捂住它的脸。它讨厌刺鼻的橡胶味，但在失去知觉之前，它只发出了一声可怜而绝望的呜咽。之后的一个多小时里，我漫无目的地在斯凯村下方的海岸上徘徊。天阴沉沉的,即将下雪,凛冽的微风从海上吹来,吹得岸边的干枯海草沙沙作响。我想起十二年前我是如何照顾强尼度过犬瘟的;想起我是如何教那只毛茸茸的小史宾格猎犬找寻并叼回猎物的;我还想起,它年轻力壮时,有一天傍晚,当鸭群飞走后,它四十一次游过正在结冰的湖面,又四十一次嘴里叼着赤颈鸭游了回来;我还想到,在敞开的船舱里,它那毛茸茸的肚子常常给我当枕头;每次我回卡姆斯费尔纳时,我知道它总会等着欢迎我。

我曾不止一次地试图分析这种明显的自我折磨——面对一个让人珍视的生命(无论是人类还是动物)的消逝,许多人似乎都会这么做。我认为,这是对死亡的否定,仿佛通过召唤和回忆这些主观意象,人们就能以某种方式欺骗自己,拒绝接受客观事实。我相信,这完全是一种本能,它并非以受苦为目的,其带来的痛苦只是副产品。

强尼当时并没有死。当我被允许进入手术室时,它还有知觉,但是已经虚弱得不能动弹了,只有它那沾满血迹的尾巴还在微微颤动。回家的路漫长又颠簸,它一动不动地躺着,我一次又一次地试探它的心跳,确定它是否还活着。我们到达德鲁姆菲亚克拉赫时已经是晚上了,雪纷纷扬扬地下着,又厚又密,冰冷的北风吹着。从强尼来到德鲁姆菲亚克拉赫的第一天起,莫拉格就把全部心思都放在了它身上,她焦心等待的时间比我更长。强尼还活着,可离死亡仍然很近。很多天来,情况几乎没有好转。它是那么无助,即便莫拉格和我轮流整夜守在它身边,照顾它。清洁是最重要的问题,即便虚弱得不能动弹，它还是宁愿忍受痛苦到室外去，也不愿在室内排泄。在那种严寒的天气里，我们不得不把它抬到室外，支撑着它，让它站立排泄，同时我们中的一个人用毯子为它遮挡风雪。

强尼恢复得很好——只有像它这样体格强壮的狗才能做到。在接下来的六个月里，它奇迹般地焕发了活力，可是到秋天，癌症又复发了，而且这一次已经无法手术。莫拉格写信告诉我这个消息，并请求我在它开始感觉疼痛之前，在它仍然快乐和活跃的时候，同意它离开这个世界。我心情沉重地同意了，不仅因为我知道在它仍然感觉健康、精力充沛时安排它赴死，对莫拉格来说是一种折磨，还因为当时我因痛失至亲而心情沉重，没有勇气北上，亲手处理这件事。兽医出现时，强尼热情地迎接了他。接受致命注射时，它被莫拉格搂着、抚摸着，没有感觉到针头的存在。后来，她感觉到它的头在手里越来越沉，知道它已经死了。莫拉格把她的心交给了强尼，就像她一生中对其他动物所做的一样，对她来说，那一刻的背叛犹如死亡本身。

自从强尼去世后，我再也没有养过狗——我不想养了。或许要等到我上了年纪，不再适合与活泼的狗相伴时，才会重新考虑考虑。

6

虽然我很清楚自己不想再养狗了，而且从某种意义上说，强尼的死结束了我生命中过长的怀旧篇章，但是我觉得，卡姆斯费尔纳的秋天和冬天太过漫长、太过黑暗，这让我渴望家里有动物的陪伴。

对我来说，秋天始于雄鹿的第一声咆哮。由于风几乎总是从西边吹来，而且篱笆把大部分雄鹿挡在卡姆斯费尔纳上方的高地上，挡在沿岸低矮的山丘后面，我首先听到是峡湾对面斯凯岛附近的陡坡上雄鹿的咆哮。那是一种野性而原始的声音，萦绕着、徘徊着，久久不散，完全属于北方。我很难相信在欧洲的森林里，雄鹿也会咆哮，因为这儿全是树林，而不是大风吹拂之下的山坡。随着天气转冷，鹿的交配期开始了，而季节变化越不明显，雄鹿发情越晚，但通常是在九月的最后十天。伴随着秋季而来的是夜间的霜冻，以及晴朗、清冷和湛蓝的日子。蕨类植物红了，花楸树的浆果一片猩红，脚下的土地硬邦邦；阳光下，浆果和变红了的树叶艳丽极了。在格伦加里，有几周的时间，路边孤零零矗立着的一个红色邮政信箱，与它的背景融为一体，隐身不见了。

当这个季节的满月到来时，夜晚，我坐在山坡上，听着雄鹿们在周围的山丘上相互应答。地平线上有一圈青灰色峰峦，银色云朵在峰峦间移动，大海在它们脚下闪着银光。星空下，高高飞翔的大雁齐声唱着向南飞去，飞离黑夜，飞离北方。

来卡姆斯费尔纳之前，也是这样的一个夜晚，我睡在索厄岛的一个小湖边，野天鹅在头顶呼叫着，幽灵般地盘旋而下，若隐若现地落在湖面上，长长的脚一连串地滑过水面。整夜我都听到它们不安的低语——它们轻盈地浮游在泥炭般漆黑的波浪上，柔和的声音与我的梦境融为一体，清凉的胸脯成了我的枕头。黎明时，野天鹅的叫声唤醒了我，它们聚集在一起准备起飞。当它们向南飞去时，我注视着那有节奏扇动着的白色翅膀，直到再也看不见为止。在我眼里，野天鹅是一种象征，因为我正在告别索厄岛，那曾经属于我的岛屿。

卡姆斯费尔纳的冬天像其他地方一样变化多端，但在天气恶劣的时候尤其糟糕。人们在黑暗中摸索着起床，玻璃窗上雨水的冲刷声和瀑布的轰鸣声甚至盖过了狂风和潮水的怒吼声。绿色的田野上到处都是一大片一大片的水洼，有些是洪水造成的，也有些是溢出的海浪——飞溅的水花击打着房屋。日复一日，白天短暂的几个小时被滚滚乌云和拍岸惊涛填满，这时候，人们才开始真正懂得"与世隔绝"的含意，而在夏天，这不过是一个空洞的词而已。

小溪涨满了水，携带着大量的碎石奔流而下，在桤树树干和树枝间肆虐。震耳欲聋的流水声中，还夹杂着巨石滚动的空洞声响——从岩石峡谷中倾泻而下的白水冲刷着这些巨石，令它们在河床里滚动、碰撞。一九五三年，桥就是在这样的洪水中被冲毁的。之后五年里，每当小溪涨水时，要去德鲁姆菲亚克拉赫，人们除了紧紧抓住一根拉长的绳子，勇敢地冒险横渡小溪之外，唯一的选择就是紧紧沿着小溪步行经过两英里多的陡峭山路和泥炭沼泽。狂风从西南方向袭来，在赫布里底群岛之间形成狂暴的旋风，所以人们在上山时通常是顺风，但下坡时，就得迎风而行。有几个夜晚，我从德鲁姆菲亚克拉赫回家时，没有带手电筒，眼前一片漆黑。为了避免像树叶一样被大风卷走，我只能手脚并用地爬行。

当然，冬天的这幅"画"也有另一面：明亮的原木火光映照在松木板墙上，厨房兼起居室里温暖而安全，蒂勒灯[1]发出稳定而令人安心的嘶嘶声，与外面海洋和天空间的喧嚣形成鲜明对比。过去，强尼总是睡在壁炉前的地毯上，现在强尼不在了，这幅画也常常缺少其他色彩。在昼短夜长的日子里，白天也是阴沉沉的，供应的煤油会耗尽，蜡烛在方圆百英里内都买不到，我又没有足够的空间储存足够的干木材来保持

---

[1] 一种起源于英国的便携式煤油灯。

房子温暖。今年我才安装了卡勒气炉（丙烷气炉），在这之前，我一直用普里莫斯炉做饭，需要甲基化酒精和煤油。如果家里这两种东西都用完了，在湿柴火上烧开一壶水就需要一个小时。有些日子我会陷入一种冷漠的情绪中，宁愿爬回床上躺着也不愿意清醒面对生活中的种种实际困难。当物资运到时，还得从德鲁姆菲亚克拉赫山上背下来。这是一段漫长的旅程，我走得跌跌撞撞，背上的负重使人失去平衡，雨雪猛烈地打在脸上、眼睛上。关于过去，除了这些，我还清楚地记得那冰凉的湿衣服有多么让人讨厌，那些挂在几乎不冒烟的火炉上、排成一排的湿衣服，就像大海本身一样，干燥的希望渺茫。

有时会下雪——卡姆斯费尔纳很少下雪，因为房子的海拔不到六英尺。但我记得有一年冬天下雪了，房子周围积了厚厚的雪。那天早晨，大风将雪花从海上卷过来，我必须出发前往南方。天还没亮，我便离开家，去赶德鲁姆菲亚克拉赫的路虎邮车，黑暗中仅有的光亮来自从房子周围一直延伸到海浪边的白雪。我对那个早晨记忆犹新，因为那是我攀爬德鲁姆菲亚克拉赫最糟糕、最噩梦般的一次。天气一直很恶劣，小溪水位很低，在雪峰的上游就结了很厚的冰。我本以为借助绳子、穿着海员的长筒靴可以蹚过小溪，但走到溪边时，我发现自己错了。可是我宁愿试一试，也不愿背着一百磅的行李，绕远路穿过沼泽。刚走了几码，靴子里就灌满了水，可是房子已经上了锁，时间紧迫。我挣扎着蹚过小溪，最后腰部以下全湿透了。我双手紧紧抓住绳子，双腿被积雪融水冲往下游。在小溪的对岸,我坐下来,把靴子里的水倒空——每只靴子里都有足足两加仑[1]的水。我试着拧干裤子,上下牙齿却像响板一样打战。把靴子穿回去时,一股冰冷的细流顺着我的双腿往下,又慢慢浸透了脚。我从小溪处开始爬陡峭的山坡,背上的包似乎重了一倍。我滑倒、跌跤,终于气喘吁吁地爬上失去所有地标的昏暗山坡。在第一个陡坡顶部,我遇上了旋转的暴风雪,被打得晕头转向,迷失了方向。

我曾数百次走过这条小路,白天黑夜都走过,但是现在,周围的一切全都被覆盖上了一层厚厚的雪毯,彼此连接在一起,令我无法辨认出任何地形弧线或轮廓。雪下得如此大,甚至让人忽视了峡谷中八十英尺高的瀑布所发出的声音。我总是担心陌生人在黑暗中跌落到悬崖底部,现在轮到自己了。我已经完全迷失了方向。为了避开峡谷,我开始沿着能找到的最陡峭的地面向上攀爬。我在雪堆里连滚带爬,不时摔个大马趴。我的脚踩在被雪覆盖的大石头上直打滑,我被肩上的重负拖得往后倒。暴风雪又一直在袭击我,湿漉漉的雪花拍打着我的眼睛和耳朵,顺着我的脖子流下,钻进我衣服的每一处缝隙。有一次,我绊倒在一头雄鹿身上——它躲在岩石下,身上覆盖着雪。它起身逃走,飞快地钻进了山坡上横飞的雪花中,我则取而代之,在岩石下待了几分钟。鼻子里闻到刺鼻的雄鹿气息,我不禁想,我怎么会认为卡姆斯费尔纳是世外桃源呢?那天早上,我花了一个半小时才到达德鲁

---

[1] 加仑是英美制容量单位,1英制加仑约为 4.55 升。

姆菲亚克拉赫，靠的更多是运气而非判断。在开始真正的南下之旅之前，我还要乘坐一个小时的汽艇和四个小时的火车前往因弗内斯。

人们对最糟糕的和最美好的事记忆犹新，却很少能记住处于中间地带的平淡无奇之事。挣扎结束后，我总会被长期忍受这种苦难的麦金农一家热情款待——莫拉格的松饼和姜饼，还有一杯杯花蜜热茶在等着我。此外，还有卡姆斯费尔纳也曾有过的美好冬日：大海像夏天时那样平静，阳光照耀在斯凯岛白雪皑皑的山峰上。这些时候，我不会为了世界上的任何地方而搬离我的家。

但是，正如我说过的那样，强尼去世后，我的家总是死气沉沉，毫无生气，于是我开始在脑海中漫不经心地回顾，筛选除了狗之外各种可能跟我做伴的动物。童年时，我曾受到鼓励饲养从刺猬到苍鹭的各种宠物，因此我有相当多的宠物可供选择。但过了一段时间，我无奈地意识到，这些我熟悉的动物没有一个能满足现在的要求。于是，我把这个想法放在一边，搁置了一年。

一九五六年新年伊始，我与威尔弗雷德·塞西杰[1]一起前往伊拉克南部，与鲜为人知的沼地阿拉伯人（或马丹人）[2]共

---

1 威尔弗雷德·塞西杰（Wilfred Thesiger，1910—2003），英国著名探险家和旅行文学作家，被誉为"最后一位古典探险家"，代表作为《阿拉伯之沙》《沼地阿拉伯人》。

2 Marsh Arabs，居住在伊拉克南部美索不达米亚沼泽的族群，由许多部落与部落联盟组成。他们饲养水牛，以稻作为生，在沼泽中建造芦苇棚屋而居，亦被称为马丹人（Ma'dan）。相关记叙见塞西杰著《沼地阿拉伯人》。

度了两个多月的时光。当时我有一个念头——不过也不是特别强烈——我应该养一只水獭，而不是一条狗。卡姆斯费尔纳被水环绕，我的家门口便有水，是一个适合做这个实验的地方。启程后不久，我随口向威尔弗雷德提起这件事，而他也同样随口回答说，我最好在回国之前，到底格里斯河沼泽地区去找一只，因为那里的水獭就像蚊子一样常见，而且通常被阿拉伯人驯化了。

在那两个月里，我们大部分时间都盘腿坐在塔拉达[1]或称作战独木舟的舱底，悠闲地穿梭在底格里斯河以西的大三角洲沼泽地和波斯边境之间分散的芦苇棚屋村落间，忘了时间。而在旅程最后，我的确得到了一只水獭幼崽。

实际上，我很难找到新的词语来描述已经讲述过的事情——如果第一次写时已尽全力，那么第二次的尝试很难胜过第一次，因为画面的新鲜感已经消退。在此我必须道歉——当然这也是我的借口——因为我在这里引用了我在那之后不久写的关于那只水獭幼崽查哈拉的部分内容。此外，它的确是我叙述中不可或缺的一部分。

天黑后，我们坐在沼泽地泥岛上一种名叫"穆迪夫"（mudhif）的芦苇棚屋（也称酋长客房）里，我正想着那位女主人的失礼行为——她是一个专横的老妇人，她刚才的行为惹得我很生气。

1　tarada，沼地阿拉伯人使用的一种大型独木舟。第一次世界大战美索不达米亚战役期间，英国和奥斯曼帝国军队及其当地盟军使用过铁皮塔拉达船。

我无端憎恨起那个装模作样、趾高气扬的蠢女人。她不仅贪婪，更是愚蠢得令人难以置信。心里想着这些事，我没有认真去听周围的人在说什么，但"celb mai"几个字却在我耳边响起。"你们是在说水獭吗？"我问塞西杰。

"你说过想要一只水獭幼崽，我想我们帮你找到了。这家伙来自半英里外的那个村庄，已经被原主人养了大约十天了。它非常小，从奶瓶里吸奶。你想要吗？"

水獭的主人说他这就去把小水獭带来，半小时左右就会回来。他起身走了出去。从穆迪夫入口处，我看到他的独木舟在星光闪烁的水面上悄无声息地滑行。

不久，他抱着水獭宝宝回来了，在火光中，他把它放在盘腿而坐的我的膝头上。小水獭抬起头，轻轻地对我叫了几声。它只有小猫或松鼠那么大，双腿还有点站立不稳。那条铅笔般粗细的尾巴看起来很僵硬，散发出一种令人愉悦的麦芽香味。它翻了个身，露出毛茸茸的圆肚子和四只有蹼的脚掌。

"那么，"塞西杰说，"你想要吗？"

我点了点头。

"你准备出多少钱买它？"

"肯定比他们要的多。"

"我才不会出什么荒唐的价钱——这有损体面。如果他们要价合理，我们就买下来，如果价钱高得离谱，我们就去别的地方买。"

我说:"我们一定要抓住这次机会,现在时间已经不多,可能以后再也没有机会了。声誉没有那么重要,因为这是你最后一次来沼泽区了。"我看着这只迷人的小动物可能因为几先令的体面从眼前溜走,而讨价还价似乎没完没了。

最后,我们花五个第纳尔买下了这只小水獭,还包括橡胶奶嘴和一个肮脏但宝贵的奶瓶。奶瓶在沼泽区可是个稀罕物,何况它已经习惯了这个。

大多数动物幼崽都很可爱,但这只水獭幼崽浑身上下的每一寸地方都比我见过的其他幼兽更迷人。即使现在,我也无法在没有一丝内心痛苦的状态中写下关于它的故事。

我剪下一截望远镜的系带,给它做了一个颈圈。这颇不容易,因为它的头还不如脖子宽。此外,我又在项圈上系了六英尺长的绳子,这样不管何时我都能与它保持联系,以免它走失。被我塞进衬衣里后,它立刻舒服地蜷缩在里面,感受到温暖和黑暗带来的安全——这是它与母亲分离后从未体会过的。在它短暂的一生里,我始终这样带着它。它醒着时,会将头好奇地从套头衫的领口探出来,就像小袋鼠从妈妈的口袋里探出头来一样;而它睡着时,就像所有水獭一样,仰面而躺,蹼脚朝天。醒来后,它像小鸟一样叽叽喳喳,但在梦中,它会小声而狂野地叫喊——三个下降音符,凄厉而绝望。我叫它查哈拉,因为这是我们前一天离开的那条河的名字,而且这三个音节最接近它睡觉时的叫喊声。

那天晚上，我睡得不是很安稳；迪宾的所有野狗似乎都在我耳边吠叫，而我无论如何也不敢让自己睡得太死，以免压到蜷缩在我腋下的查哈拉。像所有的水獭一样，它从一开始就接受了"上厕所的训练"。我把睡袋靠在穆迪夫的墙上，这样更方便一点，它可以径直走到芦苇柱之间的那片空地上。夜里，它时不时这样做，退到最远的角落里，用无限专注的表情拉出一条黄色毛毛虫般的排泄物。在检查完这些之后，它显然对自己的工作很满意，便会爬上我的肩膀，轻声哼唧着要奶瓶。它喜欢仰卧着喝奶，像小熊一样用爪子夹着奶瓶，吸完奶后，再度酣然入睡，嘴里还含着奶头，稚嫩的脸上露出幸福的表情。

从第一次在我的套头衫里睡着的那一刻起，它就把我当成了它的父母，从未对任何事物或任何人感到害怕。可是我却辜负了它，因为我既没有它母亲的知识，也没有它母亲的本能，我的无知导致了它的死亡。然而，这出如此微小却又如此彻底的悲剧并没有给它短暂的生命蒙上阴影。过了一些天，它知道自己叫什么名字了，学会了像小猫一样玩耍。只要我走在一块干燥的地面上，它马上就会蹦蹦跳跳地跟在我的后面，因为它讨厌把脚弄湿。当它走够了，就会叽叽喳喳地叫着用爪子抓我的腿，直到我蹲下来，让它一头钻进我套头衫里友好的黑暗中。有时，它会立刻以这种姿势睡着，头朝下，细细的尾巴尖伸出来。阿拉伯人说，它是我的女儿，还经常问我上次给它喂奶是什么时候。

我很快就发现，它限制了我的行动。我已习惯把它放在我的套头衫里，但只要我一踏出家门，它就弄出一个像孕妇肚那样的鼓包，弄得整个村庄的人都围拢过来。此外，我再也不能像往常那样把相机挂在脖子上了，因为走起路来相机会碰到它的身体。

一天晚上，塞西杰和我讨论给查哈拉断奶的问题。我们都觉得它应该到可以吃固体食物的年龄了，而且我觉得，一些比水牛奶更浓稠的食物应该更适合它瘦弱的身体。不过，我低估了本能的力量，因为我以为它现在还不会把血或肉和可食用联系起来，需要循序渐进慢慢认识和接受。我决定，最好的办法是在它的牛奶中加入几滴血，先让它习惯这种味道。事实证明，我这种想法非常幼稚，因为当我拿着两具被斩首的麻雀尸体，试图滴几滴它们身上的血到奶瓶里时，它突然闻到了红肉的香味，野蛮地抓起尸体就跑。我想，如果我没有及时阻止，它一定会用那细小的针状牙齿咬碎骨头和所有东西。我们认为，这证明它已经从它母亲那里得到过成年食物。当我从它手里夺过尸体时，它显得十分生气。而当我把切成小块的胸脯肉给它时，它狼吞虎咽地吃了下去，并四处寻找更多的食物。

"断奶了，"我们独木舟上的首席划船工阿马拉说，并做了一个结束的手势，"断奶了，断奶了。它长大了。"

看起来是这样，但是，唉，可惜它没有长大。

一周后，我们为它打了一只牛背鹭，它狼吞虎咽地吃着碎肉——这是它最后吃的食物。

那天晚上非常冷。我头顶上的苇席屋顶有一个缝隙，透过它可以看到明亮而清晰的星星。一丝冷得像冰凌的风吹得墙角干枯的芦苇沙沙作响。我睡得很不安稳。查哈拉烦躁不安，在我的睡袋里动来动去。我不知道它快要死了，对它很不耐烦。早上，我把它带到村边的一块干地上，想让它走走，这时才发现它病得很重。它一动不动，只是可怜巴巴地躺在地上看着我，当我再次抱起它时，它立刻寻找我套头衫里的温暖和黑暗。

我们穿过鲜花盛开的水道，在低矮的青绿色沼泽中行进了一个小时，在另一个大岛村庄停下来。上岸后，我明显感觉到查哈拉快不行了。它很虚弱，不安地动来动去，在穆迪夫里寻找芦苇柱和芦席墙之间的黑暗角落。它腹部朝下趴着，呼吸急促，显然很难受。也许我们巨大的药箱里有什么东西可以救它，但我们只想到了蓖麻油，因为它前一天晚上吃的一切仍然在体内。蓖麻油没有什么效果，它几乎是机械地吮吸着奶瓶，已经奄奄一息了。我绝望地在它身旁坐了几个小时，这时塞西杰从外面行医回来。"你最好出去走走，"他说，"我会照看它的。你一直坐在这里简直像坐在地狱里，对它没有一点好处。这是最后一个沼泽村了，你以后可能再也见不到了。"

我走了出去,想起了一些我一直想拍却迟迟未拍的东西。后来我发现相机的快门坏了,就回到了屋里。

一小时后,我们离开了。当我再次感受到贴在我衣服上的查哈拉带来的温暖时,我稍感安慰,以为它会活下来,可这不过是一种错觉。它并不愿意待在那里,它以一种让我吃惊的力量又爬了出来,在狭窄的舱底不停地蠕动。我把手帕铺在膝盖上,为它发热的小身体搭起凉篷遮阳。有一次,它微弱地叫了一声——那是它在睡觉时发出的那种轻轻的、野性的、孤独的叫声——几秒钟后,我看到它的身体一阵颤抖。我把手放在它身上,感觉到身体因死亡而瞬间出现的奇怪僵硬,然后又变得软绵绵的。

"它死了。"我说。我用的是阿拉伯语,好让男孩们停止划桨。

塞西杰说:"你确定?"

男孩们不敢相信地瞪大了眼睛。"真的死了?"他们问了一遍又一遍。我把它递给塞西杰,尸体从他手里掉了下来,就像一件迷你毛披肩。"是的,"他说,"它死了。"他把尸体扔进水里,它落在洁白和金黄的灿烂鲜花丛中,仰面浮在水面上,蹼爪放在身体两侧,就像活着时睡觉的样子。

"走吧,"塞西杰说,"噜——呼——噜——呼(Ru-hu-Ru-hu)!"

但男孩们一动不动地坐着,盯着那具小尸体,又盯着我,直到塞西杰生气了,他们才行动起来。阿马拉在船头不停地回头张望,最后我们拐过一片绿色芦苇丛,它才彻底消失在视线中。

  阳光照耀着白色的花朵,蓝色的翠鸟在花朵上方掠过,老鹰在蓝天上盘旋。查哈拉死了,这一切对我来说都不那么鲜活了。我告诉自己,沼泽区有成千上万只像它这样的水獭,它们或被五叉戟刺死,或被射杀,或在幼崽时被捕获,最后在冷酷的囚禁中慢慢死去,查哈拉不过是其中之一。可是它死了,我很凄惶。也许罪魁祸首就是一百多万年前,第一个抱起那只紧紧依偎在死去母亲身上的野狗幼崽的人。我想知道,他那半人半兽的大脑是否也受到某种我心中已然明了的动机的驱使。

  查哈拉的死让我极度痛苦,因为我彻底明白了,我就想要一只水獭在卡姆斯费尔纳和我做伴。我觉得,我本来有个机会的,却白白浪费了。直到很久以后,我才意识到它的死因:沼地阿拉伯人将洋地黄藏在虾饵中麻醉鱼类,虽然这样微小的剂量对人或成年牛背鹭无害,但对像查哈拉这样年幼的动物来说,可能是致命的。

  我在沼泽区已无暇停留了,威尔弗雷德和我要在巴士拉待上几天,然后去牧民部落度过初夏。不过,查哈拉的死,对我而言看似结束,实际上却只是一个开始。

第二部分

与水獭们共同生活

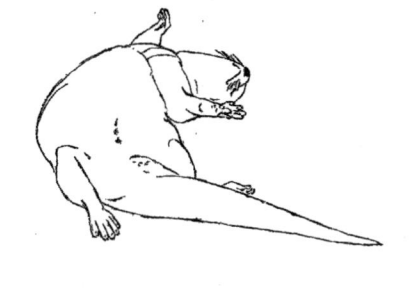

7

查哈拉死去的那天晚上,我们到达了底格里斯河畔的欧宰尔——以斯拉[1]墓所在地。我和威尔弗雷德·塞西杰都要从那里去巴士拉,收取并回复从欧洲寄给我们的信件,然后再一起出发。到巴士拉总领事馆后,我们得知威尔弗雷德的邮件已经到了,但我的还没有。

我给英国那边拍了电报,三天后仍然没有消息,于是我试着打电话。电话必须提前二十四小时预约,而且一天只能安排给你一个小时,但由于时差原因,在分配给我的这一个小时内伦敦不可能有人接听电话。第一天,线路故障;第二天,交换机因宗教节日关闭;第三天线路再次故障。我只好和塞西杰约好一周后在阿布·厄尔·纳

---

[1] 犹太人的宗教和律法的领导者,公元前5世纪领导了犹太人从巴比伦返回耶路撒冷的归回运动。《圣经·旧约》中的《以斯拉记》记载了这段事迹。

比的穆迪夫会合，然后他就先行离开了。

在我们约定日子的前两天，我离开总领事馆几个小时，傍晚回来时，发现我的邮件已经到了。我把信拿到卧室里去看，发现卧室里有两个沼地阿拉伯人蹲在地板上，旁边还放着一个不时蠕动的麻袋。

他们递给我一张塞西杰的便条："这是你的水獭，公的，断奶了。我觉得你可能想把它带到伦敦去。在塔拉达上照顾它可能有些费事。这就是我当初听说的那只，但酋长们也想要它，所以他们说它死了。给我回封信，告知它是否已经安全抵达。让阿吉拉姆把信交给我，他已经接替了卡提亚的位置……"

随着那个口袋的打开，我生命中的一个新阶段开始了。从本质上说，这个阶段至今尚未结束——也许只有我死了它才会结束。这实际上是一种对水獭的痴迷，一种水獭情结。后来我发现，大多数拥有过水獭的人都跟我有着相同的感受。

从麻袋里出来的这只动物并没有受到太大的惊吓。它走到领事馆这间卧室宽敞的瓷砖地板上时，像极了一条人们想象中的中世纪时代的龙——从头到尾都裹着一层泥，像披着一身对称的尖锐鳞片。在"鳞片"的顶端还能看到柔软的丝绒软毛，令它又像一只巧克力色的鼹鼠。它抖了抖身子——我有些期待这身气势汹汹的伪装会化为一片尘土，但丝毫没有变化，事实上，直到一个月后，我才设法把这身伪装中的最后一片"鳞片"取下来，看到了它的真面目。

然而，甚至在第一天，我就发觉它是一种我从未见过的水獭——唯一与之相像的，是我从一个沼泽村庄的阿拉伯人手里买来的一张奇特的水獭皮。我给这只新水獭取名米吉比尔——这是一位酋长的名字，我们最近一直住在他那里。米吉比尔这个名字让我联想到一个鸭嘴兽模样的生物形象，而事实上，我的新水獭是科学界以前尚不知晓的一个品种，动物学家通过对它皮毛和肉体本身的检查，最终将它命名为"麦克斯韦尔水獭"。也许这一情况[1]影响且加深了我和它之间的感情——在朝夕相伴的一年多时间里，我对它的感情比对任何人都要深厚。而它，也在这一年零五天里，一直在我的床边和浴室里注视着我的一举一动。现在以过去时态来描述它，让我感到像失去了唯一的孩子一样孤独。虽然我有了另一只水獭，同样友好迷人，但我再也不会有第二只米吉比尔了。

在最初的二十四小时里，米吉比尔既无敌意也不友善，冷漠而疏离，只想睡在离我的床越远越好的地板上。它接受食物和水，仿佛它们不用人的帮助，就能自动出现在它面前一样。食物是个问题，因为我当时并没有马上想到沼地阿拉伯人几乎肯定是用米饭残渣喂养它的，只是偶尔补充一些人类不可食用的鱼类。一个仆人被总领事派去买鱼，回来的时候恰逢罗伯特·安戈利来访。安戈利是一位在英国受过教育的伊拉克基督徒，是王储的狩猎管理员，对自然历史有着极大的兴趣。安戈利告诉我，买来的鱼对动物来说都不安全，

---

[1] 指动物学家以作者的姓"麦克斯韦尔"为新水獭命名。

因为它们都被下了洋地黄，虽然这种毒对人体无害，但他确信它对小水獭很危险。他主动提出，每天为我提供用网捕捞的鱼。此后，他每天都带来半打左右底格里斯河里的小红鱼，让米吉比尔津津有味地吃着。它用前爪夹住鱼身，令鱼尾朝上，像抱着一根爱丁堡岩石糖一样，总是左下颌咬五下，右下颌咬五下，交替进行。

我很幸运，刚好碰到安戈利，否则米吉比尔可能马上就会步查哈拉的后尘，以同样的原因死去。安戈利在我等待来自欧洲的信件期间拜访过总领事，并邀请我去王储那片神奇的沼泽地打了一天的野鸭，但这种经历再也不会有了，因为现在这位饱受仇视的王储已经死去，死于疯狂的暴徒之手。而我相信，安戈利对任何政治都不感兴趣，自从革命爆发，他就杳无音信了。

关于那次猎鸭，我最难忘的是那一大群粉红色的火烈鸟。它们飞过我的射击掩体，一排排绯红与洁白的翅膀从我头顶擦过，沙沙作响。那儿有成千上万只鸭子，但如果王储真的曾经从那个掩体里射杀过很多鸭子的话，那他可比我强多了。掩体孤零零地矗立在一片绵延一英里多的水域中央，它的侧面不过齐腰高，中间是一个木制座位，座位的右侧立着一个类似鸟食台的东西，台面可放置八盒未开封的二十五发子弹匣。子弹摆在那里，形成一片醒目的猩红色警示，警告着方圆两百码内的每一只鸭子。我成了这里所有鸟儿的焦点。掩体的底部浸在六英寸深的水里，所以子弹盒依旧留在原地，鸭子们一只也没靠近。大约过了五个小时，我才从窘境中被救了出来，安戈利和我一起把大约一百五十只鸭子带回了家，其中我的贡献不足三分之一。不过，火烈鸟可真壮观。

我和水獭享受了总领事为期两周的盛情款待。第二天夜里，米吉比尔凌晨时分来到我的床上，睡在我的膝弯里，一直到仆人早晨端来茶水。从那一天开始它不再冷漠，且对周围的环境产生了浓厚的兴趣——浓厚得有点过了头。我为它精心制作了一个项圈，或者说是一条束身带，然后牵着它去浴室，它在浴缸里欢快地玩耍了半个小时，在水里扑腾打滚儿，在水下来回穿梭——水花泼溅响彻浴室，动静大得像有头河马在里面。我后来才知道，这就是水獭的习性。可以这么说，每一滴水都必须得到利用并四处泼洒：如果有一个碗，那么必须立即把碗打翻；如果碗打翻不了，那就坐在碗里面一通扑腾，让水溢出来。水必须保持流动，发挥水应有的作用，静止不动的水就像被埋没的天赋，是一种浪费，令人懊恼。

两天后，正在我走进卧室的当口，它从我身边溜了出去。我转过身，看到它的尾巴在通往浴室的走廊拐弯处消失了。当我追上它时，它已经爬上了浴缸的一头，用爪子摸索着铬合金水龙头。我目瞪口呆地看着，对它这种我尚未察觉到的早慧表现甚感惊讶。不到一分钟，它就把水龙头拧到了足以流出一滴水的程度，并因成功的喜悦愣了一两秒，然后它继续拧，水龙头完全打开，水流了出来。（事实上，它当时只是碰巧拧对了方向。在随后的几次尝试中，它竭尽全力却把水龙头拧得更紧了。对水龙头的不合作，它感到恼怒和失望，发出咯咯声。)

总领事馆里有一个带围墙的大花园，我在里面训练它。花园里还有一个用高网围起来的网球场。几天后，在这个围场里，我发现它不用牵着就会跟着我，只要我叫它的名字，它就会来找我。一周后，它已经接受了我，与我建立了依赖关系。有了这种安全感后，它开始表现出水獭的主要习性——永远在玩耍。很少有动物在成年后还会经常玩耍——成年动物关心的是吃饭、睡觉和繁殖，或者是达到这些目的的手段。但水獭是为数不多的例外，它们一生中大部分时间都在玩耍，甚至不需要伙伴。在野生状态下，它们会独自在水中就近随便找个什么漂浮物玩上几个小时，把它拖到水下再让它浮上来，或者猛地一甩头把它扔出去，让它溅起水花，然后像追逐猎物一样去追逐它。毫无疑问，它们在洞穴里，也会像我的水獭一样仰卧玩耍，用爪子卷起小东西，从一个掌心传到另一个掌心，因为在卡姆斯费尔纳，所有海边洞穴里都有大量的小贝壳和圆石，这些显然是它们带进来的玩具。

米吉会花上几个小时在房间里玩皮球。像一个有四只脚的足球运动员，它能用四只脚运球，而且颈部还能有力地一甩，把球扔得惊人之高、之远。这些游戏它可以自己玩，也可以和我一起玩。但在我看来，水獭真正爱玩的游戏——当它吃饱后、感到幸福时玩的游戏，就是仰卧在地上，用爪子夹着小东西玩杂耍。它们玩得格外专注和灵巧，好像变戏法的人在努力完善某种技巧，好像在这种游戏中有某种人类观察者猜不到的目标。后来，弹珠成了米吉最喜欢的玩具，纯粹是消遣，其中并无任何人格化的含义。它会仰卧着，让两个或更多的弹珠在自己宽阔扁平的肚子上来回滚动——一颗也不会掉到地上。要么就伸出前爪，在掌间滚动弹珠，连续滚上几分钟。

早在巴士拉的头两个星期，我已学会了很多米吉的语言。我发现，这种语言在很大程度上是共享的——许多其他种类的水獭也使用着类似的语言，只是在用法上有些奇特的变化。这些声音的音域差别很大。最简单的是呼叫声——我遇到的所有水獭发出的都大致相同。它是一种短促、焦急、有穿透力的声音，但音量并不高，介于哨声和鸟儿般的啁啾声之间。还有一种询问声，用于更近距离的情况，例如，米吉走进一个房间，会用"哈！"这个词询问房间里是否有人，声音响亮而刺耳。如果看到有人准备带它出去或去洗澡，它就会站在门口发出好听的气泡音，其间还夹杂着鸟儿般的啁啾声。不过，啁啾声才是米吉主要的声音交流方式。这种声音有高有低，有单一抱怨的啁啾声，也有连续不断的啁啾声的组合。它还有一种完全不同的声音，那是高亢、咆哮的尖叫，凄厉的哀号，无疑表明它非常生气。此时如果再被激怒，它就要咬人了。我养它的一年里被咬过四次，都是轻咬，因为它生气了，而不是玩游戏玩得兴奋。这四次都令我极为难忘，尽管我只有一次被真的咬到了。

当然，水獭的颌部非常有力——事实上，对于这种体形的动物而言，它的力量几乎不可思议——而它还配备有可以将看似坚硬如石头的鱼头瞬间咬成肉酱的牙齿。水獭就像小狗一样，会因为没有其他途径来表达自己的感情而啃咬人的手——它们似乎觉得，用嘴是最自然的表达方式。我知道水獭有巨大的咬合力，我也能感受到米吉在与我游戏玩耍中为保持温柔所做出的努力，但是，它们的戏耍之咬也许是根据水獭而非人类皮肤的敏感度来衡量的。米吉在受到责骂时总是一脸受伤和惊讶的表情，因为在它看来，它似乎已经尽量谨慎、尽量温柔了。不过，过了一段时间，它就学会了像一只雏鸽啄食那样温柔地轻轻咬我。它终其一生都对陌生人保持着好脾气，好得甚至过了头，所以只会"朋友你好"式的轻咬。

在巴士拉的日子过得很平静，但我对将米吉运往英国和它的最终目的地卡姆斯费尔纳的前景感到恐惧。英国海外航空公司（BOAC）的航班根本不允许搭载牲畜，而当时飞往伦敦再无其他航线。最后，我预订了环球航空公司飞往巴黎的航班，同时预订当晚法航飞往伦敦的航班。环球航空公司坚持认为，应该将米吉装进一个不超过十八英寸的箱子里，且这个箱子必须是个人随身携带的行李，放在我脚边的地板上。

当时，米吉的身体约一英尺多长，尾巴也有一英尺多长。为了设计这个箱子，我和一贯乐于助人的罗伯特·安戈利操心了好久，最后他找熟识的工匠制作了这个容器。我要乘坐晚上九点十五分的航班出发，当天下午，箱子送到了，里面铺着锌皮，分成两个隔间，一个用于睡觉，一个用于方便——对我这个经验不足的人来说，它看起来十分理想。

八点钟吃晚饭，我觉得最好在离开前一个小时就把米吉放进箱子里，让它先慢慢适应，这样它在旅途颠簸时就不会感到不安了。我费了一番周折才把它弄进去，那之后，我把它留在黑暗中匆匆出门，它显得很平静。

当我回来时，留给乘领事馆的汽车赶到机场登机的时间已经所剩无几，然而我被眼前那幕可怕的景象惊呆了。箱子里一片死寂，鲜血从通风孔和铰链盖周围的裂缝里流出来，并在白色的木头上干涸。我猛地拧开挂锁，掀开箱盖，米吉早已精疲力竭，浑身是血，呜咽着试图爬上我的腿。它的嘴巴、鼻子和爪子被划伤了，但锌皮衬里也被撕得稀烂，被剥成尖利的一条条，挂在箱子四壁，散落在箱子底部。当我把最后一块锌皮也撕掉，不留任何锋利边缘时，距离飞机起飞只有十分钟了，而这儿离机场还有五英里远。我很难再把可怜的米吉放回那个箱子里，对它而言，现在那个箱子就像一个酷刑室。可我还是强迫自己这么做了，在它逃跑之前，我把盖子狠狠地关上——自己的手指还被夹到了，然后开始了一段我再也不希望经历的旅程。

我坐在汽车后座上，箱子就在旁边，阿拉伯司机开着车像一颗弹飞的子弹一般穿越巴士拉的街道。驴子惊得尥蹶子，自行车乱转，郊区的山羊四散惊逃，家禽们发现了自己不曾知道的飞行能力。米吉在箱子里不停地喊叫，我们俩就像调酒器里的鸡尾酒一样，被上上下下抛来摇去。正当我们在机场入口前急刹车停下时，我听到旁边的箱子里传来一声劈裂的声音，随后看到米吉的鼻子抬起了盖子——它用尽了全身的力气，把一个铰链从木头上扯了下来。

飞机正在等待起飞，我被愤怒的官员带着急忙过了海关。我一只手企图按住箱子的盖子，另一只手则用从司机那里偷来的螺丝起子，将螺丝重新拧回裂开的木头里。我知道这不过是权宜之计，不敢想象接下来的二十四个小时会怎样。

也许这是我唯一的幸运：我预订的座位在飞机的最前端，所以我面前是一道隔板，而不是另一个座位。其他乘客——东、西方乘客的奇异组合，全都好奇地盯着我这个姗姗来迟、衣衫不整的乘客，看着我艰难地走上舷梯，手里拎着一个查尔斯·亚当斯[1]漫画中的那种箱子，而箱子里还发出骇人的声音。我不知道盖子还能盖多久，提心吊胆地想看看坐在我旁边的乘客长什么样。当我看到她是一位衣着考究、优雅端庄的美国中年女士时，顿时非常沮丧。我想着，这样的人可能不会同情或容忍她身边有一只邋里邋遢的水獭幼崽，而她可能马上就会知道。盖子暂时还没有打开，箱子内一片安静，我坐下来，系好安全带。

飞机左侧发动机轰鸣了，然后是右侧发动机。飞机在螺旋桨的牵引下颤抖着，摇摆着，然后开始滑行，准备起飞。我想到，接下来无论发生什么，都无法逃避了，下一站就是开罗。十分钟后，我们向西飞越了米吉的故乡——那片巨大的沼泽区，我在黑暗中向下俯瞰，月光下沼泽区里水光潋滟。

我带了一只装满旧报纸的公文包和一包鱼，准备用这些

---

[1] 查尔斯·亚当斯（Charles Addams，1912—1988），美国卡通漫画家，因其创作的暗黑系漫画《亚当斯一家》而闻名。

有限的资源来应付接下来的困境。我把报纸铺满脚边的地板，按铃叫来空姐，请她把鱼放在阴凉处。我对那位空姐怀有最深的敬意。接下来在公共场所与水獭发生的"战斗"中，我的思绪总是像沙漠中的人渴望水一样转向她——这个空姐中的女王。我向她吐露了实情，告诉她我的困境，过去半个小时发生的事情和未来二十四小时的前景让我有点不知所措。我敢说，我当时说话可能语无伦次。她穿着透明尼龙丝袜，始终优雅地站立着，听我诉说，修长的双手接过包裹得并不严实的鱼，仿佛我是一位旅行中的王室成员，把珠宝盒交给她保管一样。然后她转过身，同我左边的女同胞交谈。随后她问我，是否愿意把宠物放在膝头上，这样它会感到更舒服，而且邻座也说她不介意。我感激不尽，简直想亲吻她的手。然而，由于还不了解水獭，我对接下来发生的事情毫无准备。

我打开挂锁、揭开盖子时，米吉像一道闪电般射了出来，又像鳗鱼一样灵活地躲过我摸索的双手，飞快地消失在机舱内。我赶紧走到机舱内的过道上，发现乘客中间掀起了一阵骚动——就像一只白鼬穿过鸡圈时引起的骚动一样。尖叫声、旅行外套的拍打声此起彼伏，机舱中部的一位女士从座位上站了起来，尖叫着："有老鼠！有老鼠！"这时，那位空姐走到她身边，几秒钟内让她又坐好了，脸上还露出和善的笑容。我相信，这位女神单凭一己之力完全能控制住这群惊慌失措的人。

此时，我自己已经站在走道上了。当我看到米吉的尾巴在一个身材魁梧、头戴白色头巾的印度人双腿下消失时，我飞身一扑，结果却扑了个空。我没抓住米吉的尾巴，却抓住了那个印度人的女伴穿着凉鞋的脚。而且我的脸上还莫名其妙地沾满了咖喱。我跟跟跄跄站起来，支支吾吾地道歉，那个印度人则长时间注视着我，面无表情，一言不发——即使我处在极度敏感的状态中，也无法从中推断出任何含义。不过，我很高兴地注意到，可能是咖喱的缘故，大部分同伴都接纳了我——他们现在把我当成了一个无害的小丑，而不是一个危险的疯子。

这时，空姐再次站了出来。"也许，"她带着最迷人的微笑说，"您最好回到座位上。我会找到那只动物，并给您送过来。"即使米吉是一头逃跑的无赖大象，她可能也会这样说。我解释说，米吉可能会因为迷路和受惊而咬陌生人，但她不以为然。

我回到座位上，听到飞机后面传来追逐和寻找的声音，但看不太清楚。正当我伸长着脖子，扭着头跟上追捕的脚步时，我突然听到脚下传来痛苦的唧唧声——这是米吉的声音。它认出了我，对我表示欢迎，跳到了我的膝盖上，用嘴和鼻子在我的脸和脖子上蹭着。在飞机机舱这个陌生的世界里，我是它唯一熟悉的人。这第一次的自发回归，埋下了它一生对我绝对信任的种子。

接下来的一两个小时里，它一直睡在我的腿上，不时下来在我脚下的报纸上大量排便。我每次都要用一种未经排练的小把戏让报纸魔术般地消失，再换上新的；每当它显得焦躁不安时，我就按铃要鱼和水。因为我有一种感觉，就像《天方夜谭》里讲故事的人一样,如果我不能让它高兴,惩罚就会降临。

水獭非常不善于无所事事,也就是说,它们不能像狗一样安静地躺着。它们要么睡着,要么全神贯注地玩耍或干别的什么事情。如果没有合适的玩具,或者心情不佳,不用说,它们会以极大的幽默感开始搞破坏。我深信,对水獭来说,任何形式的秩序和整洁都是挑衅,所以它们制造的混乱越大,就越满足。在它们眼里,一个房间只有在被它们搞得乱七八糟之后才算适合居住。靠垫必须从沙发和扶手椅上扔到地板上;书必须从书柜中拿出来;废纸篓必须翻倒,垃圾必须尽可能地扔得满地都是;抽屉必须打开,里面的东西必须抖搂出来并散落一地。一个被水獭蹂躏过的房间,就像被窃贼匆忙搜寻过他认为被藏起来的某个细小而贵重的物品一样。直到我目睹过水獭的这种制造混乱的能力,我才算是真正理解了"洗劫"一词的含义。

水獭的这种行为,在一定程度上确实可归因于它强烈的好奇心。这种好奇心传统上是猫鼬的特性,但水獭会让任何猫鼬都汗颜。水獭必须了解一切,参与一切,最重要的是,它必须知道任何人造容器的内部情况,也必须冲破任何人造障碍。这种特性,再加上它有对如何把东西打开的不可思议的机械感知——实际上是对一般静力学和动力学的一种整体感知,使得把贵重物品全部拿走比用别出心裁的障碍物来挑战水獭的智力要安全得多。但那个时候,我还有很多东西要学。

我们已经飞行了大约五个小时,我想应该快到开罗了。

就在这时,米吉比尔陷入了这样一种情绪之中:一开始,它的行为还相对温和,只是攻击我脚边小心铺放的报纸。一两分钟后,地面看上去就像一条为欢迎王室成员而撒满彩带的街道。然后,它把注意力转向了箱子。箱子里,它床铺的那一格里填满了细木屑。它先是把头和肩膀伸进去,开始以极快的速度把木屑往后扒拉出来,接着它整个身子钻了进去,仰卧着,四只脚像踩脚踏车一样,将剩余的木屑推出来。我竭尽全力应付着这些碎屑,但这就像船上的抽水泵在对抗一股泄露的、难以应对的海水洪流,我在这场比赛中毫无希望地落后时,米吉已经将注意力转到了邻座放在它旁边地板上的"环球"帆布旅行包。拉链阻碍了它的行动,但也不过几秒钟而已。很可能是出于偶然,它把拉链往后一拉,一头扎了进去,把杂志、手帕、手套、药瓶、耳塞盒子以及所有长途旅行的个人用品全部扔了出来。感谢上帝,我的邻座睡得很沉,我设法在无人察觉的情况下抓住米吉比尔的尾巴,把它从旅行包里拖出来,又把那些东西塞了回去。我希望她能在开罗下飞机,这样米吉的暴行就不会被发现。而事实上她真的在开罗下了飞机,我真是如释重负。当我们在城市上空盘旋时,指示灯亮了,这个过程中我仍在努力应付米吉的折腾。然后我们降落在停机坪上,在这里还要等待四十分钟。

我想,就是在开罗,我才意识到,对于当时的我来说,我拥有的是一只多么复杂而难以捉摸的动物啊。我最后一个下飞机——在我们停留期间,它比一只乖巧的京巴狗还要听话,没有带来任何麻烦。我牵着它,带它绕着机场边缘走了一圈。周围有喷气式飞机在起降，噪声大得吓人，但它似乎完全没有注意到。它在我身边小跑着，像狗一样停下来探究草丛中的微小气味。我进休息室喝水，它就坐在我的脚边，仿佛一贯如此。

在我们返回飞机的途中，一位埃及官员大胆对它的身份提出了第一个猜测（随后的几个月里还会有许多这种猜测）。"你的那个是什么？"他问道，"一只貂吗？"

我的麻烦在巴黎经历了一段没完没了的等待之后，才真正开始。米吉不时地睡上一觉，而我却一直没合眼，从我最后一次打盹儿到现在，已经超过三十六个小时了。我必须换机场了。我知道米吉只要稍微挣扎一下就能挣脱系它的绳子，因此别无选择，只能把它又放回箱子里。然而，此时箱子已经没有用了，因为箱盖上的一个铰链已经脱落。

离巴黎还有半小时，我最后一次按铃要求鱼和水，并向空姐解释了我的困境。她去了机组人员休息区，几分钟后回来说，会有一名机组人员来帮我钉好箱子并用绳子绑好。她同时警告我，法航的规定与环球航空公司的规定不同，从巴黎起飞后，箱子只能作为货物运输，不能放在客舱里。

米吉仰睡在我的夹克里，我不得不硬起心肠辜负它的信任，听着它可怜的哭喊声，把它强行塞回那个可恨的牢笼里。它被钉进箱子里时，我突然联想到棺材。许多野生动物在运输途中死亡，有一个鲜为人知的因素，通称"旅行休克"（travel shock），确切原因尚待确定。就我个人而言，我毫不怀疑它与非洲人长期以来被认为能够做到的"自愿死亡"（voluntary dying）十分相似——当生活变得无法忍受时，毫无疑问，动物会在无意识的情况下选择死亡。我担心"旅行休克"会杀死米吉，对它来说，箱子里的环境比它经历过的任何环境都要可怕，我甚至无法通过呼吸孔向它传递我手上安抚的气味。

我们下了车，大雨倾盆，在停机坪上形成了一摊摊大大小小的水洼。早在登上机场巴士之前，我那件薄薄的亚热带西装就已经湿透了。巴士将把我和其他三名前往伦敦的乘客送往巴黎奥利机场。与米吉隔开后，我一直紧紧抱着那个笨重的箱子，希望这样能减少它无法避免的绝望。此外，我还得不时注意个人物品——这简直让我寸步难行，感到自己几乎快要"自愿死亡"了。

在奥利机场等待一个小时之后，米吉的哭喊变成令人恐惧的寂静，我和其他三个同伴被匆匆带上了飞机。米吉从我身边被夺走，放在行李运输车上，消失于黑暗中。

结果我们到达的是阿姆斯特丹而不是伦敦。航空公司深怀歉意地称，接下来的五十五分钟内都没有去伦敦的航班。

我完全找不到米吉的箱子了，而且似乎没有人知道四名前往伦敦的乘客的行李发生了什么事。一位热心的工作人员建议说，行李可能还在巴黎，因为行李箱上一定清楚地贴着"伦敦"而不是"阿姆斯特丹"的标签。

我去了法航的办公室，将我那所剩无几的自制力抛诸脑后。我浑身湿透，衣衫不整，不可能给人留下什么好印象，我的怒火也像雄鹰一样随风扶摇直上。我说，我运往伦敦的是一只价值数千英镑的活动物，如果不能立即找到它，它会死掉，而我将起诉法航，并向全世界广播他们的低效无能。这位官员受到交叉火力的攻击，因为就在我身边，一位美国商人也威胁要采取法律行动。当我们闹得不可开交的时候，另一位工作人员平静地走过来说，我们的行李已经装上了英国欧洲航空公司（BEA）的飞机，飞机七分钟后就要起飞了，请我们赶紧上巴士就座。

我们慢慢泄了气。我的美国同伴嘀咕着："我想在再次起飞之前亲自看一看那件行李。他们不能把我变成无家可归的人。"他说出了我们这些流离失所者的心声。于是，我们亲自查看了货舱，米吉的箱子就在那里，相当安静地待在角落里。

抵达伦敦机场时已是凌晨时分。我在阿姆斯特丹时已拍电报到伦敦，有一辆租来的车会来接我。但在我到达公寓这个避风港之前，还发生了一次意外。在我所有的旅行中，除了那一次之外，英国海关从来没有要求我打开过任何一件行李，也没有要求我做过任何其他事情，我只需声明没有携带应缴税的物品即可。当然，这次是我的错。旅途中的极度疲劳和紧张使我几乎丧失了外交手腕。不管是出于何种原因，我累得几乎站不住脚，对于拿给我的表格和提出的问题——"你读过这个吗？"我都极其焦躁和愚蠢地回答："是的。成百上千次。"

"您没有需要申报的物品吗？"

"没有。"

"您离开这个国家多久了？"

"大约三个月。"

"在这段时间里,您没有添置任何物品吗?"

"除了我给您的清单上列出的东西以外,没有。"(清单包括我在伊拉克购买的几样物品:两张未经处理的水獭皮,一把沼地阿拉伯人的匕首,三个巴尼·拉姆[1]部落的编织坐垫套,以及一只活水獭。)

他似乎有些犹豫,但他战术性地退却,以便更好地反击。当攻击来临时,完全出乎我的意料。

"那只手表是哪里买的?"

我真是后悔得要命。两天前,我在浴缸里和米吉比尔一起玩水的时候,忘了拧紧劳力士蚝式表的发条,当然它就停了。我在巴士拉时,花十二先令六便士买了一只非常粗俗的手表,其声音像响板般刺耳。在旅途中,它已经无缘无故停了两次。

我做了如此解释,感觉很没面子。我从口袋里掏出自己的手表,并补充说,如果他能立即没收这只代替品,我将不胜感激。

"这不是没不没收的问题,"他说,"未申报应税物品要罚款。现在,我可以检查一下那只劳力士吗?"

我又花了一刻钟,才说服他劳力士不是走私违禁品。然后他开始搜查我的行李,每个角落都不放过,在这一点上,他甚至胜过米吉比尔。当他搜查完毕后,所有的箱子都关不上了。接着,他看向我清单上的最后一项——一只活水獭。

---

[1] Bani Lam,也作 Banu Lam,分布于伊拉克东部及伊朗胡齐斯坦省的阿拉伯人。

他沉默着思考了大约一分钟,然后问:"您带来了一只活水獭吗?"我说我非常怀疑它是否还活着,但它在巴黎时是活着的。

"如果动物是死的,那么未经处理的皮毛将不需要缴纳税款;如果是活的,它当然要遵守检疫规定。"

在离开伊拉克之前,我很费了一番功夫查实过这一点,总算有坚实的理由。我告诉他我知道没有检疫规定,既然他现在已经检查清楚了我的行李,我就要带着我的水獭离开,如果他企图扣留我,我会让他对一只珍贵动物的死亡承担法律责任。

我不知道这场争斗会持续多久,但就在那时,一位新来的官员把他换了下来——以前那位官员的敌意有多大,此时这位新官员就有多乐于助人;以前那位有多好斗,现在这位就有多温和。三分钟之内,箱子和我所有的行李都被装上了等候着的汽车,我们踏上了最后一段旅程。对我来说更有意义的是,箱子里传出了微弱的询问声和木屑的沙沙声。

事实上,米吉比尔展现出了一种我相信许多动物共有的特性——表面上,它在通往旅行休克死亡的道路上迈出了明显的一步,但实际上却是对此的一种强有力的缓冲。在我看来,许多动物都能进入深度睡眠——几乎可以说是昏迷,有点像一种自愿昏迷——这是一种逃生机制,与疲惫无关。在困境中,当动物的努力无法改善其处境时,这种逃生机制就会启动。我偶尔在被困住的动物身上看到过这种现象:芬马克的一只被拴住腿不过一个小时的北极狐、萨里森林里的一只獾、捕鼠笼里的一只普通家鼠。当然,这也几乎是动物园和宠物店里过于狭窄的饲养环境中动物的常态。后来，我在米吉比尔身上也发现了这种情况，每当它坐车旅行（这是它最讨厌的事情）时，几分钟的癫狂之后，它会把自己缩成一团，完全脱离周围令人厌恶的世界。

在米吉抵达英国的第一天，我想，从钉上箱盖到落地巴黎，它就一直处于这种囚禁状态。人们可能以为，它又回到了它熟悉的底格里斯河沼泽区的景象之中，也可能是在一个消极的、没有想象力的世界里，所以它令延髓[1]接管了呼吸，前脑接近强直性昏厥状态。

早上一进入我的公寓，它就清醒了过来。我把司机的钱付清，关上身后的门，那一刻我有一种深深的满足感，可以说是胜利感，因为我竟把一只活的水獭幼崽从伊拉克带回了伦敦，而卡姆斯费尔纳距离我不到六百英里了。

我撬开箱盖，米吉比尔马上钻到我的怀里，热情地向我打招呼。我觉得自己甚至配不上这份感情。

---

[1] 脑干最下方结构，中枢神经系统的重要组成部分。

8

那时我住在奥林匹亚附近的一所单身公寓里。公寓有一个大房间，外带一个通向车库屋顶的狭窄的睡眠廊台。后面楼顶上有厨房、浴室和储藏室，每个房间都很小，看起来好像是将一道走廊分隔成的几间房。尽管没有花园，但这些非常规的房舍对水獭来说有一定的好处，因为车库屋顶解决了在伦敦的公寓里饲养一只已经过排泄训练的动物所面临的一些困难，与浴室相通的储藏室为水獭提供了一个可以短时间待着的地方，并能满足它的所有基本需求。但是，直到米吉成为我的生活重心，我的生活古怪地围着它转时，我从未想过这些时间——最多四五个小时——会有多短。由人类饲养的水獭需要陪伴，需要浓浓的爱意和持续地互动玩耍。缺少了这些，它们很快就会变得不快乐，而且在大多数情况下，它们的烦人程度与不满程度成正比。它们也可能由于纯粹的好奇和旺盛的精力而烦人，但不像因缺乏关爱而显得故意为之。

在巴士拉总领事馆里，我的卧室宽敞，地面铺着瓷砖，几乎没有什么必需的家具或小玩意儿，这让我对这个拥挤而"不堪一击"的单身公寓将给米吉比尔带来的问题毫无准备。第一天晚上，尽管米吉比尔累坏了，但它出了箱子还不到五分钟，就以惊人的热情开始探索它的新住处。我去厨房给它找鱼——这是我和钟点女佣事先安排好的——但我还没走到厨房，就听到身后房间里传来瓷器摔碎的第一声脆响。鱼和浴缸暂时解决了问题，因为它吃完饭后，在水中兴奋地嬉戏了半个小时。很明显，如果要把这个公寓变成我们两个的家，需要进行相当大的改动。与此同时，我实在是困极了，只想到了一个解决方案：我在沙发上铺了一个睡袋，并用绳子将米吉拴在沙发腿上。

我一直无法完全确定，水獭的某些行为只是偶然与人类相似，还是像米吉这样年幼的动物真的会模仿它的人类养父母。当我头下枕着一个靠垫，仰面躺下时，米吉似乎一直在仔细观察我。然后，它带着一种完全知道该怎么做的自信，爬到我身边，把身体钻进睡袋里，平躺在里面，头也枕在我旁边的靠垫上，前爪朝天举着。米吉的这种姿势，跟孩子为他的泰迪熊在床上设计的姿势一样，此后，米吉大大地叹了口气，马上就睡着了。

事实上，水獭的某些特点和行为使人们很容易把它们当成人类看待。一只玩耍中的、浑身干燥的水獭看起来就像为取悦儿童而专门设计的、"被发明"出来的动物，实际上特别像乔凡内蒂的"马克斯"[1]。许多人第一次见到我的水獭时就会立刻被这一对比所打动——同样的小短腿,同样圆胖、毛茸茸的身体,同样的长须,同样的小丑般的幽默。在水中,水獭展现出与平时截然不同的体态和性格——它们像鳗鱼一样柔软灵活,像闪电一样迅捷,像芭蕾舞者一样优美。但很少有人在水下长时间观察过它们,我还没有看到一家动物园给水獭配备玻璃水箱——我相信这样的景观会抢走整个水族馆其他动物的风头。

我和米吉在伦敦待了将近一个月之后,正如我的房东所说,这间单身公寓开始看起来像是猴子窝和家具仓库的混合体了。车库屋顶用栅栏围了起来,通往睡房的楼梯处也安装了铁丝门——这样它偶尔也可以被拒之于我的公寓之外。楼上的电话被装进一个盒子里(它很早就学会了如何打开盒子)。我的梳妆台被一个从天花板上悬挂下来的铁丝网罩住,电灯线也用硬纸筒裹住——这个地方看起来如同一个发电厂。

所有这些预防措施都是完全必要的,因为如果米吉认为自己受排斥遭隔离的时间太长,尤其是被它想结识的访客排斥,它就会以非凡的创造力开始搞破坏。无论我如何思虑周全,都无法阻止它的天才行为。总有一些东西我忽略了,总有一些东西可以让它的沮丧情绪一触即发——没过多久我就悟出了,提前预防比事后弥补更省事。

---

[1] 瑞士插图画家佩里克·路易吉·乔凡内蒂(Pericle Luigi Giovannetti, 1916—2001)出版的一本关于土拨鼠的连环画中的形象。

它策划的示威可一点也不草率,毕竟,它那非凡大脑的所有耐心和才智,它肌肉发达的小身躯的所有机敏灵活都用在了这上面。例如,有一天晚上,在装修师傅第三次或第四次离开后,我想,终于有了一个防水獭的地方。为了满足一位担心自己的尼龙丝袜受损的女访客的愿望,我把米吉关在车库屋顶里一个小时。过了一会儿,它出现了,灵巧地站在车库屋顶栏杆的顶端,既不理睬我们,也不管它脚下的巨大落差——显然它已有一个成熟的计划。沿着车库屋顶,在不同的地方悬挂着一些装饰品——克里特牧羊人的袋子、一把匕首,还有其他一些我现在已记不清是什么的东西。米吉一副自鸣得意的样子,开始有目的地咬断悬挂这些艺术品或旅行纪念品的绳子。每咬断一根,它都会停下来,看着它的牺牲品坠落在下面的镶木地板上,然后又小心翼翼地沿着栏杆继续摇摇摆摆往前走,直到咬断下一根。我和我的访客站在下面,等着接住那些掉下来的易碎品。我记得当最后一件物品像熟透的果实从树枝上掉下来时,她叹了一口气,转过身来对我说:"难道你不觉得不能再这样下去了吗?"

不过,更常见的情况是,当米吉可以在我的公寓里自由活动时,它会连续玩上几个小时。很快它就有了一组固定的玩具——乒乓球、弹珠、印度榕果实,还有我从它的家乡沼泽区带回来的水龟壳。在这些玩具中,它最擅长的是一甩头,把较小的东西扔到房间的另一边。它还用乒乓球发明了一种游戏,每次都能让自己忙上半个小时。我带去伊拉克的一个可扩容旅行箱在回国途中坏了，箱盖合上后，从一端到另一端形成了斜面。米吉发现，如果它把球放在箱子高的那一端，小球会顺着箱子的斜面滚下来。于是它赶紧冲到另一端埋伏好，躲在一旁，蹲下身子，当球落到地上时，它便猛地跳起来，出其不意地抓住球，然后带着球再次小跑到高的一端重新开始。

米吉在室内而且醒着的时候，也许有一半的时间是在玩这些游戏。我认为，它每天都需要跟人类玩伴长时间地玩上几次，这既是心理上的需要，也是生理上的需要。它钻进地毯下面，自以为这样就可以隐身。如果有人的脚在附近经过，它就会"吱吱"欢叫着跳出来；或者跳进沙发松软的套子里，在后面玩老虎捉人的游戏；或者干脆像小狗一样围着人转来转去，兴奋地"啾啾"叫个不停，发动一系列"摸一下就跑的突袭"。麻烦的是"摸一下"，因为它的牙齿像针一样尖。我不得不说，无论它如何温柔，这样的游戏最终都会在人的手上留下它战术成功的明显证据。虽然并不痛，但这给来访者留下了不好的印象，而这些访客中有许多人本来就对它这个外来新贵抱着不信任的态度。

但我很快发现了一个绝佳的方法，可以在它变得过于兴奋时用来转移它的注意力。这个方法之所以成功，我认为，是由于水獭拒绝被障碍物迷惑的特性。我用毛巾裹住水龟壳，然后把毛巾松散的两头紧紧地打个结。它知道这是在做准备，便一动不动地在一旁等着，直到我把这个包袱递给它。然后，它的两条前腿跨上去，用牙齿咬着绳结，开始在房间里拱来拱去。其行为看似漫无目的，其实包含假象——之所以如此说，是因为无论绳结有多复杂，它都能在五到十分钟内解开。表演结束后，它喜欢掌声，似乎也期待掌声，然后它会把毛巾和龟壳拿来让我重新打结——它先把毛巾拖过来，然后像踢足球一样，把龟壳在房间里一路踢过来。

晚上，它睡在我的床上，仍然是仰面朝天，头枕在枕头上。早晨它和我一起洗澡。它完全不管水的冷热，总在我之前跃入水中。水温对我来说还太烫，而它却毫不在乎。我刮胡子的时候，它就在我身边游来游去，玩肥皂泡或各种塑料玩具——如橡皮鸭和小船，我的浴室里已经开始堆积这些东西了，就像小孩子的浴室一样。

出了家门，我像遛狗一样用绳子牵着它出去锻炼。它也和狗一样，很快就表现出对某些街道和某些角落的偏爱——那里有大大小小的狗留下的刺激性信息，可能因为像外语而显得更加迷人。不管它能不能破译这些信息，也不管这些信息是否能让它联想到各种色情、无礼或好斗的形象，它都会花上几分钟在这种本地犬类信息交流中心嗅嗅闻闻，偶尔还会加上它自己的一些液态评论——对下一个来访者来说，这无疑是诱人的隐语。

我太胆小了，不允许它与其他狗进行所谓的"面对面"交流。如果在街上遇到无人看管的狗，我会把它抱起来。但它似乎对狗无动于衷。只有一次，我发现它们之间发生了某种相互认可，这让我意识到犬类和水獭的价值观也有相似之处。那是一天早晨，我们准备出门散步，它舍不得扔下新玩具——一个涂着鲜艳色块的大橡胶球。这个球对它的嘴来说太大了，它只能把球塞在嘴巴的一侧，像牙龈上长了一个巨大的瘤子。然后它快步向街上走去，拖着拴它的绳子朝前走。我们转过第一个街角，迎面对上一只非常胖的西班牙猎犬。它没有人看管，嘴里叼着一捆报纸，端庄地走过来。水獭和狗各自的负重使它们在擦身而过时都难以转动头部，但它们的眼珠子都滚向侧面——在我看来，仿佛各自在胡乱地猜测着什么。它们擦身而过，走了几步后，突然都停了下来，好像被某种瞬间的心灵启示给震慑住了一般。

在伦敦街头散步时，米吉很快养成了一些强迫性的习惯，显然类似于孩子们的某种仪式——比如，孩子们在上学或放学回家的路上必须把脚平稳地放在人行道的每一块砖的中央；每到第七根栏杆时必须摸一下；或者每到第二个路灯柱时必须绕到其外侧，等等。我的公寓对面是一所小学，校舍全是平房，学校正面有一道约两英尺高的矮墙，将走廊宽度的花园与马路隔开。米吉每次在回家的路上，总要拽着我朝着这堵墙走去。之后，它跳上墙头，在三十码长的墙沿上飞奔，让里面的学生和教职员工都没有办法不分心。但是，出门时它却从不会这样做。在好多条街道上，它只走一边的人行道，拒绝被牵到另一边去。碰到一些下水道的格栅，它会一动不动地凝视数秒钟，然后才走。回到公寓门口，它会拼命挠门要进去，一旦牵它的绳子被解开，它就会在地上仰面打滚儿，以令人目瞪口呆的速度使劲蠕动，然后再去玩它的玩具。

的确，它的许多行为都像是一种仪式。我认为，在饲养野生动物的人中间，只有很少一部分人能意识到，日常生活中这些固定的行为对维持动物的满足感、安全感具有多大的意义。无论这些规律多么不明显，多么难以识别，一旦被打破，新的元素便会涌入，对未知的恐惧——这是包括人类在内的所有动物的基本行为特征——也会随之而来。每一种生物的存在都有自己的某种规律或模式，其中的小仪式是一种界标，是安全的边界，是将空虚恐怖隔离在外的、令人安心的墙壁。因此，在我们人类的世界里，一个人在经历了一场精神风暴之后，感到所有的界标似乎都被摧毁时，他会在心灵的黑暗中试探性地伸出手，去触摸那些墙壁，以确保它们仍然立在原地——这是一个必要的姿态，因为墙是他自己建造的，不具普世真实性，而人造之物，人亦可毁之。对动物来说，这些界标更为重要，因为一旦它们脱离了自然环境，脱离了生态常态，它们的感官所感知到的事物就很少能被理解其功能或潜在的意义，真正的不安全感就这样产生了。与人类一样，动物的不安全感可能表现为攻击性或胆怯、脾气暴躁或身体不适，也可能表现为对父母的过度依恋；不幸的是，最后这一点促使许多人故意培养孩子或动物的不安全感，以作为达到某种目的的手段。

就在这个时期，米吉第一次真正地、故意地咬了我一口。它现在吃的是活鳗鱼——我已经知道这是许多水獭种族的主食——辅以生鸡蛋和糙米的混合物。它对这种黏糊的混合物表现出浓厚的兴趣，这无疑是受它早年在阿拉伯人中间生活的影响。我把鳗鱼放在厨房水龙头下一个有孔的桶里，然后在浴缸里喂给它吃。当它闹腾不安的时候，将它关在一个装满水和三四条鳗鱼的浴缸里已经成为一种固定的安抚方式。这一次，浴室的门没有关严实，米吉想拿着第二条鳗鱼到我的房间里来吃。虽然它浑身都是水，鳗鱼也非常黏滑，但我似乎别无选择，因为试图从野生动物那里夺走它的天然食物是愚蠢的。可是，它吃了几口后又决定把鳗鱼带到车库屋顶上去吃，我决定叫停，因为我仿佛看到了一张湿透的、粘满鳗鱼黏液的床。于是我戴上三副手套——最外面的是一副有厚垫的飞行员手套——在楼梯中间追上了它。它放下鳗鱼，把一只爪子放在鱼上，对我发出一种高频而持续的"哼哼"声——这种"哼哼"可能会突然变成哀号。我精神亢奋，充满自信，轻声地跟它说话，告诉它，我要把鳗鱼拿回浴室，它不可以伤害我。"哼哼"声变得更响了。我弯下腰，把戴着厚厚手套的手放在鳗鱼身上。它冲我大叫，但还是没有采取任何行动，于是我拎起鳗鱼。这时候，它咬了我一口，但只咬了一口就松开了。它上下颌的犬齿穿过三层手套，穿过皮肤，穿过我的肌肉和骨头，在我的手掌中间咬合在一起，发出一声清脆的响声。几乎同时，它松开口，满怀歉意地在地上扭动。我仍然拿着那条鳗鱼，把它放回浴缸。但是在浴室里，它不再碰那条鳗鱼，而是围着我瞎忙一气，嘴里发出亲昵的小小叫声，用鼻子轻轻拱着我，显然是在关心我。

我的手断了两根小骨头，有一个星期它肿得像一个拳击手套，非常痛。在那些从一开始就对米吉的驯化持怀疑态度的人面前，我感到非常尴尬，还得到了一个严厉而又必要的提醒：虽然它可以衔着彩色皮球穿过伦敦的大街小巷，但它毕竟不是一只西班牙猎犬。

我并不缺好奇心，而是实在没有时间和机会。耽搁了将近三个星期后，我才开始努力确定米吉的身份。我想，这需要在动物学会的图书馆里花上一天的时间来研究。刚开始时，米吉单独待着超过一个小时便会焦躁不安。但是，可以想象得到，它在穿过西肯辛顿街道时引起了不小轰动。我渐渐意识到，在我们散步时，面对那些接连不断的问题，我回答得非常敷衍，没能让任何人满意。

我想，一个普通的伦敦人不认识水獭并不奇怪，但是对它可能是什么动物的各种猜测却让我十分惊讶。更让我惊讶的是，少数人竟然能猜得八九不离十——他们虽然没有直接命中靶心，但至少都射在靶心周围。水獭属于"鼬科"，一个相对较小的动物种群，与獾、猫鼬、黄鼠狼、白鼬、臭鼬、貂、水貂等动物同属一科。开罗机场的一名官员首开歪打正着的先例，他问米吉是不是貂——当然，是指冬季换毛时的白鼬。现在，在伦敦的街头，我面对着各种猜测的持续轰炸。除了水獭之外，所有的鼬科动物都被问到了。而更大胆、更随机的猜测几乎包括了从海豹宝宝到松鼠的各种可能。有关海豹的异端邪说根深蒂固，是所有猜测中最常见的一个，虽然它远不是最离奇的一个。"那是海象吗，先生？"在哈罗德百货公司外，这个问题让我笑得不行，而"河马"的猜测则让我在克鲁夫特狗展度过了快乐的一天。此外，还有河狸、熊崽、蝾螈、金钱豹,"显然是一只斑点有变化的金钱豹"。甚至,天知道,凭着上学时科学课的模糊记忆和一个令人困惑的拉丁化亚人类的生物[1]世界,还有人猜它是"雷龙"(*brontosaur*)。总之,米吉可能是任何动物,但就不是水獭。

但是,一个独自在街上挖洞的大力士提出的问题,我给打了最高分。这个问题轻蔑但巧妙地回避了说话者可能存在的任何不准确之处,而把对这个动物不熟悉的责任完全推到了我身上。他暗示——或者不仅暗示——有人出错了,造物主的手颤抖了。其话语中还包含了对未完成的作品不适合展出的指控。我离他还很远的时候,他就放下镐头,双手叉腰,盯着我看。我走近时,看到他的目光中充满了愤怒,显然是出于惊讶,但其中也有一种受辱的意味,仿佛他想让我知道,他可不是一个可以随便开玩笑的人。我走到他身边时,他吐了口唾沫,瞪我一眼,然后咆哮道:"喂,先生——那究竟是什么玩意儿?"

我想,正是他的这个问题让我意识到自己的无知。事实上,我也不知道米吉究竟是什么。我当然知道它是一只水獭,但也明白,它肯定是科学界尚不知晓的一个物种——即使科学界知道它是什么,他们也肯定不知道这种动物生活在底格里斯河和幼发拉底河的三角洲沼泽地带,因为我随身带到伊拉克的少量动物学文献清楚地表明,美索不达米亚沼泽地唯一已知的水獭是常见的水獭的波斯亚种。查哈拉,这只已经

---

[1] 指用拉丁学名来命名非人类的物种。

死去的水獭幼崽，就属于这个种群；它的毛发更长，有"护毛"，而不是米吉那种光滑的深色天鹅绒似的毛；它的喉部和腹部的毛色比背部的浅，而米吉的身体好像被塞进了一个染色均匀的丝绒袋，从头到尾一个颜色；查哈拉的尾巴下侧跟米吉的也不一样，米吉的尾巴跟一把尺子一样扁平。

在底格里斯河和波斯边境之间的那个沼泽村庄里，我从我们暂住的房东处购买了两张水獭皮。除了可能具有的科学意义之外，这两张水獭皮都令人着迷，因为它们都采用"袜筒式"剥皮法，整个躯体都是通过口腔剥离的，没有一个切口。其中一张皮属于查哈拉的种群，另一张则是米吉的种群，两张皮放在一起对比，可见后者体形更大，颜色更深，毛短而有光泽，呈未添加牛奶的巧克力色。这两张皮现在安静地摆放在我的公寓里，充满了可能性，但尚未经过权威机构的检验。

我给位于克伦威尔路的大英博物馆自然历史部打了个电话。罗伯特·海曼先生当天下午就来到我的公寓，检查了这两张皮毛和活体标本。在严肃的动物学界，人们有一种死板的态度，可以与最谨慎的会诊医生的表现相媲美。海曼是一位非常称职的动物学家，知识渊博，有如一部百科全书。他在第一时间就意识到这些毛皮和活体动物来自他不太熟悉的栖息地，但他没有表露出来。他在米吉允许的情况下对它进行了一系列测量，做了仔细检查，端详了它那令人生畏的牙齿，然后带走了两张皮毛，以与博物馆的系列标本进行对比。

经过缓慢、精确、繁复的分类学过程，米吉这一新品种终于被正式宣布了。海曼把我叫到博物馆，让我去看来自亚洲各地的水獭皮毛。我的那张较大的水獭皮也放在那里，没有标签，与其他水獭皮明显不同。它被单独放在一个抽屉格里，但与其近亲相邻。这些水獭是江獭的各种亚种，毛发短、尾巴下侧扁平，分布在东亚大部分地区。根据地理种群，它们的颜色从浅沙色到中褐色各有不等，但在印度信德邦（今属巴基斯坦）以西从未有过记录，也没有任何一个与我的皮毛标本在颜色上相似。

很少有人——业余动物学家就更少了——能够偶然发现一种尚未被科学界所知的大型哺乳动物。在我幼年时的鸟兽图画书中，那些以自己的姓氏为物种命名的少数人——如斯特勒小绒鸭、斯特勒海鹰、沙普乌鸦、洪堡绒毛猴、梅纳茨哈根大林猪、罗斯细嘴雁、葛氏瞪羚、大卫神父鹿——对我来说都带着浪漫的光环。他们是创造者，有点像神明，为生机勃勃的动物全景画卷做出了贡献。我徜徉在童年的幻想中，天真而单纯，不受后天知识的干扰。现在，当海曼建议这只新品种水獭以我的姓氏命名时，我经历了一场短暂而激烈的内心斗争。我觉得米吉应该以他的名字命名，因为是他，而不是我，完成了这项工作。但是，一个来自童年时代的微弱声音在内心呐喊：我可以升级到儿时偶像的行列，并且，尽管危险，我能头顶创造者的光环。（"它是我的吗？"我们小时候常常这样问，"真的是我一个人的吗？"米吉不就是一只真正属于我的动物吗？今后，跟它同一种群的动物将永远以我的名字来命名——除非未来某个可恶的分类学家、某个抹平一切的人、某个心怀嫉妒和满身灰尘的幕后工作者，或者某个与骷髅为伴的抄写员,密谋反对我,计划毁掉我小小的、活生生的纪念物。)

于是,米吉及其种群被命名为麦克斯韦尔水獭。虽然它现在已经不在了,也没有明显证据证明世界上还存在另一只活体标本,但我还是实现了一个遥远的童年幻想,拥有过一只以我名字命名的水獭。

9

现在是五月初,我已经在伦敦待了三个多星期。三个星期的不耐,以及对卡姆斯费尔纳的思念,让我觉得一刻也不能再等了。我想看到米吉如我想象中的那样,自由自在地在瀑布下、小溪里或者海滩上玩耍。不过,我先回了苏格兰南部我的家,在那里,它可以体会到有保护的部分自由,然后再北上获得彻底的自由。

带着水獭一道旅行是一件非常奢侈的事情。现在再也不可能把米吉关在箱子里了,而且,不幸的是,没有其他合法的方式可以携带水獭乘坐火车——就像所有求助于黑市的人一样,我为当时和以后采取的非法手段,付出了高昂的代价——米吉只好和我一起乘坐头等卧铺车厢。不知为什么,它非常喜欢火车这种交通工具。事实上,从一开始,它对火车站就表现出反常的喜爱,对那喧嚣的嘈杂声和人潮涌动的惊人场面丝毫不以为意。

在检票处,铁路工作人员在我为狗买的票(我注意到票上写着"请提供详细说明")上打了一个孔,便转向下一个排队的人,可是他又突然瞪大眼睛,多看了我们两眼。此时,米吉早已扯着绳子朝拥挤的站台走去,全然不顾人群的喧闹奔忙、火车鸣笛的尖利刺耳、行李推车的隆隆辘辘。

　　我精心策划了这次行动,事先设想了每一种危险,并尽可能加以规避:我的封口费已经付清;我带着的篮子里装着米吉可能需要的一切东西;我左臂上搭着一条军毯,准备等米吉进入卧铺车厢后用来保护床单——不让它被米吉在站台上弄脏的爪子破坏。当我顺利地突破第一个"关卡"时,我感到这不过是对我的深谋远虑应有的回报。

　　米吉有一双火眼金睛,能发现任何与水有关的东西。它只对卧铺车厢进行了最粗略的检查,就确信洗脸盆里有最大的快乐——哪怕此刻那里面是干的。它蜷缩在洗脸盆里,身形与洗脸盆的轮廓完美契合——就像苹果与面团一样贴合[1]。它开始越来越狂热地用爪子摆弄铬合金水龙头。然而,这种水龙头需要向下按压才会出水,对它来说是全新的类型。整整五分钟,它都无法从中放出一滴水来。最后,它站直身体,把全身重量都压在了水龙头手柄上——这一下,它发现自己可真是"如鱼得水"了。

　　那天晚上只发生了一件事,却差点儿让整列火车刹那间停下,也差点儿让我这位不同寻常的旅伴暴露在官方愤怒的

---

[1] 这个比喻源自英国传统甜点"苹果饺子"(apple dumpling),做法是用面团包裹整个苹果后烤制。苹果被包在面团里,彼此贴合成一个整体。

目光下。当时我的注意力从米吉身上移开了。火车在夏日黄昏时分轰鸣着穿过中部地区，我望着窗外绿油油的玉米地、黑刺李篱笆和枝繁叶茂的高大树木，心里想着玻璃和行驶的火车如何有效地将人们与这些令人向往的事物隔绝开来，却对平淡单调的工业景观毫无遮挡作用。我这样胡思乱想着，完全没有料到米吉会在这个非常狭小的空间里干出什么大坏事来。比如，我没有想到它站在堆放的行李上就够得着紧急制动绳，可是它偏偏这样做了。当我的眼光落到它身上时，它的牙齿已经紧紧咬住了紧急制动绳，同时它的爪子正摸索着紧急制动绳穿过的管道。也许正是因为它对细节永不满足的好奇心，才挽救了当时的局面。我朝它走过去时，它正把爪子从凹槽里拿出来，撑在墙上，准备用力拉紧急制动绳。实际上，拉响紧急制动铃需要惊人的力量（我曾经这样做过，当时我车厢里唯一的另一位乘客在点烟斗时死了），而米吉有这样大的力气，且似乎还有决心。即便被我抓住了肩膀，它仍不松口，我便拖它。可是当我看到紧急制动绳不祥地向外凸起，我又改变策略，反而把米吉推向紧急制动绳。然而，它只是重新用力撑起了胳膊。我们似乎陷入了僵局，一个可能以我丢脸告终的僵局。突然间我有了灵感。米吉非常怕痒，尤其是肋骨部位。我开始疯狂地给它挠痒痒，它的下颌一下子就放松了，露出了愚蠢的笑容——每回它觉得很痒的时候就会露出这种傻笑——接着，开始扭动起来。那天傍晚，它又几次试图去够那根绳子，那时我已经重新安排了行李箱，那根绳子已经超出了它那富有弹性的身体所能伸展到的最远距离。

在这种陌生的环境中,米吉最喜欢模仿我的动作。虽然它现在已经习惯了睡在床上,睡在我的脚那一头,但是那天晚上,它却像刚到我公寓的第一个晚上那样躺着,仰面朝天,头枕着枕头,胳膊放在床单外面。早上服务员给我端茶的时候,它还是这个姿势。他盯着米吉说:"先生,这茶是给一个人还是两个人的?"

逗留在我的家乡蒙里斯期间,米吉的性格开始显露,并逐渐定型。它先是在农场的水坝上玩,然后是在可以俯瞰房子的大湖中,最后是在海里,虽然它以前从来没有接触过咸咸的海水,但是下海时它并没有大惊小怪,不仅展示了惊人的游泳能力,而且愿意放弃自由的召唤,选择与人类为伴。起初,我以为它的本能会迫切地呼唤它,因此只允许它系上一根长长的钓鱼线,在钓鱼线的长度范围内游泳。我买了一个弹簧卷线器,将其连接到一根钓鲑鱼的钓竿底部,它就能自动收放钓鱼线。不过,水下的障碍物有可能会缠住钓鱼线,情况很快表明,这太危险了。所以一个星期之后,我便让它自由奔跑、游泳了。同时,我给它戴上紧急情况下可以系上一根绳子的背带,既不会妨碍它移动,也不会害它缠在水下的树枝上淹死,其作用不仅是一种约束,更多的是向可能伤害它的人宣告它的家养身份——这个办法我想了好几个月,差不多用了一年时间才使之完善。

这种在相互尊重的基础上了解野生动物的过程让我着迷。

我们每天在溪流、灌木丛、荒野和湖边漫步，那些时光给我带来无尽的欢乐。虽然要把它从一片诱人的开阔水域中引诱出来很困难，但在其他方面，它并不比一条狗更麻烦，而且观察起来更有趣。它的捕猎能力还不行，但有时会在磨坊水坝里追逐一条鳗鱼，在溪流里捕捉青蛙——剥皮的动作倒十分灵巧，似乎是长期练习的结果。我以前的猜测不错，它早年在沼地阿拉伯人家里的生活使它对家禽有一种开明和进步的态度，因为在沼泽地里，没有一个马丹人会容忍在零星几个瘦小的稻草人中出现小鸡的捕食者。而事实上，我发现米吉会跟着我穿过拥挤而咯咯声不断的农家庭院，根本不会东张西望。它对大多数家畜也漠不关心，但是对黑牛完全不同，显然是把它们当作了故乡的水牛——如果黑牛们聚集在它游泳的水边，它会兴奋得发狂，高兴地扑腾着，发出叽叽喳喳的愉快声音。

即使在空旷的乡间，米吉对玩具的热情依然不减。它会带着一些让人心动的小玩意儿走上几英里，如一朵掉落的杜鹃花、一个0.12英寸口径的猎枪空弹壳、一颗枞果……有一次，是一把镶嵌着人造亮片的女用梳子。一天早上，我们出发时，它在车道边发现了这把梳子，便带着梳子走了三个小时。到水里玩耍时，就把梳子放在岸边，从水里一出来就赶紧找它。

它对野生水獭留下的痕迹毫无兴趣。我每天沿着米吉喜欢的路线走，发现自己在不知不觉间被它的直觉带进了家乡的水獭世界。那是一个水世界：在布满高高的树根的溪岸之间，有一条深深的溪流，灌木丛的叶子在头顶上交错；湖边芦苇丛中不为人知的"小巷"和"隧道"里,有长满青苔的暗渠,沼泽中,随处可见金盏花;小岛上,倒下的树木纠缠盘绕在一起,裸露的树根带出了泥土,柳树间有轻风的低语。就像你听到或读到一个陌生的、不寻常的名字之后,就会被它不断重现的巧合所困扰一样,现在我通过米吉意识到水獭的存在之后,我看到周围到处都有水獭活动的迹象,而之前却对它们熟视无睹。陡峭的泥滩,水獭们曾在这里滑行;被挖空的腐烂树桩,内部已被水獭改造成干爽的卧室;处处有宽大、干练的蹼足脚印;溪流中的石头上一小堆黑乎乎的排泄物,主要成分是鳗鱼骨。我本以为米吉至少会对这些排泄物表现出它对狗类排泄物同样的兴趣,但不知是因为水獭不会像狗类那样用排泄物来交流故事和传递信息,还是因为它根本没有意识到这些是它同类的排泄物,总之它对它们视而不见。

据我所知,在我拥有米吉的这段时间里,它只杀死过一只温血动物,而且也没有吃掉它,因为它似乎对血液和温血动物的肉有一种恐惧。那一次,它在一个长满芦苇的湖里游泳,抓住了一只刚出生几天的黑水鸡崽——一种小小的、黑面玩偶般的生物。米吉游泳时有个习惯,就是把它的宝贝夹在一只胳膊下——因为水獭在水下游泳时很少用到前肢——所以它把雏鸡夹在胳膊下,自己则悠闲地在水下探险。小黑水鸡一定在最初的一分钟里就淹死了。当它终于被带到岸上进行更彻底的检查时,米吉似乎对这种毫无理由的脆弱颇感失望和恼怒。米吉用鼻子拱它,用爪子推它,生气地对它叽叽喳喳地说个不停,最后,它确信小黑水鸡已经永远不会再动了,就把它扔在那里，去寻找更好玩的东西去了。

在蒙里斯的图书馆里，我研究了早期自然历史学家对水獭的评述。图书馆已经很多年没有增添这方面的新书了，没有新近出版的著作。十八世纪那个喋喋不休的小丑布丰伯爵[1]，由于他同时代的译者坚持使用英语单词"pretend"代替法语"prétendre"，使得他的这十九卷著作颇为情绪化——总体而言，布丰伯爵不太喜欢水獭。他是一个古怪的人，特别关注奇异事物，对大多数显然不可能存在的生物的存在深信不疑，他自己也曾努力安排怪异的交配，不遗余力地制造这些怪物（经过多次实验后，他失望地得出结论，公牛和母马"既不能愉快地交配，也不能从中获得什么有益的结果"）。此外，他似乎认为能否劝诱动物吃蜂蜜具有某种神秘的意义。他发现，水獭就不能。

"年幼的动物通常都很漂亮，但年幼的水獭却不如年老水獭那么英俊。它的头部形状不规则，耳朵低垂，眼睛小而无神，表情呆滞，动作笨拙，体态畸形，每时每刻都在重复一种机械的叫声，这些特征似乎表明它是一种愚蠢的动物。不过，随着年龄增长，水獭变得更加勤劳，至少足以对抗鱼类，后者在情感和本能方面明显低于其他动物。但我很难认同水獭拥有河狸那样的天赋……据我所知，水獭不会为自己挖掘住所……它们经常更换栖息地；在六周或两个月后，它们会

---

[1] 原名乔治-路易·勒克莱尔（Georges-Louis Leclerc, 1707—1788），法国博物学家、数学家、生物学家，启蒙时代著名作家。

驱逐自己的幼崽。我试图驯化的几只水獭总是想咬人，几天后它们变得温驯了些，可能是因为它们虚弱或生病了。它们很难适应驯养生活，我尝试饲养的几只水獭全都早夭。水獭天性残忍野蛮……它们的窝里散发出腐烂鱼类残骸的恶臭；它们自己的身体也有一股难闻的气味。它们的肉极腥，相当难吃，但罗马教会允许修士们在斋期食用。在第戎附近的卡尔特修会修道院的厨房里，彭南特先生看到正在准备中的水獭肉，那是严格教规下的修士们的晚餐，而按照修会的规定，他们终身禁止食肉。"

如果不是有大量的一手证据可以反驳，这种描述或许会让我有些沮丧。但是，如果说布丰是水獭的诋毁者，那么伟大的美国博物学家欧内斯特·汤普森·西顿[1]则无疑是水獭的拥趸。进入二十世纪后不久，他写道："在我曾试着描述其生活的所有野兽中，有一种野兽尤为突出，它是荒野中的骑士巴亚尔[2]——无所畏惧、无可指责。它就是水獭，欢快、敏锐、无畏的水獭；对自己的同类温和慈爱，对溪流中的邻居温柔友好，生活中充满嬉戏和欢乐，敢于直面困境，面对死亡时平静坚定，堪称家庭中的理想伴侣；它是穿行于森林中的四足动物中最高贵的灵魂。"在他的笔下，我认出了我熟悉的这

---

1 欧内斯特·汤普森·西顿（Ernest Thompson Seton，1860—1946），出生于苏格兰，移居加拿大，后成为美国公民。作家，野生动物艺术家，"丛林印第安人"组织创始人和美国童子军的创始人之一。

2 指皮埃尔·泰拉伊·德·巴亚尔（Pierre Terrail de Bayard，约1476—1524），法国贵族与骑士，绰号"无所畏惧、无可指摘的骑士"，是同时代的欧洲人公认的最完美的军人和骑士。

只动物。"它是所有优雅宠物中最美丽、最迷人的。它的乐趣、它的活力、它的滑稽、它的天性以及它新奇而优雅的姿态——它的种种好似乎说也说不完。我从未拥有过一只宠物水獭,但每次见到它们,我都会不知羞耻地生出违反十诫中的第十诫条的念头。"[1] 他指出,水獭的结构与"大型水鼬无异",同时还补充称,水獭有滑行的习惯。"当我们发现一只成年动物将自己的一部分时间和精力用于娱乐、尤其是用于社交娱乐时,这是成长和升华的美好证明。许多高贵的动物都花时间使用器具追求娱乐,以此从庸俗的生活中解脱出来,这种方式在人类身上得到了最高的发展。"

还有一位早期作家(他的名字我一时想不起来),用一种颇具古趣的措辞评论道:"水獭当然是一种巨大的水陆两栖白鼬,它的本性在温柔高贵的渔猎生活熏陶下变得柔和。"

我们是在六月初抵达卡姆斯费尔纳的,当时正值漫长的地中海天气刚刚开始。我的日记告诉我,那年夏天从六月二十二日开始,而在六月二十四日那天的日记里,有个颇为隐晦的旁注,大意是这一天是仲夏节,仿佛是为了避免"每年夏天只有四天"的逻辑推论。但是卡姆斯费尔纳的那个夏天似乎没有尽头,只有无尽的阳光和宁静,还有山丘上不断变化的云影。

每当我想起卡姆斯费尔纳的初夏,众多景象就会在我的

---

[1] 《北方动物生活史》[*Life Histories of Northern Animals*(康斯特布尔出版社,1910)]。——作者原注

脑海中如万花筒般绚烂交错，但唯有一个永恒的画面会浮现出来——清澈蔚蓝的大海背景下，一朵朵野玫瑰怒放着（因此，每当我独自回忆起与那位远道而来、与我同名的好奇者相伴的那个夏天，那些玫瑰已成为我心中和平情结的象征）。它们不是南方苍白无力的花朵，而显示出一种深沉、浓烈的粉，几乎成了红色。只有野玫瑰才有这种颜色，也只有它们直接绽放在大海面前，不受夏季无处不在的绿色污染。而在小溪和海滨周围盛开的黄旗鸢尾，点缀在帚石楠和山地草丛中的野兰花，都缺少这种对比，因为人们的视线从它们移向远处的大海时，必得经过这些花儿们生长其间、深浅不一的绿色中间地带。卡姆斯费尔纳的色彩在六月和十月最为绚丽奔放，但是在六月，人们必须望向大海，才能逃离绿色滤镜的效果。退潮时，各种海藻有序分布，呈现出丰富的赭色、橘色和橙色，与藤壶覆盖的岩石和贝壳沙的耀眼白色形成鲜明的对比，在它们之外，永远是变幻莫测的蓝紫色海水，而在前面最突出的位置上，则是北方的野玫瑰。

在这片艳丽的水边景致中，米吉心情愉悦地四处活动并占有这一切——那发自内心的愉悦简直跟用清晰的言语表达出来的一样。虽然它来自异域，但它的本性却与这里十分契合。它的身影出现在水景的每一个角落，因此对我来说，它成了我周围众多野生动物中的中心角色。瀑布、溪流、白色海滩和岛屿，它的身影成了这些景致中熟悉的前景——或许"前景"这个词并不恰当，因为在卡姆斯费尔纳，它似乎是周围环境的绝对组成部分。真奇怪，在它到来之前，我怎么会觉得这些环境是完整的呢？

刚来时，我十分小心地照料它，提前考虑很多，让米吉的日常生活符合一定的规律和模式。随着时间一周一周地过去，这种套路逐渐放松，最后它获得了完全的自由。卡姆斯费尔纳这幢房子始终是米吉的家，是它晚上和白天感到疲倦时要回归的窝。但是这种解放，像大多数自然变化一样，是逐渐发生的，不为人注意，我甚至很难说出当初那套模式是何时停止的。

米吉睡在我的床上（现在它早已不再用泰迪熊式的睡姿了，而是如我所说，它仰卧而睡，身上盖着床单，胡须挠着我的脚踝，身体贴在我的膝弯处），每天早上八点二十准时醒来——准得离奇。我曾想过任何可能的解释，比如，其中有个"反馈"机制在起作用，即实际上我第一天在那个时候不自觉地微微动了动，给了它暗示——这种可能性不能完全排除。但不管出于什么原因，它的起床时间，从那时一直到它生命的终结，无论冬夏，都准时在八点二十分。醒来后，它会凑到枕头边，爱抚我的脸和脖子，发出细微的"吱吱"声，表示欢喜和亲昵。如果我没有很快醒来，它就开始动手要把我从床上弄起来。它这样做时，像护士对待难缠的孩子，一副公事公办的态度，还略带不耐烦。玩游戏时，它遵循某些明确的、自我设定的规则，例如，它不会用牙齿哪怕只是轻轻咬一下。很难想象，如果在同样一个身体里，加上这些限制，即使换成人类的大脑，也不会超越它的机智。它首先钻进被单下面，然后以一种高高拱起的、毛毛虫式的动作在床上快速上下移动，逐渐把被单从床垫下面的两侧解开；两侧的被单松开后，它便去床脚加倍努力，因为那里的被单和毯子压得更紧。当一切都松动到它满意的程度后，它便从床上"流"到地板上——除非在陆地上奔跑，否则水獭的动作只能用"流"这个词形容最为恰当，它们仿佛把自己倾泻到了目标上。米吉用牙齿咬住被单，然后以一连串猛烈的拉扯，把被单拽到它身边。最后，由于没穿睡衣，我只能一丝不挂地躺在床单上，反抗般地抓着枕头。但是，枕头也必须放下——正是在这里，它展示出隐藏在它那小小身体里的非凡力量。它从枕头下钻过去，弓起背做出一系列有力的顶起动作，每一次都会把我的头和整个肩膀从床上抬起来。在这个过程中，它总会想办法趁我的头还在半空中时把枕头移开，就像搞恶作剧的人会在他人正要坐下时抽走椅子一样。就这样，我既失去了遮蔽物，又失去了尊严，别无选择，只能穿上衣服起床，而米吉则带着一种"你知道，这一切都不应该发生"的表情看着我。通常水獭最终都能如愿以偿，达到目的。它们不是狗，它们与人类共存，而不是被人类拥有。

  米吉的下一个目标是溪流里的捕鳗鱼笼，吃过早饭后，它开始沿着由小溪和大海形成的四分之三圆形的水域边界巡游。当小溪深而缓地流经树木之间时，它在水下像一支箭一般射向鳟鱼；在小溪变得宽而浅的地段，溪底铺满闪闪发光的云母片，它翻转石头寻找隐藏的鳗鱼；在崖沙燕栖息地旁边，它沿着松软的沙坡滑行，从沙滩上潜入波浪中捕捉黄盖鲽。然后，它又开始第二轮巡游，让我只得用诡计诱使它回家。

回到厨房后，它会在毛巾中欢快地蠕动一番。

米吉吃饱了，而我还没吃呢，一天的序幕就这样开始了。由于它有了自己喜欢的水池和钓鱼点，所以，它每天早上都要像寻找丢失的财产一样去这些水塘和渔场搜索一遍——这段时间变得越来越长。过了两个星期，一待它吃饱，我便回到屋内，不过多少还是有些不安。起初，它一个小时左右就会回来，擦干身子后，爬到松软的沙发套下面，在座位中央形成一个会呼吸的小圆包。随着时间的推移，它在溪流边停留的时间越来越长，而我只有在它消失半天之久时，才会开始担心。

那一年，卡姆斯费尔纳养了很多牛，因为当时的庄园主人是个实验家，他决定按照大峡谷牧场[1]的模式来养牛。这些牛大多是黑色的——就像春天时在蒙里斯一样，米吉似乎在它们身上发现了它熟悉的底格里斯河沼泽水牛的影子。它围着它们跳舞，发出兴奋的叫声，直到牛群惊慌逃窜。但这样成群结队的牛对它来说太可怕了，一两周后，它为自己设计了一种诱牛的方法，并成为这方面的高手。它肚子贴地，以极度隐蔽的方式，向某只体形庞大的小牛犊的尾部推进——牛犊的黑毛尾巴就在它够得到的地方。然后，它就像一个急不可耐、用力猛拽铃绳的人一样，用牙齿咬住那条尾巴，使出全身力气猛地一拽，同时迅速向后一跃，躲过乱踢的牛蹄。

1　Great Glen Cattle Ranch，英国人约瑟夫·霍布斯（Joseph W. Hobbs）在20世纪40年代中期以苏格兰的荒地改造而成的草原式牧场，这在当时的英国是一个革命性的想法。

起初，我对这种游戏感到非常恐惧。水獭的头骨结构比较脆弱，即使鼻子挨上牛蹄相对较轻的一击，它也会毙命。但是米吉能够精确地把握距离，从未被牛蹄伤到过。它的淘气还带来了一个有益的"副产品"，那就是牛群往往会远离房子，无意中减少了我在门口绕过粪便的麻烦。

在卡姆斯费尔纳的夏季那几个月里，因为我有一本书要写，我常常在瀑布边晒上几个小时的太阳；不时地，米吉会突然从某个地方冒出来，从水里蹦上岸来迎接我，仿佛我们已经分开了好几个星期。

水獭的守护神是圣卡斯伯特，欧绒鸭的守护神也是他。显然，圣卡斯伯特能够明智地挑选受益者，施与恩惠，不仅如此，还有目击者记录了他与这些动物的交流。

大多数时候，他都在那些地方漫游，在那些偏僻的小村庄传道——这些小村庄坐落在陡峭崎岖的山腰上，其他人都不敢去，那里的人贫穷、粗鲁且无知，不欢迎任何学者。……他常常一个星期，有时两三个星期，甚至整整一个月都不回家，而是留在山上，以他的言行召唤这些纯朴的人们向天国迈进……（此外，他经常应邀前往海边悬崖上的科尔丁厄姆修道院居住。）

按照他的习惯，夜里，其他人都在休息时，他会外出祈祷。他长时间地守夜，直到很晚。当公共祈祷的时间快到时，他才回去。有一天晚上，这个修道院的一位修士看见他不声不响地走出去，便悄悄跟在他身后，想看看他要去哪里、要做什么。就这样,他出了修道院,后面跟着窥视者,来到修道院附近的海边。他走进海里,直到海浪没过他的脖子和手臂。黑暗中,他吟唱守夜,声音与海浪融为一体。黎明将近,他才涉水回到海滩上,跪在那里,再次开始祈祷。他祈祷的时候,从海底直接冒出两只被平民称为水獭的四足动物。它们匍匐在他面前的沙滩上,嘴里哈出热气来温暖他的脚,还试图用它们的毛皮来擦干。待这种善行完成后,它们得到他的祝福,便又滑入它们水中的家。他则自己回到修道院,在规定的时间与修士们一起唱圣歌。但是,从悬崖上窥视他的那位修士却十分恐慌,他脚步蹒跚,几乎无法走回修道院。清晨,这位修士早早地来到圣卡斯伯特跟前,跪在他脚下,流着眼泪请求他原谅自己的愚蠢,毫不顾及自己晚上的行径会因此暴露。

卡斯伯特对他说:"你怎么了,我的兄弟?你做了什么?你是不是在外面四处寻找我,想知道我夜游的真相?我可以原谅你,但有一个条件:你要发誓,在我死之前,不把你看到的告诉任何人。"那位修士答应了这个条件,卡斯伯特祝福了他,并宽恕了他因愚蠢鲁莽所犯的过错和带来的困扰。这位修士一直对他目睹的勇敢行为保持沉默,直到圣徒去世后,他才不厌其烦地把这件事告诉了许多人。[1]

---

1 海伦·瓦德尔,《野兽与圣徒》(*Beast and Saints*,康斯特布尔出版社,1934年)。——作者原注

现在我明白了，无论圣卡斯伯特还拥有什么其他的圣德，单凭他的忍耐，他就值得被封为圣徒。我对被水獭擦干的过程非常熟悉。我被它们擦干的次数多得数不清，都懒得记了。就像水獭做的、颠倒的一切一样，这个过程也是颠倒的。当你和小狗玩球时，你把球扔出去，小狗把球捡回来，然后你再把球扔出去。一切都相对轻松有序。但是，当你和水獭玩球时，情况从一开始就失控了。是水獭扔球，扔得非常远，而你得去把球捡回来。对于一开始没有受过这种训练的人，水獭还算有耐心，但如果你顽固地拒绝捡球，就会遭到报复。水獭给你擦干水的情形也是如此。水獭会从海里、河里或浴缸里（视情况而定）气势汹汹地冲出来，毛皮里含着大约半加仑的水，然后它以一种令人望而生畏的热情积极地为你擦干身体。在一只认真的水獭看来，你身上的每一寸肌肤都需要细心呵护。水獭用自己的背部作毛巾，躺在你身上，像鳗鱼一样剧烈扭动。令人惊讶的是，在极短的时间内，水獭全身除了尾巴最后的四英寸以外就完全干了，而你则全身湿透。换衣服是没用的，几分钟后，水獭会再次从水中冲出来，专心致志地为你"擦干"水。

我对科尔丁翰修道院那位善良的修士看到的事情几乎毫不怀疑。圣卡斯伯特一直在水边祈祷，而不是像修士以为的那样（要知道，当时是晚上，光线很暗），站在齐脖子深的海浪中祈祷——圣徒完全处于衣物被水獭"擦干"后的状态，观察者据此推断出圣徒在水中极为虔诚。显然，这位浑身哆嗦、衣衫褴褛的圣人对折磨他的生物施予的不仅仅是简单的祝福，而是一种宽恕。按照我的解释，圣卡斯伯特让他保持沉默的命令也就合理了，因为他不知道这位修士的误解，即使是圣人也不喜欢在这种不幸的情况下被人取笑。

毫无疑问，水獭负有擦干人类的特殊使命，但它们也会擦干其他物品，尤其是床——它们会在床单之间，从枕头一直擦到床脚。用这种方法擦干的床一个星期都无法使用，而遭逢水獭如此对待的沙发在盛夏也只能勉强坐坐。我明白为什么圣卡斯伯特需要欧绒鸭的照料和它们胸部的温暖羽绒——这个不幸的人肯定面临因职业而引发的肺炎的威胁。

在我带着米吉到卡姆斯费尔纳居住之前，与水獭共同生活的这一面，从未真正引起过我的注意。在伦敦，我可以将浴缸里的水放光，然后用一条超大的毛巾，让它还没到达起居室就变得相对无害；而在蒙里斯，湖离房子足够远，它在回家之前皮毛就已晾干。但是在卡姆斯费尔纳，一边是近在咫尺的大海，另一边是小溪，除了关好卧室的门，对湿漉漉的沙发和椅子视而不见之外，我没有找到更让人满意的解决办法。

我正在写的手稿变得模糊不清，好像被泪水沾湿了；我躺在小溪边的草地上晒太阳和写作，米吉则忙着来来回回地搜索探寻，从瀑布到大海，又从大海到瀑布再到小溪里，不时又跑到我躺着的地方。它高兴地尖叫，"咕噜咕噜"地冲过浅滩，跃上岸来，把满身的水不分青红皂白地泼洒在我身上和手稿上，有时走的时候还顺带把我的笔给没收了，真是雪上加霜。

在大海里，米吉发现了自己真正的、令人叹为观止的水中能力。来苏格兰之前，它从未在深水中游过泳，因为它家乡沼泽地的湖泊和潟湖的水深很少超过一两英寻[1]。在卡姆斯费尔纳海湾透明如玻璃般清澈见底的水域里，我划着小艇，它在我身边游着，白色的贝壳沙与纠缠的海草、突起的岩石交替出现。我可以看着它一次次潜入水底，深入数英寻的水下，探索水底绚烂的海洋森林，那里有鲜花盛开般的贝壳丛林和神秘阴暗的洞穴。像所有水獭和海豹一样，它能够在海底行走，而不会漂浮起来。水獭习惯在水底游泳，但它不是满肺潜水，它的氧气——我们知识不够，只能猜测——依赖于静脉系统的特殊适应性。我曾经记录过米吉在水下停留的时间，最长差不多有六分钟，但在我的印象中，它并没有竭尽全力——情况紧急时，它完全可以超过这个时间。然而，通常情况下，如果它没有被某件事吸引了注意，会每隔大约一分钟浮出水面，像鼠海豚那样前滚翻跃，破开水面，再潜入水里，前后用不了一秒钟。它在水面上游泳，比如它想游过去看清某个漂浮物到底是什么时，它游得既不快，也不优雅，而是用一种颇为费力的狗刨式划水，与它在水下平稳飞奔的优美姿态形成惊人的对比。有时，它会一直跟在船的后面好几个小时，一会儿出现在船的这一侧，一会儿又出现在那一侧，有时还调皮地用两只前爪抓住船桨拖着走，不时带着一阵水花跳到船上，偶尔又回想起自己"为人们擦干水"的任务。

---

[1] 英寻是英美制长度单位，1英寻约为1.8米。

只有在钓鱼时，我才不得不把米吉关在家里，因为它是一只必须用嘴尝试一切的动物，而我最可怕的噩梦就是看到它的下巴被鲭鱼钩钩住。起初，我并不怎么钓鱼，因为我不太喜欢青鳕或黑鳕，但是初夏时节，卡姆斯费尔纳岩礁附近能够钓到的只有这种。到六月中，夏天的迹象已经显现，岛上的鸟儿叽叽喳喳地叫个不停，它们已经安顿下来好几周了。海茴香和牛筋草上满是毛茸茸的雏鸟。不过要等到七月，随着鲭鱼的到来，大海才会迸发出勃勃生机。因为跟随鲭鱼而来的有以之为食的各种大型鱼类，反过来，鲭鱼又把它们捕食的小鱼逼到海面上来。这些小鱼闪闪发光，是许多种鱼的鱼苗，包括鲭鱼自己的后代。在夏日茫茫的海面上，远处一大群一大群的海鸥尖叫着俯冲下来，半是奔跑半是飞翔着落下，翅膀仍然张开，以便抓取和吞咽。你可以猜想，在它们的下方，有一大群鲭鱼，正把小鱼推向海面，推向等待着的海鸥，而小鱼们也许正惊慌失措地逃离自己的父母。有时，海面上会出现一些奇特的鱼苗聚集现象。日落时分，海面平滑如玻璃——这个比喻用得不对，因为海面很少像玻璃一样光滑——我曾在离海岸几英里远的地方，看到一些蓝色和银色的鲭鱼苗在跳舞。鲭鱼群直径只有一英尺，最多只有人的拇指那么长，而且在它们的下方并没有发现捕食者。

鲭鱼到来后，我每天都会在傍晚凉爽的时候钓上几分钟鱼。据我所知，米吉虽然从未亲手钓到过鲭鱼，但它对鲭鱼有着永不满足的热情，就跟它之前的强尼一样。也许是因为童年的回忆，我也很喜欢鲭鱼。小时候，在加洛韦，我们经常在帆船上用单钩钓鲭鱼，鱼饵是明亮的金属，或者是从鲭鱼的腹部切下的一片皮肉（我还清楚地记得第一次看到在活鱼身上进行这种操作时的惊恐——泪水、安慰，还有蓝色的波浪、飞溅的水沫和鼓动的棕色船帆，全都连成了一片）。我们一次只钓一条鱼，每次都重新装鱼饵，如果一个下午能钓到二三十条，我们会夸口好几个星期。我想，直到战争前不久，西高地才普遍使用致命的达罗钓鱼法。在卡姆斯费尔纳，除了倒掉多余的鱼之外，没有其他办法处理它们。这种钓鱼法的缺点就是限制了钓鱼的时间。达罗钓钩由一根长达十二英尺的钓鱼线和线末端一个重达两磅的铅坠组成，钓鱼线上装有多达二十二个用粗糙染色的母鸡羽毛做的假饵。船停在海面上，静止不动，水深在六到二十英寻之间，将达罗钓鱼线放出，直到铅坠碰到水底。这时，在卡姆斯费尔纳海湾，鱼钩上往往会有半打左右的鲭鱼。如果没有，只需收回两个英寻的钓线，再放出去，重复这个过程，直到船漂过一个鱼群，或者一个移动的鱼群恰好从船底下经过。有时，在较浅的水域，人们可以透过清澈的海水看到数英寻深处的浅沙、黑色的海藻，以及翻腾的海蓝色鱼群——它们会飞快地扑向鲜艳的羽毛。很多时候，每一个假饵都会很快被咬走；这时候，钓鱼线一瞬间变得沉重，被拉扯着来回晃动，下一刻却又轻如漂浮的绳子，因为鲭鱼带着铅坠在往上游。处理一条挂满鱼的达罗钓钩是一门大艺术，因为在小船的货舱里，二十二个大钓钩猛烈地胡乱翻飞，钓到的可不只是鱼了。在经营索厄岛鲨鱼渔业时，我见过许多次倒钩深深地扎进了鲭鱼渔民的手或腿中。只有一种取钩的方法,一种非常痛苦的方法——将倒钩推过去,而不是拉出来,然后用钳子剪掉倒钩,再将鱼钩完全取出。

受达罗假饵吸引的并不总是鲭鱼,还有绿青鳕、青鳕以及奇怪的纹章红头鱼。红头鱼浑身披挂着如此奇特尖锐的刺,以至于除了人之外,任何东西似乎都不可能捕食它们。然而,我曾经亲眼看见过一只欧洲鸬鹚从尾巴处开始逆向吞下一只大纹章红头鱼,那感觉如同看到一条大蛇把一整头牛吞进肚子里,实在是有违常理。这一非同寻常而且肯定是无比痛苦的壮举让欧洲鸬鹚怪异地抽搐了半个多小时,最终完成后,这只鸟的样子已经完全变了。它从一种有着蛇一样纤细、优美的身体,脖子像乌木拐杖的生物,变成了一个无定形的、没有脖子的肿块,它的嗉囊膨胀得那么巨大,头只好往后仰,简直快与脊柱齐平了。它无法站起来,甚至不能游泳,否则就可能会出洋相。

米吉在每天的出游中都能捉到不少鱼,并且随着它捕捉的技巧和速度逐渐提升,鱼的尺寸和种类也在不断增加。在小溪里,它学会了在石头下面试探摸寻鳗鱼,把一只爪子伸进去,头转到一边;而我则学会了替它翻动大石头,这样过了一段时间,它就会站在一些重得它搬不动的大石头前面,叽叽喳喳地叫我过来帮它搬。我一搬动石头,常常会有一条鳗鱼从石缝里蹿出来,游向更深的水域,而它则会像一枚棕色的鱼雷一样在水下追赶。在靠近潮水边缘的地方,它会寻找伪装得很好的比目鱼,直到它们像特快列车喷出一道烟雾那样，带着一道沙砾的尾流逃走。在海湾的更远处，它偶尔会捕杀一条海鳟鱼。但它从不把这些鱼带上岸，而是在水里一边踩着水一边吃掉，我则略带惆怅地想起了中国人，据说他们雇用训练有素的水獭来捕鱼。我以为，虽然米吉跟我那么友爱，但它绝不会送给我一条鱼的。可我错了，终于有一次，它送给了我一条鱼，不过不是海鳟，而是比目鱼。那天，它从海里出来，来到我站着的岩架上，在我面前啪地扔下一条一英尺宽的比目鱼。我以为它是带着这个来庆贺的，因为对自己捕到的好鱼，它通常会先拿出来检查一番然后再吃掉，所以我说了几句鼓励的话，就开始往前走。它急忙跟在我后面，"啪"的一声又把它摔在我脚下。即使那样，我还是不明白，只以为它想让我陪它吃，但它只是坐在那里抬头看着我，叽叽喳喳地叫着。我不敢急着从表面意思上理解它的姿态，因为正如我说过的，对野生动物最具攻击性的行为之一就是抢走它的猎物，但犹豫了大约半分钟之后，在米吉再次发出邀请的时候，我缓慢而谨慎地伸手去拿那条鱼，因为我知道，如果我误解了米吉的意思，它一定会大声警告我的。我拿起鱼，开始假装吃起来。它用最赞许的目光看着我，然后，从岩石上纵身跳进海里，在清澈的海水中飞快地游了一英寻深。

在卡姆斯费尔纳，春分、秋分时的大风确实会掀起巨浪。看着米吉在汹涌的大海上，我起初感到极度担忧和恐惧，后来则是敬畏和着迷，因为它的力量堪称奇迹。我记得，在第一场大风中，我想让它待在岩石池和较为避风的角落，可是有一天，它在追逐某个我看不见的猎物时，跑到了一块高大而干燥的礁石上面朝海的那一边，就在潮水边缘。当长长的回流向外退去时，它置身于水深不过一两英寸的、波光粼粼的浅水中，背靠岩石，嘎吱嘎吱地啃食它抓到的小鱼。这时候，我看到在离它约四十码处的海面上，一个巨浪咆哮着越堆越高，浪头高达十五英尺，尚未破裂。当巨浪黑压压地向米吉冲来时，我朝米吉大喊，可它继续吃它的小鱼，根本不理睬我。海浪翻卷着，在它面前炸裂开来，几吨重的海水猛地砸下，将它完全淹没。在海浪的轰鸣声中，它身后的整块岩石都被淹没在海水中。我想象着，在海面下的某个地方，米吉支离破碎的躯体在黑岩底部打转。但是，伴随着嘶嘶声，大海将长长的回头浪收回去后，我几乎不敢相信我的眼睛——一切还是老样子，米吉仍然躺在浅浅的大理石花纹般的海水中，仍然在吃它的鱼。

它在海浪中欢呼雀跃，像一支箭那样直直地冲向迎面而来的、咆哮着的灰色巨浪，轻松穿过它们，仿佛这堵巨浪墙既没有重量也没有动能。它穿过一个又一个浪头，游向大海，直到代表它头顶的黑点消失在远处的白浪之中。我曾不止一次地以为，它一定是被某种寻找新土地的野性冲动给攫住了，它会继续向西游进赫布里底群岛的大海中，而我再也见不到它了。

就这样，几个星期过去了，它离开的时间间隔越来越长，每次我都花很多时间焦急地寻找它，尽管到目前为止，它从未一夜未归过。当我在瀑布边、小溪中它喜欢的水潭里或海边的岩壁上都找不到它时，我开始担心起来，我四处搜寻，不停地呼唤它的名字。它的应答声就像栖息在水边树上的小鸟的叫声，让我的心怦怦直跳上百次，才敢相信我听到的是它的声音。我松了一口气，喜悦之情无以言表，这时甚至会心甘情愿地让它把我"擦干"。

我第一次发现它陷入困境是在瀑布上方的黑暗峡谷里。从某种意义上说，瀑布将已开垦的土地与荒芜之地分隔开来；将适合人类居住的世界和奇异、美丽但不友好的世界分隔开来，而后者就在瀑布上方溪水流经的黑暗峡谷中。夏天，水位较低时，人们可以小心翼翼地沿着溪流边的岩石走过去，两旁几乎垂直但树木丛生的峡谷壁高达上百英尺。不管白天黑夜，这里总是昏暗的，因为太阳无法照到溪底。夏天，橡树和桦树的树枝在头顶上远远地伸展开去，天空的光线从它们的叶缝中稀疏地洒落下来。偶尔会有倒下的树干横跨在狭窄的峡谷上，野猫的脚印将它磨得溜滑。空气凉爽、湿润，其中弥漫着野生大蒜、生长在潮湿黑暗中的蕨类植物和苔藓等水生植物的刺鼻气味。有时，溪底会拓宽，形成深潭，潭边的岩石侧壁上没有立足之地，黑暗的潭水看起来似乎深不见底。

有一次，莫拉格漫不经心地问我，我在那个地方是否感到自在。我觉得她这是在试探我。这问题暗含着一种坦白。我坦率地告诉她，我在那里不仅从没感到自在过，而且很不愉快。我只在某幢房子未装修的顶楼有过这种感觉——这种感觉让我想不断地回头瞥上一眼，就好像我被人跟踪了一样（当然这不可能）。我发现自己试图悄悄地从一块石头走到另一块石头上，好像不让人发现我的存在对我的安全至关重要一样。要不是莫拉格先提起，我真不好意思把我的这种感觉告诉她，但她告诉我，她从小就对这个地方感到恐惧，而且无法解释原因。

若要与我的这番坦白的基调相契，峡谷当然应该是鸟类和其他动物都避之不及的地方，但事实上，这里的动物比人们想象的要多。在险峻得近乎垂直的峡谷壁上，有狐狸、獾和野猫的巢穴；鸢和冠小嘴乌鸦每年都在伸出到黑水上方的树枝上筑巢。在它们下面，有河乌鸟和灰鹡鸰（这种金丝雀般的黄色生物被称为灰鹡鸰，明显是鸟类学上的一个命名错误）。而且，不知为什么，在蕨类植物间潜伏着的鹩鹩也多得超乎寻常，发出细碎的叫声。不管是什么原因让一些人不喜欢这个峡谷，但这种影响并未扩展到人类以外的其他生物上。

深潭里的水倾泻而下，形成了一段几英尺高、未受阻断的瀑布，但大约两百码以后的第二个瀑布才是真正的瀑布，落差约五十英尺，中途为一个岩壁潭截断。虽然第二道瀑布上方的峡谷与瀑布下方区域在物理细节上几乎没有什么不同，但那儿就是最让人恐怖的地方了。然后，沿着溪流再上行一百码，前进的道路被高悬的大瀑布挡住，翻腾着白色泡沫的瀑布激流直下八十英尺。

显然，米吉对我走过的地方并不感到厌恶与恐惧，它很早就利用自己的力量和智慧攀登过卡姆斯费尔纳瀑布，探寻过瀑布后面的所在。从那以后，这个人迹罕至的地方就成了它特别喜欢的去处。即使它没有遇到困难，从那里把它带出来也相当困难。瀑布的喧嚣成功地淹没了人类的呼唤声。即使它听到了，呼唤者也很难听到它那微弱的、像鸟鸣一样的回应。这一次，小溪里的水比往年夏天都要多，而且最近还发生过一次山体滑坡，唯一从上面可通行的道路被暂时毁坏了。我把一根绳子系在树干上，靠着绳子下到峡谷里，刚到小溪溪床不过几码，我腰部以下就湿透了。我喊了又喊，但在奔腾的水声中，我的声音显得越来越小，最后淹没在瀑布声中，而嘲鸫们模仿着米吉的问候声回答我。最后，其中一只鸟一再坚持叫着，让我心中萌生了怀疑，但声音是从我头顶上传来的，而我正在小溪底部寻找米吉。这时候，我看到它了，高高地站在悬崖上，站在一个十分狭窄的岩石壁架上，那儿小到它根本无法转身回去，而它的脚下是五十英尺的垂直悬崖。它望着我，按它的方式，正拼命地喊叫着。我不得不绕了很远的路，才借助绳子爬到了它的上方。一路上，我非常害怕，害怕我的出现会刺激它做出什么举动，从而造成悲剧。同样，在试着把它从那个"巢穴"中抱起来时，我也很害怕自己一不小心失手害它掉下去。后来，我发现悬崖顶部的树木都已腐烂了，不得不把绳子系在更高处的一个树桩上——这个树桩长在软软的泥炭层里，当我用力拽它时，它的根部发出不祥的"咯吱"声。我把绳子在腰上打了个结，沿着那块岩石往下走，心里有种感觉，米吉可能会活下来，但我肯定会死。当看到我从上面下来时，它试着用后腿直立起来——有好几次我都以为它坚持不下去了。我把米吉牵引绳的绳圈穿过我腰间的绳子，当我的手臂一够到，赶紧把另一头扣在它的背带上，但是这个装置由于长期浸泡在水里，已经不怎么结实了，我对这个装置的信任程度并不比对系着我绳子的那个树桩高。我拽着绳子往上爬，米吉在我身边晃荡着碰撞着，就像一头被起重机吊上船的奶牛。我的脑海中急促地交替出现两个紧迫的画面——我头顶上的树根在缓慢地从泥土中拔出，固定米吉背带的铆钉在逐渐松动。总之，那算是我一生中最难熬的五分钟了。当我爬到上面时，树桩的根部确实露了出来，只要我用力一拉，它就能彻底被拔出来。

但是，令人感激的是，那副背带确实经受住了这次考验。不过，下回再用力一拉，它就会断掉。那天，米吉在峡谷里失踪了整整九个小时，也许这九个小时中的大部分时间它都待在那个突出的岩石壁架上，因为它极度饥饿，狼吞虎咽的样子让我真担心它会噎住。

还有几次失踪事件、几次令人焦虑的搜寻，其中有一次特别让我记忆犹新，因为那是它第一次彻夜不归，也是我第一次对它感到绝望。那天一大早我离开时，它在小溪边吃鳗鱼，到了下午它还没有回来，我开始感到不安。我一直在专心写我的书，那天罕见地写得非常顺畅，文字不由自主地从我的笔尖流淌而出，时间也在不知不觉中过去。我意识到自己已经写了大约六个小时后，大吃一惊。我出去找米吉，沿着小溪和海滩边走边喊，没有找到，我又去了瀑布上方的峡谷。但是无论在哪里，都找不到它的踪迹，尽管我搜索了整个黑暗峡谷，一直到高处的瀑布——我知道即使是米吉也无法从那里过去。来到第二个瀑布上方时，我才意识到我的声音传播的距离有多短,因为我看到两只小野猫在陡峭的小溪边嬉戏,它们看到我后身影才一闪而逝,可见它们刚才并没有听到我的声音——水声实在太大了。然后我离开了小溪,去附近的岛屿上看看。那时正值退潮,一大片一大片柔软的白沙滩露了出来。在这里我发现了朝着灯塔岛的水獭脚印,但我不能肯定它们是米吉的。那年夏天晚些时候,它的爪子有些磨损,爪印上没有指甲的痕迹,不过在那个阶段,我还不能确定它的脚印与野生水獭的区别,除非这些脚印非常清晰。整个傍晚我都在寻找和呼唤,天快黑了,它还是没有回来,我开始绝望了,因为驯化的生活让它养成了严格的昼出夜伏的习惯,通常到日落时分,它已在火炉前睡着了。

那是一个多云的夜晚,风越来越大,一轮明月在黑色的水汽中朦胧地游弋。到了夜里十一点,南风已经刮得很猛烈了,岛屿的迎风面开始有大浪堆积。我想,如果米吉打算穿过这片海水回家的话,这么大的浪头足以让它迷失方向。我在房子的每扇窗户前都点燃一盏灯,将门敞开着,在厨房的炉火前打起盹儿来。凌晨三点,天刚蒙蒙亮,我出门去准备船只,因为,不知怎的,此时我相信米吉就在灯塔岛上。然而,那只小舢板一下水就遇到了麻烦。我必须穿过这片开阔水域和侧风海面才能到达灯塔岛附近的避风处,而船舷上缘一直在冒水。如果我停下划桨来舀水,水还没舀完,船就会因为偏离航线而搁浅在岸边。半小时后,我浑身湿透,又惊又怕。较大的岛屿为我稍稍遮挡了一些南风,但在这些岛屿之间的航道上,往北流去的海水让这艘小船几乎无法承受。在许多礁石和孤岩处，海水在微光中泛着白色的泡沫，看起来很邪恶。稍一停下来舀水，我就会被卷到这些黑色的尖牙和白齿上，小船会像压扁的火柴盒一样被拍在那上面，而我这个不会游泳的人就会去喂龙虾了。更让我难受的是，我还遇到了一头虎鲸。为了避开暗礁，我拼命朝那些礁石群的北面划去——它们位于灯塔靠近陆地的一侧。这里的水面较为平静，我不费力就能保持船头冲着波浪。这时，一头虎鲸破水而出，在我北面，离我不超过二十码。那是一头雄壮的公虎鲸，它的剑鳍在水面上似乎有一人多高。可能是碰巧，它径直朝我游过来。我的神经绷得紧紧的，无法判断危险的真正程度。我迅速转向，朝最近的岛屿划去，仿佛人类是虎鲸唯一的猎物。我搁浅在距离燕鸥岛一百码的一块礁石上，不打算等潮水把我抬起来了。我在齐大腿深的水中滑倒，扑腾，经过一块岩石，费力地把小船的平底抬起来，离开摩擦它的岩石尖。那头虎鲸可能只顾着自己的事，对我根本没有任何想法，它在离我一箭之遥的地方游了一圈。我上了燕鸥岛，鸟儿们在我周围尖叫着飞起，幽灵般飘忽不定的翅膀在我头顶上撑起了一道舞动的篷罩。昏暗的晨风中，我坐在岩石上，感觉像一个遭遗弃的孩子般无助。

夏季的灯塔岛上荆棘丛生，像章鱼的触手般紧紧勾住衣物，在人的手上、脸上留下一串串血痕。在岛上，我感觉自己像一个梦游者，无法动弹，我的呼唤声被阵阵湿冷的寒风向北席卷而去。早上九点，我回到家里，拖着一艘装了半船水、死沉的船，我的身心空虚得难受。此刻，我确信米吉也遇到了那头虎鲸，它此刻或许已经葬身鱼腹，在鲸鱼肚子里被消化了一半。

整整一天，直到下午四点，我都在四处游走和呼唤。时间一个小时一个小时地过去，我越来越意识到那只奇怪的动物伙伴对我意味着什么。我很愤怒，不满自己居然如此依赖这个非人类的存在和陪伴——它的离去给卡姆斯费尔纳带来的空虚也让我愤怒。正是在这种情绪中，在重新主张人类独立的情绪中，大约傍晚五点时，我开始清理它曾经存在的痕迹。我从厨房桌子底下拿走了它的饮水碗，又拿走了它剩下的半碗米饭和鸡蛋，端到洗碗间——苏格兰人通常管它叫后厨——正准备倒进泔水桶时，我好像听到身后厨房里传来米吉的声音。然而，我当时非常疲惫，对自己刚听到的声音也不太确信。我以为我听到的是粗声粗气的一声"哈？"，米吉每到空无一人的房间时，习惯这样发问。这种印象太强烈了，我放下碗，匆匆回到厨房，可是里面什么也没有。我走到门口叫它的名字，但一切都和刚才一样。我正要回洗碗间时，突然停住了脚步，钉在了那里。在厨房的地板上，在我刚要落脚的地方，有一个又大又湿的脚印。我看着它，心想：我这是太累了，情绪有点不稳定。于是我跪在地上仔细观察。脚印确实还是湿的，而且散发着水獭的气味。我还四脚着地趴在地上时，身后的门口又传来了声音，这次我没听错——"哈？"，然后浑身湿透的米吉就扑到我身上，疯狂又热情，"吱吱"叫着，像一只兴奋的小狗般围着我跳来跳去，爬上我的肩膀，仰躺在我背上蠕动、跳跃、跳舞。我安慰了自己和它几分钟后才意识到，它背上的那个背带已经断裂，它肯定被困了好几个小时——也许一天或更长时间，它一定像押沙龙一样挣扎，绝望地等待救援，可是救援永远没有到来。[1]

我知道，这一幕重逢的场景，以及我在这之前经历的几个小时，对许多读者来说可能令人作呕。我本可以用一种狡黠的、不诚实的态度来书写这一幕以及后来发生的事情，否认我对那个动物的感情——这或许可以避免批评，也可以提前避免我现在面临的多愁善感和感情用事的指责。然而，身为一名作家，诚实是一种义务，否则他的文字就毫无价值。除此之外，无论我如何掩饰，我对这只动物的感情仍然会显露出来，会显露出其强烈的甚至至关重要的一面。那时我已知道，对我而言，米吉比我认识的大多数人都重要。相比他们，我更想念它，而且我并不为此感到羞愧。也许，归根结底，我知道米吉比我的任何同类都更信任我，这份信任满足了我们一直不肯承认的一种需求。

每当想念米吉时，我总是首先去它通常去的地方找它。我最先去瀑布那里，因为它会在那里独自待上很长一段时间，追逐住在瀑布下方大水潭里的大鳟鱼，抓幼鳗，或者玩一些被冲下来的漂浮物。有时，它从家里出发时，会带上一个乒乓球，目的地明确，一个小时后，它还在瀑布边全神贯注地玩那个球，把球拖到水下，让球再浮出水面来，然后它仰起

---

[1] 典出《圣经·撒母耳记下》18:9，押沙龙发动反抗父亲大卫的叛乱，其长发被树枝缠住，大卫军队元帅约押趁机将其杀死。

头,扑向球,玩它自己的水球游戏。这游戏到底怎么个玩法,旁观者只能猜测。我记得有一次,我去那里找它,起初没找到,后来我注意到边缘泛着泡沫的黑水中有个红色的东西,原来米吉正仰面浮在水面上,显然是睡着了,一只爪子搁在胸口上,还紧紧地攥着一串猩红色的花楸果。它经常在散步时捡这些鲜艳的东西,并一直随身带着,直到遇上其他更吸引它的东西。我从未做过任何测试来确定它的色彩识别能力,但不管是出于偶然还是它的选择,它喜欢的玩具往往都是花花绿绿的。

有一天,我在瀑布边看着它玩耍,想拍下它在深潭里玩乒乓球时的样子,结果在一块歪斜的岩石上失足,连同相机一起掉进了水里。我回家换了衣服后回来,就听到了人说话的声音。瀑布和房子之间有一堵干石墙,和米吉走到这堵墙边时,我看到一个身影向我走来,由于她和平时穿着不同,加上我之前从未在城市以外的地方见过她,很费了一番工夫才认出她是《新政治家》的文学编辑。我们隔墙互致问候,然后开始交谈。米吉爬上我身边的墙头,注视着我们。

现在我不得不提到,米吉有个特别的、我一直未能纠正的坏习惯——部分原因是我不明白它的动机缘由——喜欢咬人的耳垂。当然,不是因为愤怒或怨恨;显然,也不是有意的攻击或恶意行为,仅仅是因为它喜欢这么做。可以说,它"收集"耳垂,并不像大卫收集非利士人的包皮那样是出于敌意,而只是一种和善的爱好。它就像高效的耳洞打孔器一样,轻轻一叮——显然它觉得这样做感觉良好。它已经很久没有见过陌生人了,也很久没有机会在它的收集清单上添加一只耳垂了，弄得我一时竟忘记了它这个令人头疼的癖好。我的访客说话时将一只手臂搁在墙上，她的头离米吉只有一英尺远，米吉毫无预兆地出击，以外科手术般的精准，在她的左耳耳垂上穿了一个洞。

那是她最从容的时刻。我见过很多人的耳垂被米吉刺穿，对于人们在这种情况下的反应，可谓相当了解——从轻微的尖叫，到忙不迭的自我安慰，再到面红耳赤的、不祥的沉默，我以为我已经全都见识过了，但我错了。她丝毫没有中断话语，根本没有一丝倒吸一口气的惊愕，也完全没有流露出她已经察觉到了这件事——只是当她继续说话时，眼神里有着一种与她的话语完全不符的、难以置信的愤怒表情。

实际上，在认识米吉的人中，只有少数几个人没有被打耳洞，莫拉格就是其中之一。我自己早在刚与我的同名伙伴结识时就被它打了两个耳洞，现在享有豁免权。除了我之外，它只对另外两个人给予了对我一样的热情关注，一个是莫拉格，另一个是凯瑟琳·雷恩。不过，虽然它向我们每个人展示的热情程度差别不大，但性质上却完全不同，也就是说，它与每个人都形成了完全不同的关系。对凯瑟琳，她的靠近就足以让它兴奋不已，它待她粗鲁、吵闹，占有欲极强，随时随地都想占她的便宜；而凯瑟琳则在它身上找到了某种奇怪的共同点，毫无怨言地忍受它最为放肆的胡闹。对莫拉格，它的爱比较温和，少了几分霸道。对我，它更为恭顺，更容易响应我的命令。但无论如何，当它不在那无法捉摸的波涛和水的世界里、不在幽暗的绿色深处、不在随着潮汐摇摆的海藻世界里时,它便围着我们三人转。我们是它三位一体的神,它对我们就像地中海人对待他们的神明一样,既有信任又有责备,既有热情又有恼怒。我们三人都以各自的方式依赖于它的崇拜,就像神明依赖于他们的崇拜者;而我,或许比她俩更甚,因为它是唯一一个可能与我同名的生物。

10

秋天，我和米吉一起回到伦敦，它一如既往的好脾气，很快就适应了没有心爱的小溪和海滨的生活。在从卡姆斯费尔纳到因弗内斯的汽车旅途中，它似乎在长时间的沉睡中褪去了野性，醒来时已蜕变成一只温驯的动物。在车站的旅馆里，我喝茶时它就躺在我的椅子旁边，当女服务员给它端来一碟牛奶时，它像客厅里的猫一样小心地舔着，一滴也没有洒出来。进入头等卧铺车厢时，它表现得像一个经常出门旅行的人一样。第二天早上，它来到我的单身公寓，似乎很高兴又再次回到了熟悉的环境中。它也很快适应了以前有规律的生活：浴缸里有鳗鱼；在伦敦邋遢的街道上散步；甚至，有个下午，我虽有些忐忑，但还是带它去了一趟哈罗德百货公司购物。在一家本地小店里，它获许自己挑选想买的玩具。正如我前面提过的，它对橡胶玩具情有独钟，尤其是那些在摆弄时会发出"吱吱"声或"嘎嘎"声的东西。在我的公寓附近有一家商店，专门出售这些稀奇古怪的东西：天然橡胶做的水果和面包、爆炸雪茄、显然装满了液体但一滴也不会流出来的玻璃杯，甚至还有用纸糊成的猫狗排泄物模型——这家商店简直是爱搞恶作剧的人的百宝箱。有一天，我正在一个会发出口哨声的巧克力泡芙和一个会喘气的橡皮鲭鱼之间犹豫不决时，店员说："先生，为什么不让它自己挑呢？"然后把两样东西都放在地板上。米吉选了巧克力泡芙，让店员颇感惊讶。从那以后，米吉都是自己选玩具，然后得意扬扬地自己拿着它们回家。那个巧克力泡芙看起来非常逼真，我们经过街角的酒吧时，一个人摇摇晃晃地走了出来，眼睛盯着米吉，在那里呆住了。"天哪！"他小声地说。他身后一个声音喊道："你又出现幻觉了，比尔——你又出现幻觉了！"

米吉在那些日子里似乎坚不可摧，可以免受身体的伤害——简直就是奇迹。尽管我采取了各种预防措施，它还是成功地从廊台上摔到了下面的镶木地板上，不过，它没事人一般，仿佛是摔在了羽毛床上；关门时它的头被门"砰"的一声夹住，它也没有提出任何抗议；最后，它还把剃须刀片咬成了碎片。那天晚上我外出有事，把厨房以外的地方留给了它。也就是说，浴室里面有一个装满了水的浴缸，外面则是储藏室，那里有一把破旧扶手椅，还有一台挂在墙上的电暖气。我回来后，打开浴室的门叫了一声，没有回应。我走进浴室，看到浴缸里没有水了，在浴缸底部，我的安全剃刀被掰成两截，躺在碎裂的刀片中。当时我并没有想到，既然到处都没有血迹——感觉上几乎不可能——这也说明水獭应该没有受一点伤。我穿过浴室走进储藏室，以为会在温暖的火光中发现一具躺在椅子上的尸体，但是在靠垫中间，米吉正自得其乐地蠕动着，仿佛意识到自己主动而聪明地完成了一项困难的任务。我尽可能地检查了一番，它身上连一丝划痕都没有。

我现在记不起来，在伊拉克的时候，自己是否认真考虑过，在无法亲自照顾水獭的时候，比如，再次出国时，或者甚至只是想离开自己的家一两天时，我该如何安顿水獭。也许我以为在后一种情况下，我可以带它一起去，因为那时我还没有意识到，水獭并不适合去陌生的房子里做客，换言之，被米吉造访过后的房子会变得面目全非。米吉可以独自待上四五个小时，但必须是在晚上，而且它不能再独自待上更长的时间。现在，我发现自己的活动受到它这种依赖的限制，不得不认真考虑这个问题。

十一月，我必须离开伦敦三天，去中部地区做讲座，只好把吉米寄养在动物园的兽医医院——这是米吉第一次，也是唯一一次离开熟悉的人和环境，被囚禁起来。我先坐出租车带它去了摄政公园。一进公园，它就往前冲，把拴它的绳子扯到最长，拉得紧紧的。但对于周围各种动物的声音和气味，它似乎毫无反应。只有经过饲养大型猛禽的鸟舍时，它才畏缩地拽着牵它的绳子想往另一边走。或许这是因为它对故乡沼泽地的记忆——那里的冬天，老鹰作为水獭唯一的天敌，总在沼泽地水域的上空盘旋；又或许，这是一种与生俱来的本能，它认为自己种族的敌人来自天空。

后来，我把它留在一个阴暗的笼子里——笼子的前一位住客是一只生病的疣猪。当笼子的门被关上，它发现只剩自己时，它的哀哭声直抵我的心底。我在兽医院的大门关上很久之后，还能听到它的哭声。

第二天傍晚，我从北方打去电话，询问它是否已经被安顿好，却被告知，它的情况十分严重——事实上，它已经与外界隔绝，陷入了深深的昏迷之中，就像那次坐飞机旅行时被关在箱子里一样。它拒绝进食，在抓挠铁皮和水泥围墙直到脚底流血后，蜷缩在我的羊皮大衣里，拒绝被唤醒。医院建议我尽快回来接它，因为在这种情况下，宠物会从这种昏迷状态不知不觉地过渡到死亡，这并不罕见。

隔天一大早，我立即驱车前往伦敦，但浓浓的白雾让我前一百英里的路程只能以自行车的速度前进。然而，突然间，浓雾散去，天空湛蓝，万里无云，秋日阳光明媚。我的车是由一辆单座大奖赛赛车改装而成的，非常"凶悍"。据说在巅峰时期，人们曾宣称它的时速超过一百六十英里。但是那个时候，我正在磨合一组新的活塞，这辆车更换活塞的频率简直像某些普通汽车加油一样频繁。从里程表上看，最后一百英里的磨合路程已经跑完，但是，由于我急于到达伦敦，赶到我那只心爱的水獭身边，我没有想到前一百英里车速太慢，以至于根本达不到磨合效果。驶上格兰瑟姆以北的、漫长而笔直的公路上之后，偏巧视野里不见其他车辆的踪影，无人能阻止我狂飙。原本车速一直保持在时速九十英里左右,我想,我还可以开得更快,而且,在短时间内,我真的是这样开的。增压器发出尖叫,仪表盘指针以难以置信的速度向红色区域移动——我瞥见速度表指针在时速一百四十五英里处徘徊,而我仍在大幅加速。这时,一声撕裂的声音传来,驾驶室内冒出一股巨大的蓝烟,从后视镜中,我看到一条细细的黑色油迹在我身后延伸开去。我在一座农舍对面停下来,满脑子想的都是能否在傍晚动物园兽医院的工作人员下班之前坐火车赶到伦敦。农舍里有电话。唯一可能搭上的一班火车还有三十八分钟就要从格兰瑟姆出发了,而我在它正驶出车站时赶上了。

在动物园的兽医院里,一开始我甚至没有在笼子里看到米吉。笼子里散落着很多死鱼,都没有动过;还有一个大水盆,足有浴缸那么大,里面到处都是水;羊皮袄团成一团扔在中间,没有任何动静。我穿过铁栅栏门走进去,叫米吉的名字,但是它没有动弹。它尽可能地把自己藏在衣服的袖管里,我把手伸进夹克里,感觉到它的身体很温暖,还有呼吸。只有当我把手伸进去,摸到它的脸后,它才慢慢苏醒过来,一脸迟钝而茫然的神情,仿佛正从昏迷中清醒过来。突然间,它跳了出来,高兴得一蹦三尺高,爬到我身上,钻进我的大衣里,在那个荒凉的笼子里转了一圈又一圈,最后它喘着粗气,扑倒在我面前。

才两天,它身上就有了一股小猫窝里的酸臭味,那是陈旧的尿液、沮丧和屈辱构成的味道,正是被囚者的特征。它失去了自尊,弄脏了自己的床,平时散发着香甜气味的皮毛现在闻起来臭得像一只无人照料的雪貂。

有鉴于此，我再也没有重复过这样的实验，但它的寄养显然是一个问题，我必须找到解决办法。

米吉还去过动物园一次，不过身份不是囚犯了。一直以来，我一直想从水平视角亲眼观察它在水下的一举一动，为此，动物学会允许我在水族馆的后面搭建了一个大型玻璃水箱，我可以租用，但仅限当天。要是我知道以后再也没有这种机会了，我会安排一台摄影机的，可是当时，我只请迈克尔·艾尔顿来为它作画。我在水箱里准备了一些金鱼，供米吉捕食，我倒是希望那里面更多些"野性"的东西，让人少想点客厅、蜘蛛抱蛋（一叶兰）、老姑娘的关爱与照顾；少想点安逸、无攻击性的幼儿世界——在那里，只有虚拟世界里的大自然才被允许露出尖牙和利爪。然而，我的这种小心思并没有干扰到米吉，它以极大的热情和精湛的技艺开始捕杀金鱼们——即使我以前从水上长时间观察过这种行为，对当时的情况也毫无思想准备。它的速度让人目眩，它的优雅姿态让人叹为观止；它柔软无骨、灵活矫健、优美多姿、妙不可言。我想到了空中飞人，想到了芭蕾舞者，想到了鸟儿或特技飞行中的飞机，但即使用所有这些美妙或伟大的事物来比拟，也无法展现米吉真正的独一无二之处。在自己的领域里，它是一只水獭，是自然界中我见过的最美丽的东西。

和玩玩具一样，它并不满足于一次只抓一条鱼。抓到第一条鱼后，它把鱼夹在一只胳膊下——显然这个笨拙的包裹完全影响不了它——又猛地扑向另一条鱼，有时一边扑，还一边来一个"绕圈"的特技表演。有一回，它两只胳膊下都夹着鱼，嘴里还叼着第三条鱼。

这次表演每分钟要花费我大约十先令的租金，但表演结束后，我觉得我很少在视觉体验上得到如此丰厚的回报，所以决定一定要在伦敦为它准备一个我自己的玻璃缸。

我开始寻求解决之道——在《乡村生活》《田野》和《泰晤士报》上各刊登了一则广告，大意是为米吉寻求一个临时住所。它应该可以在那里待上几天到几个月不等，具体多久，视需要而定——这一要求貌似有点过分。我一共收到了大约四十份申请，但逐一认真审查后，这些潜在的监护人一个接一个都被淘汰了。很少有人知道他们将要承担的是什么，更少有人拥有适合的场所，有些人竟然还是在校学生，是在父母不知情的情况下提出的申请。两个月过去了，与起草广告那天相比，情况毫无进展。

然后，我开始面试退休的动物园管理员，但几个星期的面试让我相信，退休的动物园管理员是铁了心要退休。与此同时，我一直在写的那本书也完成了，按照正常程序，我应该再次开始旅行。事情看来陷入了僵局。虽然我找到了一个临时解决办法——春天回到卡姆斯费尔纳，在那里写一本关于米吉的书——但这显然不过是拖延战术。我向动物学界的朋友们发出紧急呼吁，希望他们想尽一切办法为我找到一个全职的水獭饲养员。可是，等我找到他并聘用他时，米吉已经死了。

米吉的故事剩下的不多了，我会快点写完，因为任何人在阅读这本书时，如果能感受到一点它的生活给我带来的乐趣的话，想必也会感受到一点它的去世给我带来的痛苦。

我已经安排好去卡姆斯费尔纳，和它一起度过春夏两季，在那里写我计划中的关于它的书。我本打算四月初离开伦敦，但又需要两星期的自由，摆脱它在时间上对我无休止的索取。于是，我安排它先去苏格兰，让一位朋友照顾。我为它收拾好必要的"行李"，那是一个柳条篮，装的东西却越来越多——背带、牵它的绳子、糙米罐头、鱼肝油、有些破损但长期受宠的玩具。从我的公寓到尤斯顿车站，我们乘坐的是租来的汽车——一辆大号的亨伯牌汽车，后座顶部和后窗之间有一块宽阔的搁板。我清楚地记得，米吉躺在那上头，仰面朝天，用前爪抓着我的钢笔来回滚动，或者用一只前爪紧紧握住它，放在自己宽阔而有光泽的肚皮上——回想那情景至今仍让我心痛不已。我让我的同伴注意，它的皮毛在霓虹灯下闪烁着油润的光泽，这表明它处于最温驯的状态之中。

在火车站，它一路紧拉着牵引绳，令人惊讶地径直走上站台，进到卧铺车厢，然后径直走向洗手盆，让它可塑的身体适应洗手盆的曲线。它伸出左爪，往上摸索着水龙头——那是我最后一次见到它。

在接下来的十天里，收到的几封信告诉我重获自由后米吉有多喜悦；告诉我它在小溪和大海里捕鱼；告诉我它疲惫不堪地蜷缩在火炉前的样子；告诉我它不在时那位朋友如何担忧；告诉我最后决定不再给它戴上那副背带，因为那样更安全——尽管那个装置经过精心设计和实验，但仍可能害它被水下的某个障碍物缠住，导致它溺水。

四月十六日，我收拾好行李，打算第二天下午到卡姆斯费尔纳，这时我接到管理卡姆斯费尔纳物业的房屋经纪的电话。他告诉我，有传言说一只水獭在卡姆斯费尔纳以北四英里的一个村子里被杀了，而米吉也失踪了。不过，这其中有出入——据说，被杀死的水獭身上长满了疥疮，所以杀手觉得不值得保存它的皮毛。此外，没有更详细的信息了：没有明确的结局；没有尸体可以辨认；没有花楸树下安慰性的葬礼；也没有人性的善良，以致那些曾经爱它的人必须整天搜寻、整夜敞开着门。

第二天下午，我到达村子。在火车站，在乘汽艇去村庄的途中，以及在村子的码头上，我听到了一些相互矛盾的说法。有人说，有一只很老的野生水獭被杀了，但米吉已经安全地回了家；有人说，他在卡姆斯费尔纳以南数英里的一个村子里见到过它。我不相信他们的话，我知道米吉已经死了，但我有一股强烈的欲望，想知道是谁杀了它，是怎么杀的它。

村里的人告诉我，有一个修路工人开着卡车经过教堂时，在海边公路上看到了一只水獭，于是就把它打死了。由于这只水獭的皮毛部分脱落，他没有保留下来。

我打听到这个人住在哪里，驱车向内陆行驶了大约四英里，去拜访他的家人。我是鬼鬼祟祟地去的，因为我以为会在房子附近看到米吉的皮毛被钉在那里晾干——如果我先去打听的话，他们是不会让我看到这种东西的。对我来说，那感觉就像去寻找一个人类朋友的皮——可是我必须知道真相。

这家人对此矢口否认。他们说,这张皮癞得不成样子,凶手大块头安格斯在回家之前就已经把它扔掉了,他们不知道扔在了哪里。大块头安格斯还没回来——他总是搭别人的摩托车回来,如果我在村里等着,也许能见到他。

我等着。摩托车终于来了。是的,他承认昨天确实杀了一只水獭,但水獭皮秃了一半,他认为不值得留着。他说话很温和,也很坦率。

我请他带我到事发地点看看。我和他往回走了大约两百码,到了一个急转弯处,在公路和大海之间,那儿有一小块教堂墓地。他开着卡车拐了个弯,而那只水獭就在那儿,在道路上方的沟里。他停下了卡车。

"你是怎么杀的它?"我问,"用棍子?""不,少校,"他说,"我卡车后面有一把铁锹。"他以为野生水獭会在路上等着他去取杀它的凶器。他坚持自己的说法,称杀死的水獭不可能是我的。"它又老又瘦,"他说了一遍又一遍,"我把尸体扔进河里,不记得具体在哪里了。"很久以后,我才知道,他曾惊慌失措地寻求过他人的建议,他做好了充分的准备和排练。勇敢的杀人犯!若非他的欺骗,我那时可以本能地、不假思索地杀死他,就像他杀死我不远万里带回来的那只动物一样,迅速而诡诈,而他也会像米吉一样毫无防备——这样,惩罚与罪行才会相当。相反,我却愚蠢地寄希望于他所缺乏的品质。我恳求他告诉我,我试图让他明白,对我来说,留在卡姆斯费尔纳,日复一日等待一个我认为不可能的归来是什么滋味,可是他一点也不松口。

后来，我从一位更有人性的人那儿得知了真相。"我觉得我不能坐在这里眼睁睁看着你被欺骗，"他说，"一个男人这样做太不光彩了，这是实话。卡车在村子里停下来时，我看到了那只动物的尸体，全身皮毛完好无损——除了头部被砸得稀烂。如果他以前不知道它是你的，那时候他也知道了，因为我告诉他了。我说：'如果你以为那是一只野生水獭，或者如果你以为一只野生水獭会在大白天等着你来杀它的话，你最好去检查一下你的脑子。'他对你说的全是谎话，想到你每天在小溪边和海边四处寻找你的宠物，而它却早就死了，我真受不了。"

我一点点得知了这个故事。米吉在过去的一些日子里一直在四处游荡——晚上它总是会回来，但白天它一定会游逛到很远。有一天，它出现在往南大约八英里的一个海滨小村庄里，那里的人们认出了它，它安然无恙地离开了。第二天，它沿着海岸线北上，来到了它遇害的村庄。当天早些时候，它在那里也被人认出来了。有人看到一只水獭在他家的鸡舍里，他已经拿来了枪，但是看到水獭对鸡毫不关心时，他吓了一跳，并做出了正确的判断。米吉在回家的路上遇到了大块头安格斯——它从未被教导过要害怕或不相信人类。我希望它死得很痛快，但我又希望它死前能有机会用牙齿对付杀它的凶手。

算到它离开伦敦的那个晚上，米吉和我在一起的日子总共是一年零一天。

11

我极度思念米吉,直到一年后,我才有勇气再度回到卡姆斯费尔纳。我为我那只坠落的麻雀[1]哀悼——它完整地填满了那片风景,将我热爱的那道闪亮的水环的每一码都变为它自己的领地,在它离世之后,那儿显得空洞而乏味。我第一次感到,所有那些曾让我快乐的熟悉事物,仿佛成了空落的舞台背景,演员不再穿梭其间。确信米吉去世后,我没有留在那里,而是立即返回西西里,继续一项中断已久的工作。在炎炎烈日下,夏天慢慢地过去了,想起我与水獭为伴的一年,甚至想到卡姆斯费尔纳本身,我有时候觉得就是一场梦。我无法否认一只野生动物的死亡对我的影响有多大,但我心中的某个部分却在质疑——比起周遭人类的悲惨境遇,我对一只动物的态度是否合乎情理,是否道德。就像我在索厄岛的

---

1 Fallen sparrow,语出莎士比亚戏剧《哈姆雷特》第五幕第二场:"一只雀子的死生,都是命运预先注定的。"

生活一样，在我看来，那一年只是我人生中的一段插曲，开始和结束都很明确，不可能有任何延伸。但是，另一个例子证明，我错了。

秋天，我从西西里岛回来，把家搬到了切尔西。我必须承认，部分原因是我发现原来住所里精心设计的防水獭设施在过于频繁甚至是有些令人烦恼地提醒，我未能保住一只曾经倾注了如此多关注的动物的生命。但是，我已经习惯了动物的长期陪伴，有一天，在哈罗德百货公司，我发现了一只环尾狐猴。那是西里尔·康诺利的财产——即使是七十五英镑的价格也无法阻止我犯傻。我给它取名叫基科，把它搬到了我的新公寓里。基科是一只非常漂亮的动物，比一只体形超大的猫还要大一点，一身柔软的蓝灰色皮毛简直像高级定制时装。它长着一张黑白相间的狐狸脸，有一条长长的、黑白两色圆环交替的大尾巴和金色的眼睛，它的爪子像猴爪，但带有笔直的尖端。但是，它既不讲卫生，生活习惯又不雅。在大部分时间里，它几乎总是处于发情状态；然而，引人注意的并不是它的发情，而是它身体的湿润度。此外，它有一些根深蒂固的心理疾病，使它像一头被捕获的野生豹一样不适合做宠物——在每一千分钟里，有九百九十九分钟它都温柔可爱，任何孩子都会喜欢；而在那剩下的一分钟里，它是一个杀手。它会在没有任何预警或正当理由的情况下发动攻击，而且总是从背后偷袭。它对人施加严重身体伤害的手段是从高高的书架上跳到人的肩膀上——它可以不费吹灰之力地跃出二十英尺——然后用它指上的锋利尖刺去抓人的眼睛。

这种可怕的背叛可能是早期的创伤性经历导致的，我推测与窗户有关，因为它的三次袭击都发生在我站在窗前的时候，而且出于这样或那样的原因，我触摸了窗户。在第三次也是最后一次暴行发生时，我正隔着窗户同外面人行道上的某个人交谈。

我觉得，我没有被基科杀死真是很幸运，因为我一直忽视那些危险信号。我把割破眼皮当作一次意外，以为那是因为它失去平衡，无意中用爪子抓伤了我。第二次，我用手护住了我的眼睛，而手上留下了永远无法消除的伤疤，因为它的牙齿是剃刀般锋利的切割工具。我以为它把我的动作解读为攻击的姿态，因此原谅了它。最后一次，我用胳膊而不是手保护眼睛，结果基科失去了平衡，摔倒在地上。在我看来，它似乎只是愤怒地佯攻我的双腿，因为我并没有意识到有任何实际的接触，事后我才惊慌地发现，自己正站在一大摊迅速扩大的血泊中。而我知道，除了动脉之外，没有别的东西能产生如此惊人的血量。我不知自己是怎么离开房间、冲向浴室的，身后留下了一道血迹，让我像是走出了屠宰场。在浴室里，我发现我的胫动脉像黑色的烟头一样从小腿上伸出来，喷出的血有一英尺多远。我把手帕浸湿，试着扎止血带，但知识已经离我远去，我忘了如何寻找动脉压迫点。经过几分钟胡乱的尝试之后，我估计自己已经失去了大约两品脱[1]的血。接着，我又浪费了几秒钟试着计算自己还有多久会失

---

[1] 品脱是英美制容量单位，1英制品脱约为0.57升。

去知觉，因为我已经感到虚弱并开始颤抖。我推测，按照失血速度，我大约还有五分钟多一点的时间。当我疯狂地寻找一些线来绑住动脉时，我的脑海中突然浮现出一幅巨大的挂图，上面红色显示静脉系统，蓝色显示动脉系统[1]。胫动脉只在腹股沟处接近体表。我绑上止血带，点燃一支香烟，开始思考基科。我意识到，对一只狐猴进行精神分析是极为困难的。所以，它现在和其他三只环尾狐猴一起，住在切斯特动物园的宽敞住所里。它仍然是我的，我曾经希望它能繁殖后代，我可以把它的后代养大，让它们远离创伤，但现在我觉得，虽然狐猴与人类有着共同的祖先，但人类交友仍需谨慎，选择它们也要谨慎。

继基科之后，又来了一只婴猴，它每晚发出令人毛骨悚然的尖叫声，挑战切尔西的沉睡丛林。除此之外，我发现它还是一个非常无聊且孤僻的家伙，而且，它的爱好令人尴尬。后来，当它转到一个更宽容的主人家后，又有人要送给我一只婴猴，且它还有一个奇怪但非常合适的名字——希区柯克。这个名字实际上是它原主人的姓氏，但终归勾起了联想——我谢绝了。

我没有再尝试养过其他哺乳动物——无论如何，这些动物与卡姆斯费尔纳都没有丝毫亲缘关系。相反，我养了十几只小巧而色彩鲜艳的热带鸟，让它们在我的起居室里自由自在地飞翔。事实证明，它们既不像基科那么不讲卫生，也没

---

1 原文如此。在标准医学解剖图谱中，通常用红色表示动脉，蓝色表示静脉。此处可能是作者的笔误，或者为了突出当时的慌乱而故意为之。

有它那么危险。

如果说卡姆斯费尔纳缺少一种常见的浪漫元素,那就是埋藏的宝藏。不是象征性的宝藏——而是泥炭地里闪闪发光的实实在在的金币。然而,令人遗憾的是,正是在我离开的那一年,卡姆斯费尔纳这朵百合花就被镀上了金。两名林业工人在房子上方的山坡上挖沟时,发现了一小堆金币,同时发现的还有曾经包裹它们的皮革碎片。这些金币或是被人藏起来的,或是掉落的,大部分是十六世纪的金币,属于玛丽一世时期、菲利普与玛丽时期、伊丽莎白一世时期和詹姆斯一世时期。其中最大的一枚是不伦瑞克和吕讷堡的腓特烈·乌尔里希公爵时期的一元硬币。这笔储蓄很可能来自某位冒险家——一个雇佣兵,他同许多古时的苏格兰高地人一样,将自己的剑和勇气卖给了外国指挥官。宝藏如果不是在敌人逼近的情况下匆匆藏匿的,那么一定是他独守的秘密。不管他战死于遥远的战场,还是在激烈的部族战争中丧生,他的财宝在此后的三个多世纪里一直无人打扰。

第二年初春,我下定决心回卡姆斯费尔纳。在那里,三月的天光照耀着这片早已成为我真正家园的土地,寒冷而明媚,我发现自己再次被米吉遇害时所经历的那种空虚所击倒。我心里萌生了一个念头,起初是模糊的,后来清晰无误:这个地方没有水獭就不完整,米吉必须有一个继任者。事实上,只要我还住在卡姆斯费尔纳,这里就必须有一只水獭。

终于下定决心后,我把全部精力都放在了这个目标上。

回想起从前自己为满足米吉的各种需求而付出的巨大努力和辛劳，我首先写信给当初那些愿意帮我寻找水獭饲养员的动物学界的朋友，然后开始系统地搜查卡姆斯费尔纳海岸这一带我所知道的所有洞穴。从卡姆斯费尔纳海湾延伸出去的一连串岛屿中，有一个岛名叫水獭岛，岛上有一个由大石块堆成的歪歪斜斜的石堆，形成了水獭经常使用的一系列低矮洞穴。早些年，在我还没有对水獭有什么想法的时候，那里曾有过一窝小水獭。但是现在，虽然几间内室整理得井井有条，垫草也是新铺的，人们却看不到小水獭的踪迹，"公共厕所"也很少被使用。每个水獭洞都有一个"厕所"，排泄物（被称为獭粪，没有异味，几乎完全由碎鱼骨组成；如果水獭生活在岸边，则由蟹壳碎片组成）常常堆得高高的，像座金字塔。我记得那年小水獭还在水獭岛上的时候，我曾在这样的金字塔形堆积物的顶端看到过一条小小的、像毛毛虫一般的粪便。在这么高的金字塔尖上排泄，对摇摇晃晃的水獭幼崽来说，肯定是一项杂技绝活。

我逐一走访了知道的所有水獭洞，没有找到繁殖中的水獭，但我对此并不绝望，因为水獭没有"繁殖季节"，一年四季都可能有水獭幼崽的踪迹。但是，作为备选方案，我还给巴士拉的罗伯特·安戈利写了一封信，问他是否能让沼地阿拉伯人为我再找一只与米吉同族的水獭。

应安戈利的请求，沼地阿拉伯人陆续给他带去好几只水獭幼崽，其中三只是麦克斯韦尔水獭，但每一只都在到达后几天内死亡了。他判断这是由于在水獭抵达前的几天受到的照顾不够温和、不够周到的缘故。于是他干脆地说，他不会接受被囚禁超过十二个小时的幼崽。果然，接下来的一只水獭幼崽存活了下来，六月末时，他写信告诉我，只要我愿意，可以安排送它前往英国。他说它不是麦克斯韦尔水獭，但他个人认为它属于另一种尚未被发现的品种。而且，它住在房子里时，像一条狗一样顽皮且友好。

确信米吉的接班人要来之后，我开始精心准备——我急于充分利用辛苦获得的经验。我早先为找一名水獭管理员而到处打听，现在也终于有了结果——现在我可以聘请吉米·瓦特，一个即将离校的男孩。虽然他没有关于水獭的第一手知识，但他对动物有着深厚的天然感情，并渴望与它们打交道。

在伦敦，我在花园里搭建了一个大型玻璃水箱。我已经安排好七月十日，星期四，将水獭从巴士拉空运到伦敦，但是这个水箱在星期一仍未安装完毕，于是我给安戈利拍电报，请他将空运发货日期推迟到十五日星期二。

然而，七月十四日，星期一，革命席卷伊拉克，星期二，人们在巴格达街头将王储的头颅当足球踢。罗伯特·安戈利是首席狩猎管理员，所以也被认为是暴君的亲信随从，我从此再也没有听说过他的消息。

卡姆斯费尔纳的那个金色的地中海之夏，被我自己的小小挫折破坏了。我的小狐狸们破坏了葡萄藤[1]，让我钟爱的风

---

1 典出《圣经·雅歌》2: 15: 要给我们擒拿狐狸，就是毁坏葡萄园的小狐狸，因为我们的葡萄正在开花。

景失去了全部魅力。但是，有一个景象，壮观且宏大，让我记忆犹新——也许它本该让我摆脱渴望某种特定野生动物陪伴的古怪执念。在此之前，我曾多次见过北极光在寂静的夜空中闪烁、颤动，掠过群山，但直到那天晚上，我才明白它们可怕的庄严，以及它们带来的那种否定一切的感觉。

特克斯·格迪斯从索厄岛过来看我——我在索厄岛经营鲨鱼渔场时，他是那里的鱼叉炮手，在我关闭鲨鱼渔场后，他买下了那座岛。特克斯把船停泊在房子前的海湾里后，我们一直聊天，直到夜深才想起时间。当时窗帘是拉上的，房间里亮着灯，我们对外界发生的奇异之事一无所知。特克斯走出门后，还在屋里的我听到了他的叫声。

"天哪！这一定是世界末日！苏联用人造卫星之类的东西击落了月球！"

我从他身后眺望天空，发现某种可怕的厄运似乎真的降临了。我们仿佛站在一个巨大的圆锥形天穹之下——也许是站在宇宙马戏团的舞台上，头顶上，从无尽远的一个点上，一顶五颜六色的帐篷悬挂下来。那景象又像是战争期间熟悉的场景被放大了无数倍——如果将人所站的位置当成圆心，圆周上就有许多探照灯，全都对准着天上的一架飞机。但是此刻，探照灯的每一束光都有几英里宽，闪耀着红色、紫色、绿色和蓝色，冰与火的光影相互交织，不断移动和融合，那真是可怕而遥远的壮丽景象。

探照灯的光线时断时续，参差不齐，就像折断的木板的碎片，但它们总是向着中心点飘升，汇入一个铜色的、闪着暗淡光芒的光环之中。在我们的注视下，色彩开始滑动和变化。现在，整个北边的天空都是红色的，而西边的天空则变成了冷色调的冰川绿。在我所见过的所有自然景观中，这是最美丽的，也是最可怕的；它唤醒了我心中某种古老的万物有灵论，让我想匍匐在地，顶礼膜拜，以安抚我的心。

到了秋天，我再次努力想要得到一只水獭，但是希望越来越渺茫。一位朋友通过伦敦的一家经销商安排进口了两只印度无爪水獭，他一只，我一只。据介绍，这两只水獭年幼而温驯，一公一母。

它们预计在凌晨一点左右抵达伦敦机场，我们非常担心它们的安全，所以亲自去接机。然而，在机场我们没有接到，考虑到它们被托付给了一个商人——对他来说，它们代表着硬通货——于是我们又回来休息。当经销商的营业时间一到，我们立即给他打电话，得知水獭已经到了，两点以后随时可以取走。我们在一点半就赶到了那里，与其说是因为怀疑，不如说是因为急切。板条箱立在那里，还没有打开，似乎从凌晨开始一直这样。箱子里的两只水獭虚弱不堪，浑身发抖，浸泡在自己的粪便和尿液里，几乎站都站不稳。它们在第二天一早就死了，我的死在新开的动物园医院里，而我朋友的那只死在他妻子的腿上——她整晚都坐在那里，试图救活这只可怜的小动物。

当然，正是在那些对此类事件最深恶痛绝的人的资助下，令人作呕的野生动物市场才一直存在。在这件事之后，我决心不再通过常规渠道进口水獭。

这些不幸事件本应足以使人在饲养野生动物上却步，但我太过执着。命运还为我准备了另一场不幸，比之前的几次更加让人抓狂，因为这一次所有的障碍似乎都已被克服。一位来自新加坡的兽医官员向一家英国动物园赠送了一只人工饲养的宠物水獭。我一得到消息，就马上提出可以用那只可恶的基科来交换，它的市场价值大约是这只水獭的四倍。提议得到书面接受后，我从卡姆斯费尔纳南下收货。然而，在我旅行的二十四小时里，我的一位对这笔交易毫不知情的朋友，想为我弄到那只水獭，并为此联系了前主人，而那位主人正在英格兰北部短期休假。不知出于什么原因，这位先生坚决要把他的宠物留在动物园的笼子里（顺便说一句，那里的水还不够它喝的），并由此引发了争执。这场争执以及动物园相关官员的胆怯，导致直到今天，那只水獭仍被关在栅栏后面，令人遗憾。

第三次失望后，我下定决心要在苏格兰养一只水獭幼崽，为此，我于一九五九年春天回到卡姆斯费尔纳，在那里住了很长时间。

我刚到那里不到一周，就发生了我努力寻找米吉比尔继任者的经历中最离奇的一幕。它如此凑巧，如此离谱，如此夸张地带着虚构色彩，若是没有其他旁观者，或是发生在另一个地方，我都会犹豫是否要记录下来。

四月十九日，我驱车前往三十多英里之外的车站，迎接一位即将到来的客人——那是一位岛上常客，曾多次来访，还为卡姆斯费尔纳制造了许多家具，可以说，他和我一起见证了这幢房子从一个空壳成长为现在这副模样的全部过程。我很早就到了村里，采买了一些必需品，并在酒店吃了午餐——酒店很大，非常光鲜，专门接待富有的游客。夏天，这里车水马龙，到处是凯迪拉克和来自大西洋彼岸的口音。然而，现在，这里游客稀少。我和门房闲聊时，发现我们有许多共同的熟人。他还记得我的捕鲨船"海豹号"，我俩亲热地回忆起岛上汽船"洛克莫尔号"的罗伯逊船长——由于他说话的声音近乎超音波，所以大家都叫他"尖嗓门儿"。

我们交换了关于"尖嗓门儿"的故事，结果我讲了一个他从未听过的故事。故事发生在战争年代，当时天上浓雾弥漫，"尖嗓门儿"正从巴拉岛向北航行。船上的乘客中有一位是在赫布里底群岛度假的海军上将，他从船甲板上望向周围的白雾，认为这艘船正在驶向雷区。随着时间一分一秒地过去，他的担忧却越来越深，但"洛克莫尔号"毫不理会。最后，心中的那根弦崩到了极限，于是他决定登上驾驶室找船长理论。两人素未谋面，"尖嗓门儿"完全不知道他的船上搭载了一位高级海军军官。他两眼茫然地注视着前方，那明显突出的蓝色眼睛或许显示着，他正快乐地幻想着，在航程的最北端，他可以不用票证购买哈里斯毛料。这时，突然看到身旁站着一位穿着雨衣、戴着便帽的矮胖男人时，他勃然大怒——"尖嗓门儿"是一个脾气暴躁的人——爆发了。"滚开，滚出驾驶室，你这混蛋！"他像一只愤怒的鹩鹩般尖叫道。

海军上将想起自己身着便装,便连忙道歉并自我介绍。虽然"尖嗓门儿"生性不懂尊重别人,但还是被他打动了。

"海军上将,是吗?我能为您效劳吗,海军上将?"

"嗯——罗伯逊船长——我想知道,您是否愿意告诉我我们现在的位置。"

"位置?啊,我们大概就在这附近。"

"不,不,船长,我是指我们在航海图上的位置。"

"航海图?""尖嗓门儿"尖叫道,"我有四十年没看过航海图了!"

海军上将坚持要看。

"啊,好吧,海军上将,如果您这么想看航海图的话,就到我的船舱里来坐坐,我们看看能给你找到什么。"

两人来到下面的船长室,喝过一轮"一小杯"[1]后,"尖嗓门儿"开始在他的航海图抽屉里翻找起来。抽屉里有印度洋和中国海的航海图,有极地海域和加勒比海的航海图,还有英吉利海峡和斯卡格拉克海峡的航海图;最后,似乎是在抽屉的最底下,他发现了一张明奇海峡的航海图。他把航海图放在桌子上,调整了一下眼镜,然后用粗壮的食指在埃里斯凯岛以北几英里处点了一下。

"将军,我们就在这附近,这是我们向北的航线。"

海军上将阴沉地盯着航道上的一片黑点,凄惶地问:"这些是什么?"

---

[1] wee dram,指单份威士忌,但实际倒酒量可能非常慷慨,是苏格兰"一杯酒"的说法。

"尖嗓门儿"看了看。"那些小黑点？好吧，如果它们是岩石，我们肯定完蛋了。但如果它们和我想的一样，是苍蝇屎——妈的，我们就安全了！"

我之所以岔开话题来讲述这段逸事，一方面是因为它实在令人难以抗拒，值得一讲，另一方面是因为，与大堂门房分享的这个笑话和其他回忆，直接关系到两小时后发生的梦幻般的事件——要不是我们在那几分钟里有了共同的朋友和回忆这个纽带，后来那件非同寻常的事就不会发生。

我在车站月台上接到了我的客人。我们一起回酒店，准备喝上"尖嗓门儿"说的"一小杯"，然后再出发前往卡姆斯费尔纳。我们坐在可以俯瞰大海、洒满阳光的休息室里，但我们坐得离窗户很远，看不到玻璃外的沙砾地。突然，大堂门房从大厅里跑过来。"麦克斯韦尔先生！"他喊道，"麦克斯韦尔先生！快到门口来，你知道外面是什么奇怪的动物——快！"

对于所谓的心灵感应和超感知能力，我持开放态度。我也曾有过一两次奇特的经历，但没有哪次能像我当时那种压倒一切的、瞬间的确定感那样奇怪——我确信自己将要看到什么。不知道是这种确定感传递给了我的客人，还是他自己长了千里眼，他似乎突然也对门外景象有了清晰生动的认知。

我们看到，一行四人正经过酒店，朝停在码头附近的一辆汽车走去，紧跟在他们身后的是一只体形硕大、毛皮光滑的水獭。那是我从未见过的一个品种，头部呈银色，喉咙和胸部雪白。我陷入一种深深的虚幻感，仿佛在梦中挣扎。

我冲上前，开始向那群人喋喋不休地，很可能也是语无伦次地说起米吉比尔，说它是如何被杀害的，说我如何一次又一次地努力寻找继任者，却总是功亏一篑。我一定说了很多，因为他们的回答让我花了很长时间才听明白，那时，梦幻感几乎强烈到让我眩晕的地步。

"……才八个月大，一直都很自由，会自己上厕所，来去随心……我自己用奶瓶把它养大的。六周后我们就要回西非了，所以要么把它送去动物园，要么就……我们还能怎么办呢？每个人都很喜欢它，但一旦认真谈到收养它，人们全退缩了……可怜的伊达尔，真让我心碎……"

那时我们已经坐在旅馆的台阶上了，水獭正在我的后颈窝里蹭来蹭去——用坚硬的胡须和柔软的脸部皮毛，那种触觉真是让人难忘，使我伤感。

麦克唐纳和他的妻子来自托里登——等我听懂他的话后，他们的队伍已经减少了两人。后来我才得知，他们到村子里来，唯一原因是要送两名外国女徒步旅行者一程，她们的目的地正是这个村子。我去那里的唯一目的是去见我的客人，而我之所以能和麦克唐纳夫妇见面，唯一原因是两个小时前我认识了酒店的门房，我俩交换过有关"尖嗓门儿"罗伯逊的回忆。我坐的位置不靠窗，所以没法亲眼看到那只水獭。如果门房不叫我，他们就会径直路过旅馆回托里登，而我也会在十分钟后喝完酒，然后回卡姆斯费尔纳。

就这样，十天后，伊达尔成了我的宠物。卡姆斯费尔纳再次出现了一只水獭，它在沼泽里嬉戏，在壁炉前睡觉。

12

马尔科姆·麦克唐纳向我讲述了伊达尔早年的生活情况，以及他那边发生的一连串事件。英伦三岛上唯一一个拼命为宠物水獭寻找家园的人和唯一一个同样拼命寻找水獭的人的奇特相遇，将这段故事推向高潮。

它是在一九五八年八月二十三日来到英国的。在过去的一年里，我和妻子葆拉一直住在西非尼日尔三角洲地区的一个发展成熟的橡胶种植园里。离我们最近的城镇是两英里远的萨佩莱，它横跨贝宁河。我们住的房子很老旧，是半个世纪前的谷仓式建筑，它坐落在一个大院子里，几代种植园主在院子里种满了各种开花的灌木和果树。跟我们一起生活的还有一群流浪动物，有它们的陪伴，我们从不感到孤单。

那天早上，葆拉去撒佩莱购物，从河边回来时，她像法老的女儿一样,怀里抱着一个小包袱。[1]

"快来瞧我这里是什么!"

她打开包袱,露出一个胖乎乎的、宽宽的银色口鼻,上面长满了硬硬的透明胡须。两只朦胧的小狗似的眼睛正努力想睁开。

我们欣喜地低头看着它,抚摸着它柔软的绒毛。

在那张滑稽的扁平小脸下,一张粉红的小嘴露了出来,里面长着崭新的针尖般大小的牙齿。它发出惊人的叫声,要吃东西。葆拉急忙跑去拿奶瓶、奶嘴、牛奶和开水,我则试图安抚这个奇特的新乞儿。

普莉希拉走过来,平静地打量着它——普莉希拉是一条母狗,有一半阿尔萨斯牧羊犬血统,另一半血统则众说纷纭。我们到撒佩莱后不久,它不知从哪里冒了出来。那时它才一岁左右,细长腿,大肚子,丑陋不堪,病得很厉害,我们收留了它,康复后,它便留在了我们身边。普莉希拉长大后,成了一条美丽的动物,也是天生的护卫犬、我们永远的朋友。

现在,普莉希拉承担起了一项最重要的职责,对我们是否能成功抚养这个新来的小家伙可能至关重要。它轻柔而坚定地回应着小家伙的呼救声,带着几分傲慢的神情,把盖着的布用嘴掀开一点,并舔了舔小家伙——它得到的回报是一个臭屁和一堆排泄物。小水獭的叫声

---

[1] 典出《圣经·出埃及记》2: 1-10。法老的女儿从河里救出蒲草箱里的小摩西。

渐渐没那么绝望了,但是一直叫到喂食完毕。这时候普莉希拉才坐下来,一脸得意。

试图养育幼小动物的人常常会感到失望,这往往是因为缺乏普莉希拉这般贴心提供的必要的"母性服务"。实际上,如果没有乐意帮忙的母狗,人们用湿润的手指轻轻按摩也行。

在这个过程中,奶瓶准备好了。葆拉把小水獭宝宝抱在臂弯里,塞给它奶嘴。它一尝到牛奶的味道,就拼命地吮吸了起来,不过很快就吃饱了——只吃了一盎司[1]多一点——然后心满意足地睡着了。在它睡觉的时候,葆拉把整个事情的来龙去脉告诉了我。

那天上午,葆拉在撒佩莱买完东西后,发现几个非洲人正围着一个人争论不休,那人手里拿着一个盒子。他们的谈话引起了她的兴趣。

"这是哪种肉?"其中一个人问。

另一个回答说:"树熊的。"

"根本不是",第三个人说,"这是兔子的。"(兔子是当地人对一种大老鼠的称呼。)

第四个人坚决不信。他说:"撒谎。"

葆拉被好奇心战胜,走过去亲眼瞧了瞧。这时候,一位年长的非洲人也加入进来,他说:"这是水狗的孩子。"

---

[1] 盎司是英美制重量单位,1 盎司约为 28.35 克。

后来才知道，两个年轻的渔民在河岸上发现了一个洞，还听到洞里有幼兽的叫声，于是，幼崽们被挖了出来。可以肯定的是，如果它们稍微再大一点，哪怕表现出一丝敌意，就会被当场杀掉。然而，它们太小了，显然无害，当成"肉"不会有什么影响，所以它们安然无恙地被带到了撒佩莱。当地人都知道，有些欧洲人有一种"动物狂热"的心态，使得他们不惜花大把钞票去买那些无用的野兽——特别是，这些野兽幼小无助，放着不管肯定会死。

有两只幼崽，一公一母。母的比公的体形要大些，皮毛颜色较浅，似乎也更强壮、更成熟，因为它的眼睛已经开始睁开了。两只幼崽都是银灰色的，头部颜色较浅，喉咙和"前襟"呈乳白色，身体两侧各有一条界线从下颌角延伸到肩部，将白色与灰色截然分开。它们的尾巴比普通铅笔还细。

经过一番讨价还价，葆拉用她身上仅有的一英镑纸币成功买下了那只雌性幼崽，并得到了那两人的保证：如果另一只幼崽在短时间内没有欧洲人买，就把它送到我们家来。结果，另一只幼崽被一个业余动物收藏家买走了。几周后，这个收藏家将他所有的动物都送给了一家英国动物园，他对那家动物园评价相当高。不过，这只幼崽后来死于脑出血。

现在我们有一只水獭要抚养了，而我们对这种动物的了解几乎为零。在西非很少见到它们，因为那里植被茂盛,加之它们主要在夜间活动。不过,我们有幸曾见过一对喀麦隆水獭,当时我们住在英属喀麦隆南部的一座油棕榈园里。一个傍晚,我们站在种植园边缘偏僻处的一块高地上,左侧下方是一条湍急的大河。从河岸远处看,茂密的黑色雨林延绵不绝,深入非洲的腹地。在我们的正下方,右侧的瀑布处有一条清澈的小溪,流经深潭汇入大河中。赤道上短暂的黄昏开始了。

在瀑布下的岩石间,两个棕色的身影正在嬉戏,距离很远,看不太清楚。它们在一起嬉戏了几分钟,时而直立,时而在光滑的岩石上打滚儿。然后,它们干脆利落地跳入水中。我们脚下是一百英尺深的水潭,潭水清澈平静,它们姿态优美地悠游其中。它们无疑是水獭,但体形如此之大——相比之下,我们本地的水獭简直如同侏儒——从鼻子到尾巴尖至少有五英尺长。它们身姿柔软矫健,那悠游的场面真是令人惊叹。

我们还在想,我们的水獭宝宝会不会也长到这么大。那时我们猜它刚出生才两周,现在却认为它当时可能已经出生一个月了。

吃完第一顿饭两个小时后,它醒来了,从毛巾里挣脱出来——那是它临时的床铺。它把自己当船,把关节松弛的粗壮四肢当船桨,划动光滑的肚皮前进。它很高兴地接受我们的关爱,又吃了一点东西。这次的食物是一份普通罐装淡奶和两份煮沸后冷却的水,这种配比使得它相当浓稠。在最初的两三个星期里,每当水獭宝宝腹泻时，我们就凭经验，简单稀释这种混合物给它吃。最后我们得出的结论是，水獭幼崽的大便有些稀并带有黏液是正常的。混合物的温度要略高于体温，即用肘部或手背碰触时能感觉温热。

在最初的两三周里，它像婴儿一样，大部分时间都在睡觉。它长得很快，几乎每次醒来都能令人感到它的力量在增大，运动协调性越来越好，五种感官的感知范围都在相应增强。它的眼睛张得更大更圆了，眼中的迷蒙神情逐渐消散，被各种动作吸引着。它开始认识自己的奶瓶，会伸出双爪去抱。

那双指爪迷人极了，短粗、强壮且灵活，只稍微连着一点蹼。每个粉红色指尖都极小地凹进去一点，那是爪子的残迹——爪子对它来说非常重要，它用它们来探索每一个新物体。随着它长大，它的一双爪子越发灵活得惊人。

我们给它取名伊达尔。它天生爱干净，每次醒来后，总是挣扎着离开床铺去上厕所。我们住在房子的二楼，那儿凉爽一些。由于担心它的安全，我们用啤酒箱为它做了一张白天好休息的床。航空邮寄来的《每日电讯报》揉搓后是极好的一次性吸水床垫，柔软的棉布则是床单。睡在那里面，它既舒适，又吹不到穿堂风，有足够的活动空间，还能保持干燥。

那个季节，夜晚很凉，我们上床睡觉时，就把它安置在我们枕头之间的一个窝里。每当它用尖利的咿咿声宣布它醒了后，我们常常会手忙脚乱好一阵。

在最初的两三天里，我们每两个小时喂一次奶，晚上则根据它的需要喂一次或多次。这些喂食必须恰到好处。如果奶瓶是冷的，它那愤怒的咿咿尖叫声会一声比一声大。时间一天天过去，喂奶的间隔时间逐渐延长到四小时，夜间喂食也停止了。它每次喝奶的量增加到六盎司。

伊达尔喝奶时，喜欢仰卧在一个人的臂弯里，双爪紧紧抓住奶瓶的瓶颈，一边吸吮，一边快活地扭来扭去，还用它圆圆的小脑袋使劲往后顶。普莉希拉和小猫臭臭，有时还有优雅的公猫黑炭，都会围拢过来，眼巴巴等着伊达尔喝饱后剩下的奶。挤压聚乙烯奶瓶会喷出一股细细的牛奶，小猫臭臭最擅长接住这股奶流。它的舌头轻快地摆动，耳朵向后竖起，从不漏掉一滴奶。可怜的普莉希拉则根本不是对手。它用舌头猛舔，屁股不好意思地扭来扭去，牛奶却流到它的鼻子里、眼睛里，弄得到处都是，就是进不了它的大嘴。黑炭也不太聪明，它会生气地走开，不屑地甩甩爪子。

现在，伊达尔整晚都睡在我们旁边它自己的小床上。大约清晨六点钟的时候，第一个进来的男仆会把它抱出去，让它和普莉希拉待一会儿，同时准备好它的第一次进食和我们的早茶。在这段时间里，普莉希拉一直尽心尽力地帮助它保持个人卫生，我很遗憾地说，伊达尔只表现出愤怒以及卑劣的忘恩负义。

我们对男仆们特别满意。他们已经习惯了照顾我们的动物,尤其是对伊达尔,他们几乎和我们一样尽心尽力。

那些夜晚我们虽然没有睡好,但回报是丰厚的。伊达尔逐渐长成了一只水獭应有的模样,并成为家庭中活跃的一员,非常讨人喜欢。到九月底,它已经长到十八英寸,是一只蹦蹦跳跳、活泼可爱的小水獭了。

刚开始洗澡接触水时,伊达尔吓得大叫。需要不停地和它说话、安抚,它才相信水獭是应该喜欢水的。不过,很快它就发现,在一两英寸深的凉水中玩耍嬉戏是一件非常有趣的事情,水喝起来也不错。

几天后,我们慢慢增加它的洗澡水,让水深到它能在里面真正游泳。一开始,我们用手托着。它也知道能游泳了,努力地划着水,抬起头,露出最滑稽的表情,好像在说:嘿!看我呀!当我们笑着回应它时,它甚至咧嘴笑了,"咿咿"。这才是活着的感觉。

它是多么喜欢那个浴缸啊。它在那里学会了水下游泳,还学会了螺旋式翻滚。它用有蹼的大脚一蹬,向前冲出水面,然后肚皮一翻。它还喜欢在浴缸边缘玩躲猫猫的游戏,潜入水中的速度快得像闪电。它有很多洗澡时的小玩意儿——各种零碎的东西,但它最喜欢的是一个塑料的品脱量杯。它先是把量杯沉到水下,然后深吸一口气,把头伸进去,带着量杯在浴缸里哗啦哗啦地游来游去。

它累了就游到浴缸边,让人把它抱出来擦干。有时玩了很久它还不累，在浴缸边照看的人便会把浴缸的塞子拔掉。那些水都哪儿去了？这对伊达尔来说是个永恒的谜。它会把口鼻伸进洞里，爪子戳进格栅里，还坐在上面。终于水流光了，它惆怅地凝视着那里，又好奇地抬头看着你。于是，它只好以一贯的好心情接受这个事实，过来让人把它擦干。

它喜欢笑声，自己也常常笑，咧开嘴笑，还蹦蹦跳跳的。

它的基本对话词汇是一声尖利的"咿"。它的"咿"声有高有低，有长有短，有各种变化——它有很多话要说，并用各种不同的"咿"表达了出来。我们逐渐理解了其中的许多内容，并对两种特别熟悉——"咿——呦呵"表示"我想在浴缸里加点水"，而连续几声焦急的"咿"则表示它要赶快去一趟花园。

它需要慢慢地适应户外环境。对它来说，外面的世界太大了。从上厕所的地方出来，它会小心翼翼地蹒跚回到门口的安全区域。在那里，它停下来，转过身，低着头，警惕地看看四周，因为祖先的记忆激起了它对潜伏的天敌的恐惧。它的头抬得高高的，白色喉咙处泛着微光，一只胳膊弯曲，站在原地，最后再一次确定四周是否安全。

它很快就学会了爬楼梯，一步一步吃力地爬到我们的起居室。来到这里，它总是很高兴，这里就是它的家，它把我们当成了父母。我们也爱它，和它一起欢笑，为它提供所需要的一切——实际上，它最大的需求就是我们的陪伴。在它醒着的时候，它从不愿意让我们离开它的视线，这个要求太容易满足了，因为我们对它也从来没有厌倦过。

它的玩伴们也住在这里，普莉希拉和伊达尔一起玩耍时很友好、很有耐性，但是只有在小猫臭臭身上，它才发现了真正的同类。臭臭是一只毛茸茸的小母猫，星眸闪烁，性格沉静，可是它的行为举止会让你大吃一惊，因为它就像个假小子。它和伊达尔会假模假式地打架，打得很凶，满地翻滚，而它们最大的乐趣就是为了一团弄皱的纸而友好地吵个不休。

然而，那只灰色鹦鹉就算不上是一个真正的玩伴，它是个爱撒娇的家伙，对这个小小新来者很是嫉妒。鹦鹉是别人作为"dash"——洋泾浜英语里"礼物"的意思——送给我们的。刚开始我们并不知道它是一只雄鸟，所以给它取名波莉。当小家伙们在地板上玩耍时，波莉会用它苍白冷漠的眼睛看着它们。它就像贾尔斯漫画里老态龙钟的校长[1]，步履蹒跚地穿过房间，不分青红皂白地挨个啄它们，还拿走它们的纸团。它把纸团带到窗边的栖息处，情绪激动地将之撕成碎片。

当伊达尔长大一点后，波莉受到了应有的惩罚。有一天，它"吱吱"叫着逃走了，而伊达尔则一嘴红色的

---

[1] 即校长查尔基（Chalkie），是英国漫画家卡尔·贾尔斯（Carl Giles, 1916—1995）创作的一个人物。

尾羽，满脸喜悦。可怜的波莉。

那时我们还养了三只猴子。其中两只是我们这儿的临时住户，它们的主人不在时，我们帮她照看一下。它们几乎大部分时间都待在院子里的一个大铁笼子里。第三只则是我们自己抚养的一只白腹长尾猴。它被发现时，正紧紧地揪着母亲尸体背上浓密的毛发。那个猎杀它母亲并将它当"肉"卖了的土著猎人把这只可怜的幼猴带到了我们家。葆拉很容易成为这类道德讹诈的受害者，她给了那个猎人几个先令。小猴子瘦巴巴的，头顶几乎秃了，没有牙齿，明亮的棕色眼睛里充满了恐惧。捆绑它的纤维绳把它小小的身体都擦破了，让它很痛。如果连一两个先令都不舍得，不从猎人手里解救这些不幸的动物，那可真是铁石心肠——哪怕只是让它们安详地死去也是值得的。

我们给这只小猴子取名叫奥温克，因为它的叫声哀怨凄苦。它偎依在葆拉的脖颈处，感激葆拉对它的爱和保护。

葆拉用滴管喂它吃稀释过的牛奶，它长得飞快。当伊达尔来时，奥温克已经将近一英尺高了，让人头疼。我们每天只能让它短暂地自由活动一会儿，而且还得严加看管。它的腰上套着一个小狗项圈，每天大部分时间都被拴在花园里的一根长绳上。

这些猴子用疯狂的方式表达它们浓浓的爱意。它们讨厌孤独，喜欢依偎在一起，但也总干坏事。它们在房子里自由活动时，总是到处搞破坏，几乎没有办法让它们养成良好的行为习惯。有一个故事可以说明这一点：有人试图训练一只猴子如何在家里正确上厕所。每当猴子随地大小便弄脏房间时，他会抓住它，在它屁股上打上几板，然后把它扔出窗外。几个星期后，他的努力有了成效。猴子还是会弄脏地板，可是这种时候它便拍拍自己的屁股，跳出窗外。

当奥温克第一次见到蹒跚学步的伊达尔时，它高兴得手舞足蹈，说个不休。它把伊达尔搂在怀里，在其毛发里翻找搜寻——这让伊达尔非常恼火，但把它们分开时，奥温克又哀叫不已。很快，猴子的关爱就变成了调皮的戏弄，最后它俩成了敌人。

对我来说，在水獭面前，猴子那备受称道的人缘显得微不足道。当两只小动物一起长大时，它们行为上的不同变得十分有趣。在触碰物体时，伊达尔的表现与奥温克形成鲜明的对比：水獭会愉快地玩耍，而猴子只会蹦来蹦去；水獭快乐而友好，猴子则会表现出顽童似的亲昵；水獭纯真而好奇，猴子则贪婪、有占有欲——种种对比，数不胜数，但方方面面水獭都更胜一筹。

十月到来，磨难也随之而来。伊达尔还是乳牙的门牙脱落了，取而代之的是新长出的白色釉质小牙。与此同时，奶瓶已不能满足它了。一天下午，当我去厨房拿冷饮时，它想蹿进冰箱里。它大声地喷着响鼻，非常兴奋。原来厨师在冰箱里存放了一些鲱鱼卵，伊达尔想吃。

我把鲱鱼卵切成条，它吃得津津有味。不久，撒佩莱金斯维商店的老板便困惑不解，他想知道，我们怎么会需要那么多他冷库里的鲱鱼卵呢？原因当然是，伊达尔断奶了。

身为父母，我们为这些事情感到开心而自豪，但是后来它的眼牙，也就是上颌犬齿开始出问题，我们由喜转忧。一个多星期以来，伊达尔因为疼痛而一直焦躁不安。它会躺在地板上或自己的床上"呜呜"地哭，并用爪子在嘴里翻找。它会来找我们，啃咬我们的手指，乞求帮助和安慰。晚上，它在葆拉的床上寻求安慰，睡得很不安稳，一天好多次叫人给它洗澡，好让发热的身体凉快凉快，缓解嘴里的疼痛。它的身体不再光滑圆润，毛发失去了银色光泽。它食欲不振，吃得很少，无精打采地拒绝再用奶瓶进食。然而，在它稍微舒服些的时候，它会找一个小玩具，虚弱地玩耍。

这还不是全部。与此同时，我们惊恐地发现它的右眼严重发炎，角膜发青、肿胀。不过这种情况只是暂时的，因为眼药水很快起效了。又过了悲惨的几天，它左边的牙齿也脱落了。这之后，它重新焕发了生机，吃得多，玩得欢，睡得香，身体再次变得光滑圆润，毛皮油光发亮。到十一月上旬，它的眼疾复发了一次，不过症状轻微。然后，随着最后一颗顽固的牙齿脱落，它的童年病痛就此宣告结束。

我们雇了一名面色阴郁的当地渔夫，每晚，他在詹姆逊河里用篮子设置陷阱捕鱼,第二天早晨把捕到的活鱼装在一只桶里送来。这些鱼通常在夜里就被伊达尔吃光了,我们只好再喂它些黄油、鸡蛋和新鲜肝脏,作为补充饮食。

除了夜间捕鱼的渔民,我知道的唯一见过水獭的群体,是我在参观一个油棕榈种植园时遇到的工人。种植园的一部分靠近贝宁河岸,有时在黎明时分,他们会惊奇地发现"水狗"正在搜寻富含油脂和维生素的棕榈果。不过,伊达尔更喜欢吃黄油。

我们给它提供的饮食搭配似乎很合理,因为它长得很好,而且总是心情愉快。它对什么都有兴趣,每样东西都要去查看一番,看看是否能当玩具。瓶子是用来滚的,火柴也是它的宝库。它会把一盒火柴散开,然后一根一根地塞进拖鞋的脚趾部位,从中获得极大的满足。最后,它会把胳膊穿过盒盖,像戴一个大手镯一样把盒盖套在腕子上。晚上我坐下来休息,一边抽着烟,一边喝着酒,这一切都让我觉得有意思极了。

它的胃口大得惊人,对我们的饭菜也很感兴趣,经常等在饭桌边吃点东西。除了猪肉和火腿,它拒绝吃任何熟肉,但喜欢吃一些蔬菜,尤其是红花菜豆。它还喜欢吃糕点,狂爱吃冰激凌,它会用双爪捧起一块塞进嘴里,发出欣喜若狂的"喵喵"声,弄得满身都是。当有人给它一小块它非常想吃的东西时,它会轻声呻吟,用鼻子发出"呼噜噜"的几声,然后再吃。

它频繁地喝水，大部分时间都待在浴室里，即使不洗澡，也喜欢在浴室里打个盹儿。它喜欢睡在毛巾上，如果毛巾没有准备好，它就自己动手，从毛巾架上拽下一条，拖到一个安静的角落。它把毛巾在身下团成一团，抓来绕去，直到找到一个适合吮吸的地方，然后闭上眼睛，拼命吮吸，"喵呜"叫着，摇晃着屁股，直到睡着为止。

现在，楼梯已经不再是障碍，它可以自由上下。它从普莉希拉那里学会了辨别我汽车的声音。当我下午回家时，它们都会冲出来，争先恐后地欢迎我。伊达尔会抓住普莉希拉的后爪，迫使它转过身来，然后从它的两腿之间冲过去，以获得一码左右的领先距离。

它和普莉希拉、奥温克以及猫咪们一起参加我们的傍晚散步。但出了家门以后，它变得非常警惕，紧跟着我们，会因任何突然的动静发出惊恐的叫声，似乎天生对自己种族可能遭受的迫害异常警觉。

即使在家里，当有陌生人进门时，它也会恐惧地哀号，扭动身体。这时我们必须安抚它几句，用手抚摸它，因为它随时都在寻求我们的保护和指引。

如果它生活在自然界中，享受父母照顾的时期可能会更长些，所以现在我们有责任懂得它、理解它、同情它。

只要它感到安全，它就是最迷人、最友好、最爱玩的动物，但它的友善并不是一味地顺从，而是建立在相互尊重的基础上。它交了很多朋友，因为来我们家的客人几乎没有不迷上它的。它对孩子们也温柔且充满爱心。

新年到了，我们开始为我们的保护对象的未来感到焦虑。三月初，我们打算返回英国。虽然有几位好心人表示愿意收养伊达尔，但是我们不忍心抛弃它。它没有被家养的传统，虽然它的野性本能与我们的生活相当协调，但它可能无法与其他人建立同样的和谐关系。它还很小，在那种情况下，它的反应难以预料。并且，我们彼此之间的感情很深。当时，我们半信半疑，以为它最终、最好的归宿应该是一个好的动物园，在那里，它会得到专业动物饲养员最好的照顾。但是后来我们对此大失所望。

一天下午，我和葆拉约好在撒佩莱渡口见面。伊达尔跟着我走到车旁，于是我决定带它一起去，想着让它适应旅行。起初，它在车里很紧张，紧紧抱住我的脖子，使劲地贴着我。我慢慢地把车开到水边，不停地跟它说话，劝它不要害怕。

我们坐在渡轮码头附近等着，心情舒畅。这时，一个非洲女孩头顶一篮子辣椒，唱着歌走了过来。当她看到伊达尔时，篮子摇晃了一下，眼睛瞪得大大的。她喊道：

"呀！快看！看那块肉！"

几秒钟内，一群人叽叽喳喳地围了过来。

"嘿！看这个！"

"看看它的牙齿！"

"比狗的牙齿还厉害！"

"它很适合咬人！"

"它怎么不咬白人？"

"啊，他是医生。我觉得他给它打了针。"

一个穿着破烂短裤、面容猥琐的男人挤进人群，显然他是个渔夫。"嘿！这是水狗！它在水里杀鱼！对我们不好！如果有机会，它也会咬人的！"

我已经发动了引擎，当我松开离合器时，我们那位见多识广的"朋友"正在讲解小水獭的烹饪方法。"它死后，剁碎了很好吃……"

我们决定让伊达尔一起走，波莉也一起。在所剩无几的时间里，我从伦敦获得了进口许可证，并预订了飞机舱位。按要求，伊达尔得装在一个通风的箱子里，波莉则被装在一个轻便的旅行笼子里。

我们在三月初的一个酷热的日子里开始了旅程，先从贝宁飞往拉各斯。在炽热的正午阳光下，这架小飞机就像一个烤炉。在整个飞行过程中，气流动荡不安，飞机颠簸得像暴风雨中的小船。

我们非常担心伊达尔。在拉各斯，它已经失去了知觉，濒临死亡，被我们急忙带到休息室。它瘫软的身体异常炽热，呼吸断断续续，喘不过气来，心脏微弱地跳动着，在热衰竭的最后阶段挣扎求生。我们把它仰面放进浴缸里一英寸深的凉水中，润湿它干燥的口腔，用冰箱里的冰水擦拭它的四肢。

待它情况稍有缓解、没那么危急后，我们把它放在卧室阴凉处风扇下的湿毛巾上。葆拉去城里买些必需品，我则守在它身边，继续给它擦身，并用冰水润润它的嘴。慢慢地，汹涌的热浪退去了，它的呼吸平稳下来，心跳也不那么急促了，随后它陷入了深度睡眠。

晚上，我不得不离开房间几分钟。肯定是关门声惊扰了它，因为当我回来时，它已经爬到了椅子下面，茫然而恐惧地蜷缩在那里。当我跪下来和它说话时，它的眼睛里闪烁着安心的光芒，它认出了我，虚弱地伸出爪子抱住我的脖子，"喵呜喵呜"地叫着，用嘴和鼻子蹭我的脸。

第二天晚上，我们搭乘英国海外航空公司的一架同温层巡航者前往伦敦。我给伊达尔吃了一片镇静药，它休息得很好，将一直待在前部乘客舱下方的加压舱中。

在开始漫长的跨越撒哈拉沙漠的夜间航程之前，飞机在卡诺停靠加油。这时，我们把它抱出来，发现它昏昏欲睡，倒是一点也不焦虑。我们很高兴，松了一口气。它不慌不忙地跟着我们来到机场大楼，在一块草坪（把这块草地叫作"草坪"未免有些过誉）上，它和机长成了朋友。它找到了一处喷水点，愉快地玩起了水。

后来又被喂了一片镇静药后，它整晚似乎都在睡觉，因为我们再也没有听到它的动静——直到飞越英吉利海峡，快要降落伦敦时，它开始发出尖哨声和哭喊声。空乘人员表示同情，但在飞行途中他们也无法进入伊达尔的舱室。

在海关大厅里，人群熙熙攘攘，困倦的乘客和忙碌的行李搬运工人穿梭来往。一位面容阴沉的海关官员查看了我们的一堆进出口许可证和兽医证书，二话不说就用粉笔标记了我们的行李。外面有朋友在车上等。波莉神态自若，甩着火红的尾巴，冲着来往的人幸灾乐祸地吹着口哨。一个声音叫道："当心点，伙计，你的屁股着火了！"

伊达尔一路上挣扎着想逃跑。它又饥又饿、疲惫不堪，手指擦伤了，在流血，口鼻部位也破了一小块，红肿着，看起来可怜极了。现在，它的磨难已接近尾声，但是还得坐一夜火车前往因弗内斯。

在尤斯顿，列车员善解人意，也乐于助人。虽然他无法让伊达尔和我们一起睡在卧铺里，但是他把装它的箱子带到了自己温暖的车厢里，那里生着炉子。我们对此深表感激。

在因弗内斯的那个早晨，空气清新，阳光明媚。我在车站取到我的车，向乡下驶去，只在给伊达尔买鱼的时候才停了一下。天气好极了，空气中弥漫着春天的暖意，我们悠闲地向西海岸的大山驶去。在非洲的鲜艳色彩之后，我们陶醉于高地的柔和色调，途中多次停下来，让伊达尔看看它的新家园。它很高兴再次自由地和我们待在一起，没有因为旅途的恐怖而对我们心怀怨恨。它很喜欢坐车，却是个不安分的乘客，时不时从一侧爬到另一侧，从车窗里探出头来东张西望。

接下来的几周,春天来了,我和伊达尔一起重新探索了我童年时熟悉的海岸和山间溪流。虽然刚开始时它对海水的刺骨寒意感到畏缩,但很适应这里的寒冷气候。退潮时,我们从沙子里挖出鲜嫩多汁的蛤蜊,它也学会了在岩石和纠缠的海藻中捕捉螃蟹和鲇鱼。那些日子,它还是长得很快。我们离开尼日利亚时,它身长三英尺,体重十五磅;到五月时,它的体重增加了十磅,身长足足长了六英寸,而且非常强壮。

那几周确实很快乐,但我们六月份就要去加纳了,又开始为它的未来发愁。虽然非常希望它能和我们待在一起,但我们必须再进行数千英里的旅行,这表明,至少在一段时间内无法避免要与它分离了。我们急于在离开之前让它得到妥善的安置和照顾。

四月下旬一个美丽的早晨,我们驱车前往洛哈尔什凯尔附近的普洛克顿村。前一天晚上的大部分时间里,我们一想到即将与它分离就感到十分痛苦,一直在讨论如何才能更好地照顾伊达尔。有人劝我们把它送进一家动物园,并向我们保证它在那里会得到无微不至的照顾。但我们还是无法接受,无法做出决定。

在去往普洛克顿的路上,两个住在青年旅舍的外国女孩想搭我们的便车,说想去斯凯岛。由于渡口离我们的路线只有几英里,我们决定送她们去那里。

我们像往常一样悠闲地走走停停,每二十英里左右就停下来让伊达尔下车休息一会儿。刚到下午,我们在洛哈尔什酒店停了下来，沿着露台漫步，眺望对面的斯凯山。那天，天神们似乎眷顾了我们，因为他们亲自解决了伊达尔将来去往何处这个令人头疼的问题。当我们来到旅馆门前时，一道身影如同被追赶的兔子般冲了出来。那人手中还握着玻璃酒杯，威士忌酒在地上洒出一道印迹，他的注意力却全在伊达尔身上。他兴高采烈，一脸难以置信的表情。

13

初次见面时，我们并没有做出任何决定——这无可厚非。伊达尔的主人当然希望确认这个非同寻常的巧合跟表面上看起来的一样好，确认我这儿正是他们想要为它寻找的家，他们答应在接下来的几天会给我写信。伊达尔轻车熟路地跳进了车里，当他们开车离去时，它出现在副驾驶座上，身体探出窗外，一只爪子轻轻地护住了它迎风的耳朵。

一周后，它到卡姆斯费尔纳来玩了一个下午。然后，隔了十天，马尔科姆和葆拉来卡姆斯费尔纳过了一个周末，走时把伊达尔留给了我。在中间那十天里，我并没有闲着；我决心不再重犯导致米吉死亡的任何错误，无论是直接的还是间接的。我给马尔科姆·麦克唐纳寄去了米吉遇害前为它制作的背带。在吉米·瓦特的帮助下，我用栅栏把房子围了起来。这围栏或许并不能阻挡米吉，但我想，在最初的几天里，如果这只显然更温驯、不那么倔强的动物想要寻找它以前的养父母,这道障碍应该足够了。在这个围栏里,我们挖了一个水池,通过管道让水以喷泉的形式喷出——这个喷泉装置本来适合更为正式的场合。围栏的入口,也是这所房子的入口,我们用双层门加以守护。大门门柱的最下端与埋入地下的金属板相接,以防止它挖洞。我觉得这些防范措施不是长期必需的,但伊达尔少不了会有因思家而焦躁不安的时候,它们仅在这种时候派得上用场——这回我不会让自己因任何过失而失去它。

即使是在第一个周末,在它对我还很陌生、对周围的环境也很陌生时,我也已经被它深深地迷住了,甚至不敢相信自己的好运气。由于它觉得这不是在自己的家里,所以在最初的几天里,我只能观察到它魅力的一小部分——只是我后来了解到的它独特个性的冰山一角。但我看到的已足够证明,我找遍全世界,也找不到比它更完美的米吉比尔继任者了。

第三天,当伊达尔在沙发上睡得正香时,葆拉和马尔科姆悄然离开了。我们心照不宣地轻声道别,既是因为我们不想吵醒那个呼吸轻柔的毛球,也是因为他们的不快和背叛感也传达给了我——在我久违的胜利时刻,我感到的不是喜悦,而是为这个家庭的分离而难过。

他们走后,吉米和我坐在沙发旁边,陪着伊达尔,等待着它醒来后我们认为会随之而来的惊慌。一个小时过去了,两个小时过去了,它仍然睡得很沉。不久,莫拉格来了。马克唐纳夫妇离开后去了德鲁姆菲亚克拉赫,他们对莫拉格说,如果有女性的陪伴，伊达尔可能不会那么失落和绝望。因此，我们三人像围坐在病床前一样，静静地、焦急地等着。我的思绪在熟睡的动物和它的前主人之间徘徊，因为我看到了他们对伊达尔的那种痴迷情感，一如我对米吉的感受。无论如何，我绝不愿意和他们交换位置，因为此刻他们正凄凉地驾车回家。

当伊达尔终于醒来时，它似乎没有注意到有什么不妥。葆拉的球衣躺在它身边的沙发上，它的毛巾和玩具都在地板上。如果它已经发现主人们不在，那它可真是个彬彬有礼的客人，因为它并没有早早就说出来。此外，不出所料，它和莫拉格相处得非常融洽。

现在，是时候更为详细地描述一下一九五九年五月初伊达尔来到我身边时的样子了。

到目前为止，它最奇特、最吸引人的地方是爪子。米吉的前爪很灵巧，是真正的爪子，指间有宽大的连接蹼，而伊达尔的则不同。它的爪子像猴子的爪子，没有蹼，连指甲的痕迹都没有，几乎和人的手一样灵巧。它用这双手吃饭、剥煮熟的鸡蛋、剔牙、整理床铺，还能玩任何它找到的小东西，可以一连玩上好几个小时。

在意大利时，有一次，我在一家医院里看到一个有残疾的孩子在练习使用假手。她面前摆着一个单人跳棋棋盘和一组编了号的弹珠。弹珠孔也编了号，但弹珠的位置放错了，她的任务就是调换它们的位置，将每个弹珠都放到对应编号的弹珠孔里。她全神贯注地玩着，对旁人视而不见。每分每秒，她不断发现假手的新能力。还有一次，我曾看到一个玩球的杂耍艺人在练习表演，也带着同样内敛沉静的目光，同样对失败没有愤怒或不耐烦，同样对最终的成功充满信心。

伊达尔摆弄小物件的行为让我想起这两种情形。弹珠、衣夹、火柴、圆珠笔等小物件都能被它小巧的前爪稳稳当当地握住。它仰面躺在地上，把这些东西从一只爪传到另一只爪，偶尔也会传到它那两只不太擅长抓握、有蹼但几乎没有指甲的后脚掌上。它每次都是同时玩两个或更多的东西，并一直目不转睛地盯着这些东西，仿佛它的手脚是某种独立于身体之外的存在，令它惊奇，值得观察。有时，它需要用四只脚来行走，显然这让它很沮丧，因为它会用一只爪——通常是右爪——捡起并紧紧抓住一颗掉落的弹珠，用另外三只脚蹒跚前行。

似乎因为很为自己的灵巧感到高兴，它常常把玩物塞进某个容器里，然后再从里面取出来——这个容器可以是靴子或鞋子，至于这个容器里是否已经有一只人脚，对它来说并不重要。它会紧握右拳，攥着看不见的宝贝，蹒跚地走到我面前，把它们塞进我的鞋里，就放在踝骨下面。不止一次，这样塞进去的异物原来是一只活生生的大黑甲虫。它还是一个扒窃能手，虽然不能做到完全不被察觉。它会不耐烦地把爪子伸进任何一位刚在房间里落座的客人的裤子口袋里，摸索着，等不及相互介绍，就把战利品散落一地，然后带着能带走的东西匆匆离去。用这双好奇的爪子，它还能扔出那些小得能被它的手指包住的玩具。它有三种扔东西的方法：最常见的是掌心朝下，握紧拳头，胳膊和身体前半部快速向上一扬；但它也会向后一抛，将东西甩到身后；有时，通常是在靠坐的时候，它还能做出一个投掷动作。

和米吉一样，它也是个狂热的足球运动员，可以一次在房间里运球半个小时。但是，它有一项米吉没有的技能——当球踢偏了或滚得太远时，它会用它那宽大的尾巴有力地扫一圈，把球带回自己脚下。

至于其他方面，它的体形很小，却极重，身上的丰厚毛皮对它来说太多了——这不能说是宽松，而是完全不合身。这身毛皮似乎只在六个部位与毛皮内的那个生物相连：鼻子根部、四个腕部或曰踝部，以及尾巴根部。当它悠闲地仰卧时，可以看到多余的毛皮在它的这一侧或那一侧或干脆两侧同时形成厚厚的天鹅绒般的褶皱。在它的脖子根上稍稍用力向前一推，它额头上的皮毛就会像卷起的长毛绒窗帘一样隆起成一座褶皱山。当它像企鹅一样直立时，整件衣服就会在自身重力的作用下向下滑落，在它的下腹部形成一堆厚重的皱褶，使它看起来像梨子一样，不易翻倒。

因此，它可以在自己的皮肤里以令人惊讶的宽松程度转动身子。如果有人试图靠抓它的后脖子来抓住它，可能会发现自己抓住的只是它身体其他部分的皮毛，不过暂时"借"给了脖子而已。要判断哪个部分真正属于脖子，毛色是最佳依据。它的胸部和喉咙处的毛色白中带黄，不像我在阳光下第一次看到它时以为的那种纯白。而且在这个部位，大量多余的毛皮垂下来堆积在那里——它有个习惯，用双爪拢住这片围兜似的毛皮，很享受地吮吸着，细腻的绒毛质感让人完全可以理解它的愉悦。围兜与银色锦缎质地的头部之间，紧贴着耳朵下方有一条明显的分界线。全身和巨大的尾巴是淡淡的灰褐色，上面如天鹅绒般柔软，下面如丝绸般顺滑——除四个腕部的连接点之外，毛皮的质地完全不同，从天鹅绒变成了绸缎，细小而紧密的毛发随着光线角度的变化而改变颜色。戴着过紧手套的双爪、腕子上方过大过多的皮毛使它看起来像是全身披挂着厚重的铠甲。清晨看着它和吉米·瓦特一同慢悠悠地出门散步时，我认为它像极了一位衣着昂贵的女士，在赛马会上绝不会让天气影响她的优雅。

由于伊达尔从婴儿时期起就由人类抚养，这让它奇怪地缺失了一些能力。首先，它不会舔水或舔牛奶，只会像鸟儿一样从碟子里喝，抬起头让液体顺着喉咙流下，或者吮吸它们，发出喝汤时那种粗鲁的声响，间或还有吞咽声。然而，它拥有一种独一无二的技能，其他野生动物可能都不会——用勺子喝牛奶。你只需拿出一杯牛奶和一把勺子，它就会爬到你的腿上，充满信任地重重坐下来，抬起头，满怀期待地看着你。它张开嘴，让你把勺子里的牛奶倒进去，然后发出喝汤的声音，并越来越响。表演结束后，它坚持要检查杯子，确保杯子里确实没有剩下牛奶。它会用好奇的爪子和出神的目光探索杯子，然后不时地打嗝，随后它用一只爪子紧握住勺子，仰面躺下，舔舐并吮吸勺子。

我惊讶地发现，它的游泳水平相当不稳定。即使在野生状态下，水獭幼崽天生也不识水性，是母亲教会它们游泳的。如果按照它们自己的判断，它们会避开踩不到底的深水区。在水里，伊达尔喜欢让自己的脚偷偷地触到水底，或者待在很容易触及水底的地方，那时候没有任何东西能诱惑它进入深水区。在这些它能控制自己身体的区域内，它能做出连米吉都会羡慕的表演。它仰面躺着，开始旋转——如果这个词用得对的话——就是在自己的轴线上旋转，在水平面上回旋，宛如一只在烤架上疯狂转动的鸡。这样做，跟快速掌握新的水上技能一样，给它带来极大的愉悦。虽然它还不懂得水獭应该在水下游泳，只有在需要换气时才浮出水面，但它深谙在水面上制造大骚乱的乐趣。

起初，它的语言对我来说是个大问题。虽然它和米吉使用一些相同的音符，但不知是由于品种不同，还是因为亲生父母没有教过它说话，它使用这些音符的方式与米吉完全不同，一开始造成了严重误解。比如，米吉用唱歌般的"哼哼"声来宣布自己极度愤怒，而它却用这种声音来索要人类手中的食物，后来它甚至学会了按需使用。米吉询问性的"哈？"对它来说，也是在要人类手中的食物，表明它已经闻到食物的气味并认为这种食物可以接受。米吉对靠近它的陌生人会发出高昂的咆哮声，并且，在极少数情况下，这标志着它的耐心用完了，它可能要咬人了；伊达尔在陌生人靠近时会发出同样的声音，但表现出的更多是焦虑而非攻击性，因为它从不咬人，而只是跑回朋友们所在的安全地带。在头两晚，它时不时对着我的耳朵尖叫。我只得忍受这种令人恐惧的噪声,因为它习惯于和前主人同睡一张床,夜里大部分时间都睡在枕头上。现在,它选择了我的床尾,每隔半小时左右就会爬上来,带着浓浓的睡意躺在我的枕头上,在它习惯的位置上。一旦它发现枕头上有一个陌生的头,而且这个头似乎一直拥有令它不安的新奇感,它便会把嘴贴在我的耳边,用被遗弃的痛苦哀号和尖叫来宣泄它的情感。我每次都会突然清醒过来——也许不能怪我会感到惊恐,对我来说,这种声音过去都是豹子要咬人的前兆。

伊达尔的叫声与米吉的基本相同,但没有米吉那么洪亮和坚定,而是更为哀婉和女性化。除了这些,它还有一系列陌生的、表示亲昵、高兴、问候或闲聊的表达方式。这些叫声很容易让人联想到人类婴儿的声音,毫不客气地说,大部分听起来可能更像尖叫而非啾鸣——不过这样的说法未免失礼,因为这些声音丝毫不会让人联想到"尖叫"一词所代表的那种丑陋。和我养的其他水獭一样,它在突然间受到极大惊吓时也会发出同样的声音。我第一次是从底格里斯河沼泽地的查哈拉那里听到的,当时芦苇棚的小屋门口突然被一个人影遮住了。那声音与人类鼓起双颊,然后通过半闭的嘴唇猛烈地吐出空气时发出的声音完全一样。后来,我从米吉那里听到过一次,从伊达尔那里也听到过一次。

从一开始,它就与吉米·瓦特建立了与我完全不同的关系。它对吉米·瓦特表现出一种激动的、以声嘶力竭方式交流的友谊。与我呢,尽管它很快就变得异常亲热,情感外露,但是许多情感依然是默默表达的。它会向吉米问好,向他炫耀,高谈阔论,喋喋不休;它会训斥他、爱抚他,对他轻言细语;如果它睡觉时被他打扰了,它会冲他大喊大叫;当他早上第一次出现时,它会高兴得尖叫。但是对我呢,虽然它也会做同样的动作,可它几乎不怎么说话。莫拉格说:"这就是青春。它觉得他是另一只水獭。"过了一段时间,这两种关系之间的其他差异也显现出来,因为每天散步的时候,不管我去哪里,它都愿意跟我走,可是,如果它认为吉米正在朝它看来无聊或令人讨厌的方向走,它就不会跟着他。

我们原本打算让伊达尔在围着房子和水池的栅栏里待上整整两个星期。起初这似乎并不困难,因为水池对它来说是一种新的乐趣,而且它很少有焦躁不安的时候,偶尔有的话,也主要是在晚上。但后来有一天,我们的注意力从它身上仅移开了一小会儿,它就不见了。当初,它和马尔科姆、葆拉来到这里时,必须经过一座桥,电线与房子北端的小棚子相连的地方,是离那座桥最近的地方。很明显,它发现自己可以穿过栅栏时,就到了那里。当我们确定它不在栅栏里了时,它可能已经出去十分钟了。

我们猜对了它走的路线。当我们赶到德鲁姆菲亚克拉赫时,它已经在那里待了五分钟了。莫拉格不在家,她丈夫无法与这只心事重重的动物建立起融洽的关系。它所有的思绪一下子都回到了过去,躺在楼梯顶上(我发现,只要看到楼梯,水獭总有一种不可抑制的想爬上去的本能),可怜巴巴地哀叫着。它似乎很高兴见到我们，用几乎和它痛苦时发出的一样大的声音向吉米问好，但它不想回卡姆斯费尔纳。我们以前从未用绳子拴过它，可现在似乎别无选择。

回程花了一个多小时。它在前面仅欢快地小跑了五十码，然后坐下来，用脚趾刨地，号啕大哭。我没有想到，其实把它抱起来、背回家，是世界上最容易的事情，唯一的不便就是它那身躯太笨重了。可我当时误以为它这一表演中含有威胁的意味——事实上，这种神经紧张比任何负重要更累人。

几天后，它第二次、也是最后一次重复了这种逃跑行为。不过这一回，吉米没有像我那样误解水獭的语言，他在半路上追上了它，把它像灌了铅的毛围脖搭在脖子上带回了家。

两星期后，它再也没有走失的风险了。我们为它提供了许多消遣和新奇玩意儿，其中最重要的当然是持续不断的流水——它已经完全被这些诱惑征服了。也许，我们很幸运，因为它的那段适应期恰逢鳗鱼迁徙季。这些透明的小食在瀑布下的岩潭里成群结队地蠕动，在白色水流旁的垂直岩石上形成了一条宽阔而缓慢的队列。伊达尔对这些透明的小生物产生了极大的兴趣，它一小时又一小时地在米吉曾经捕猎过的水潭边走来走去，在这里挖掘、捕捉、抓取和咀嚼。当这些"朝圣者"行进时，它伸手到岩壁上抓取它们。这些长时间的出游让它吃饱喝足，然后回到厨房玩耍和睡觉，仿佛从不知道还曾有过另外一个家。

然而，这些鳗鱼给我们带来了不小的尴尬，因为几个星期以来它们不时堵塞住我们的供水系统，迫使我们不得不再次用水桶从小溪里提水。为了让伊达尔在适应环境期间不无聊，我们用水桶舀了满满一桶鳗鱼，倒进它的水池里，而水池的供水管道与将水从瀑布顶端引到我们房子的是同一条聚乙烯管道。鳗鱼鱼苗们很快就发现了水池上游唯一的出口，它们带着过去两年来一直激励着它们的坚定决心重启被中断了的迁徙，沿着一百二十码长的管道往上爬，一直爬到顶端带孔的"花洒"处。然而，金属穿孔太小，它们的身体无法通过，它们就这样卡在那里死去——每个孔都被鳗鱼幼苗卡住的头给堵塞了——如此漫长而勇敢的旅程就这样结束了，真是可悲可叹。我们只能系着绳索下探到峡谷中，到达瀑布上方水潭中的"花洒"处——每天都要去那里十几次，把死去的鳗鱼幼苗挖出来。但这就像在狙击成群的蝗虫一样，因为在它们身后，还有更多的鱼苗前赴后继赶来，被扼杀在自由的边缘。

正如我前面解释过的，有规律的生活对动物来说非常重要，看到伊达尔安顿下来后，我们便立即为它安排了每天的作息时间，以加强它日益增长的安全感。它的早餐，跟米吉的一样，是从伦敦送来的活鳗鱼。吃完早餐后，我们中有人会带它去海边或山上散步两个小时。散步时，它会比米吉更紧地靠着我们。我们带着牵引绳，倒不是为了约束它，主要是为了防止牧羊犬的攻击，因为伊达尔喜欢狗，把它们视为可能的玩伴，但完全不知道西高地的许多狗被鼓励捕杀水獭，还受过相关的训练。

有一天早晨，和它一起出游时，我比以往任何时候都更近距离地看到了一只野生水獭。当时，伊达尔正在距离海边两三码、略高于海面几英尺的一块岩壁上捕食岩池里的小虾小鱼们。它在小青蟹、白鲳鱼和虾中间逡巡了很久，而我的注意力则从它身上转向了我头顶飞越峭壁的鹰。当我重新转向大海时，我看到（我以为我看到的是）伊达尔，在岩池那头的微浪中缓缓地划动，可以用一根鲑鱼钓竿的末端去触碰它。我朝它吹了声口哨，便转身离开，可就在这时候，我眼角的余光注意到它的神态有些不同寻常。我回头一看，原来这是一只野生水獭，它正饶有兴趣又颇为吃惊地盯着我看。我低头扫视了一下脚边的池塘，看到伊达尔在远处，仍然在海草和平坦的石头下面摸索着。野生水獭又停留了一会儿，然后，不慌不忙地沿着岩石边缘悠闲地往南而去。

在岸边的石潭里，伊达尔学会了捕捉虾虎鱼和白鲳鱼，偶尔，它还会在山涧里堵住一条成年鳗鱼。渐渐地，它发掘出了自己种族本能里自带的速度和捕食能力。它的主食是从伦敦运来的活鳗鱼——没有鳗鱼的水獭不可能足够健康——但它也喜欢吃姜饼、培根脂肪、黄油和其他奇特的开胃菜，后面这些都是由于人类饲养而养成的口味偏好。在当地的鱼类中，它不喜欢吃绿青鳕或黑鳕，对青鳕和鳟鱼还能忍受，最爱吃鲭鱼，常常会大快朵颐。我们把活鳗鱼放进水池里，最初它自己把水池搅得浑浊而几乎无法捕捉，但经历过种种失败后，它证明了自己在泥浆中也能发现和捕捉鳗鱼。我想，这得益于它双爪的触觉超级灵敏，因为当它在水池的浅水区里，在浑浊的水中摸索时，它似乎有意移开视线。它的爪掌表面也很"防滑"，有许多类似指尖的小圆突起，使它能够捉住并抓稳一条轻易能从人手中滑溜掉的鳗鱼。

到六月底，伊达尔已经学会了像一只水獭一样游泳。它潜入水底深处，在密集纠缠的海草边缘探索那些暗淡的岩壁。它能在水下停留长达两分钟之久，因此往往只有它皮毛中被困住的空气冒出来形成的细小气泡才能透露它的行踪。（我注意到，水獭以正常速度在水下一英里左右的地方游动时，这种气泡痕迹会出现在它身后大约六英尺的地方，而绝不会像人们潜意识里认为的那样，出现在水獭的正上方。）虽然它现在不再害怕深水，但是在大面积的水域中它总是觉得不安。它喜欢在游动时至少能看到一侧的水域边界，一旦超出了这种视觉范围，它就会被一种空洞的恐惧感笼罩，它会惊慌失措，幼稚而疯狂地一通狗刨后，飞速向陆地游去。

因此，我们第一次带它划船的尝试并不成功。对它来说，小船显然不能代替坚实的陆地，置身深水区的小船上，它感觉极度不安，好像自己已掉进了水里一样——不，甚至更糟，它宁愿勇敢地冲向岸边，也不愿和我们一起待在这显而易见的险境之中。

伊达尔并不是那个夏天卡姆斯费尔纳唯一的新居民。多年前，我在蒙里斯收集了许多灰雁。战后，它们成为全欧洲仅存的一批主要的珍稀野禽。一九四八年，它们成为斯林布里奇彼得·斯科特野禽信托基金的核心种群。不过那些常见品种的野禽已经繁殖得非常多了，而且难以捕捉，人们认为不值得费力去运输这些野禽。在采集工作结束后的十年内，这群全翅灰雁一直在蒙里斯湖附近活动，作为打猎消遣的对象或破坏牧场的害鸟，不时受到骚扰。它们处于半野生状态，只有在繁殖季节才不那么警觉。到一九五九年，湖边仍有两三对雏鸟在筑巢。我在蒙里斯请人让母鸡孵化了一窝雏雁，然后送到卡姆斯费尔纳。经过一段漫长且迂回的火车和轮船旅程，五只雏雁抵达了这里。它们已经长出羽毛，但还不会飞，呆头呆脑，举止笨拙，特别爱倾诉，明显表现出愿意与人类为伴的偏好——这与它们种族的传统特征完全相悖。这种矛盾反倒很让我高兴，因为和许多人一样，我也是通过血腥的狩猎才渐渐喜爱上野生动物和鸟类的。年轻时，我曾是一名狂热的野禽猎人，这五只雏雁是我多年前的一个清晨打猎时击落的鸟类的直系后代，它们或被我射伤了翅膀或在其他部位受了轻伤。事实上，正是在威格敦湾寒风凛冽的冬日黎明，我在盐沼和泥滩上捕捉并驯养了几只受伤的灰雁，才开始了我收集世界上所有雁类的尝试，而这五只叽叽喳喳、一直试图闯进我卡姆斯费尔纳房子的扁脚小雁，大约是我枪下受害者的第十二代后代。也许是出于某种我们常常在不自觉间承受的隐秘内疚感，我想让这些鸟儿自由自在、不知恐惧地在卡姆斯费尔纳飞翔，希望能在黎明和黄昏听到这些鸟儿狂野而美妙的鸣叫。很久以前，当我在涨潮时的小溪淤泥中瑟瑟发抖地等待，当东方天际的早霞像火焰一般红时，这些鸟儿的叫声曾让我心跳加速。

作为卡姆斯费尔纳的日常乐趣和点缀，这几只灰雁比我预料的要好得多。首先，正如我所说的那样，它们还不会飞，飞羽的最尖端才从充血的蓝色羽管里冒出头来，但它们整天都站在那里，满怀希望地、怪模怪样地拍打着翅膀，让自己悬到一英尺左右的空中，然后是一系列不协调的、笨拙的跳跃。小雁慢慢长大了，翅膀上的羽毛也长到了可以飞行的长度，但它们太缺乏想象力，不知道如何试着飞行。就像我和吉米·瓦特都不会游泳，却教会了水獭游泳一样。现在，吉米在它们前面狂奔，拍打着双臂模仿飞行。有一天，小雁们也做着同样的动作，急急忙忙地跟在吉米后面，最后惊讶地发现自己已经飞上了天空——最初是一连串最不体面的迫降，但就在那短短的几秒钟里，它们发现了自己的能力。不到一周，它们的翅膀就变得强壮而稳健，只要家里一声呼唤，它们就会从远处岛屿的海滩上迎风飞回来。

晚上，我们把它们关在一个铁丝围栏里——地面和屋顶也是铁丝的，以防野猫和狐狸。早上我们把它们放出来的时候，它们会吵吵闹闹地飞出去，沿着小溪飞向大海，在空中回旋翻转，就像野禽猎人们所说的那样，"呜呜"叫着，尽情享受飞行的快乐。

我必须承认，尽管这五只灰雁展现出了它们的美和魅力，但在某些事情上，它们的智力之低下确实令人吃惊——简直可以说相当愚蠢，与通常人们对它们种族很聪明的印象截然相反。即使在熟悉房子周围环境几个月之后，它们当中的某只或某几只能否顺利地进入花园大门而不被落下，仍是个问题。在打开的大门前，一只灰雁经常会发现自己站在了错误的一边，可它不是绕过大门和同伴们会合，而是集中精力一遍遍愚蠢地尝试，妄想穿过把它和同伴们隔开的铁丝网。

更令人吃惊的是它们在围栏里的表现。每天晚上它们关在里面过夜，第二天清晨，我会打开铁丝网大门，把它放出来。只要我一出现，它们就会叽叽喳喳地跟我打招呼，当我抬起栏杆时，它们的叫声达到最高点，接着它们会大摇大摆地走出来。九月的一个早晨，天刚蒙蒙亮，我就打开了它们的大门（这扇门构成了围栏一侧的全部），比它们习惯的时间早了大约两个小时。它们像往常一样跟我打招呼，但没有马上出来，而我径直回屋里去了，心想它们可能要等太阳升起后才会出来，我还想到了动物行为中规律的作用。可是大约三个小时后，早已过了通常它们飞向海边的时间，我从厨房的窗户里发现，它们还在围栏里，烦躁地"嘎嘎"叫着，在敞开的大门前走来走去，仿佛有一堵无形的屏障把它们和外面的草地隔开了。我觉得，此时只能用一些象征性的举动来解放它们，于是走到它们面前，仿佛那天早上我们还没有见过面，我关上围栏的门，然后又兴冲冲地重新打开，同时像往常一样和它们说话。可以说，它们立即如释重负——一举一动都看得出这种解脱——紧跟着我走了出来，几乎立刻飞向了海岸。

从五月的最后几天到九月初，英格兰犹如身处赤道般在酷热中喘息不已，通往伦敦的沿海公路上堵满了一动不动的车辆，车队长达二十英里。而卡姆斯费尔纳那年几乎没有夏天，只能在狂风暴雨肆虐的间隙里偶尔看到一抹病态的阳光。溪流咆哮奔涌，大海在狂风的不断吹拂下躁动不安，大一点的小艇挣脱了系泊绳，撞裂了一块船板，而那艘平底小船能在海上安全航行的日子屈指可数。正因为如此，或许也因为我把伊达尔对大海的恐惧视为有利于它安全的因素，所以直到九月一日，我们才重新开始试着带它坐小艇。

到此时，伊达尔对我们和它自己都增添了信心。在温暖的阳光下，它在我们身边蹦蹦跳跳。我们拖着平底小船，穿过沙滩，走进蓝色的大海里。平静的海面倒映着天空，没有一丝波纹。灰雁们总是很友好，急于加入活动，便"嘎嘎"叫着排成一列跟在我们后面。这支奇特的队伍一起走下海滩，从潮水边出发了：伊达尔在清澈明亮的大海里飞快地游来游去，它时而抓紧桨叶不放手，时而跳进船里，弄得水花四溅。雁群在后面几码的地方慢慢划着水，橘黄色的喙后是一双双略带不满的眼睛。我们沿着海岸划行了一英里，近处，退潮后裸露的海藻呈现出绚丽的赭石色和橙色，还有帚石楠、泛红的蕨类植物，它们和远处蓝色的高山相映成趣。卡姆斯费尔纳的所有魔力都定格于那个清晨：水獭在水下一闪而过，像一道闪电；灰雁扇动着银色翅膀盘旋飞行，掠过我们的头顶，在前方慢慢降落；大海在礁石和海草中掀起蓝色的浪花；每当波浪平滑地退去时，岩石裸露出来，便有缕缕的泡沫和晶莹的水流从岩石上潺潺流下。

偶尔，当伊达尔发现自己游到一个深不见底的水域时，仍然会突然惊慌失措，急忙狗刨着游向小船，还会把头露在水面之上，不敢往下看。它本能的记忆似乎在昏暗神秘的深渊、杂草丛生的森林，以及炉边地毯、拴它的绳子和令人安心的人手之间交替闪现。于是，它会突然转向小船（它现在已经完全不怕船了，觉得它和陆地一样安全），一张小小的、焦虑的脸下方，前爪在疯狂地划动，劈开一道泛着白沫的箭一样的浪痕，它跃上小船时，还带着满身的水。然后，它会站在船舷上，带蹼的后爪紧紧地抓着船舷，头浸在水下，盯着海洋和陆地之间的那刀锋般的界线，在对探索海底世界的渴望和被遗弃于未知深海中的恐惧之间摇摆。有时候，它会无声无息地滑入深水中，几乎不激起一丝水花，可是一旦潜入水中又会惊慌失措，再次疯狂地游回小船。然而，在它尚未失去信心时，它那鱼雷般的苗条身形会在船侧深水里滑行，穿梭于白沙上高高的、轻柔摇曳的鲜艳海草丛间，或是会突然飞快地追逐某个在水面上无法窥见的猎物。那一刻时光仿佛倒流——那是米吉比尔跟着小艇在闪闪发光的水里穿行的模样。

在这些岛屿上度过了一段天堂般的日子后不久，灰雁们第一次在夜幕降临时没有回来。清晨，我呼唤它们，没有听到任何回应的合唱；到了下午，还是没有看到它们的踪迹。我想，对于它们来说，现在感觉到迁徙的本能还为时尚早，再说，这种本能很可能早已被前几代待在原地定居的祖先所消灭了。我担心它们飞得太远，成为某个手拿 0.22 英寸口径来复枪的游客的猎物。傍晚时分，我已不再对它们的回来抱有任何希望了。我和伊达尔在某座小岛的白沙滩上岸，我想结识一些从帆船上岸的游客。正和游客们交谈时，我忽然看到北面半英里左右的地方，一群灰雁长长的翅膀不紧不慢地扇着，我顿时欣喜若狂，那正是我失踪的灰雁们。它们在阳光下从高空掠过时听见了我的呼唤，于是在半空中停下来察看，然后迅速而有力地盘旋下降，扑动着翅膀，落在我们脚下的沙滩上。

每当灰雁从天上飞过——像星座一样稳稳地航行在它们的轨迹上——我便会召唤它们，或者当太阳落到斯凯岛山丘后面时，我会从屋子里呼唤它们。听到远处它们"嘎嘎"叫着回应，看着夕阳西下的天空中，它们拍打着翅膀，从海上飞来的身影，这种召唤的力量一直让我感到无比喜悦。虽然灰雁们的祖先不过是被丢弃的、不值得清除的糟粕残余，可是在这群卑微的灰雁身上，我获得的乐趣远胜过从以前那群庞大的珍禽异鸟收藏中找到的乐趣；我在与它们和平、无所求的共处中获得的乐趣，远胜过中世纪贵族在隼身上得到的乐趣——哪怕隼会听命起飞，捕捉飞翔的野鸭或将苍鹭从天空中击落。

虽然灰雁给我们带来的麻烦不多、回报不少，但它们也像所有需要我们照顾的动物一样，偶尔会给人带来极度的焦虑不安。最糟糕的一次，我看到它们中的一只在我够不着的地方拼命吞食一只鱼钩。前面我已说过，伊达尔是靠从伦敦运来的活鳗鱼喂养的，成本很高。随着它的成长，鳗鱼消耗量也在不断增加，原来每周六磅的订单已远远满足不了它的需求。于是，我开始试着从卡姆斯费尔纳的小溪里捕捉鳗鱼作为它的食物，毕竟那里鳗鱼很多。但是，尽管得到了很多建议，我还是没能设计出一个令人满意的鳗鱼陷阱。一天下午，我们在桥上放了几条短线，用蚯蚓做诱饵。这方法倒是很有效，在几个小时内我们就捉到了好几条鳗鱼。可是，我却忘记了这群灰雁。它们不常到桥上来，而且我无论如何也没想到它们会好奇到去探究那些几乎看不见的钓鱼线。约莫两个小时后，它们反常地从海上飞到了桥上。当我看到它们时，其中一只灰雁的嘴上还挂着一英尺长的钓鲑鱼的线。实际上，钓鱼线的末端有一个小钩子，是从拆下的鲑鱼假饵上取下来的，而它没有意识到危险，正在拼命吞下剩余的部分。渔线太细是阻碍它吞咽的唯一因素，就在我焦急地注视着它的时候，又有两三英寸的渔线从视野中消失了。其他的灰雁都围到了我的脚边，但这只灰雁一心想解决它自己的问题，顽固地留在池潭中央，而鱼钩则随着雁喙的吞咽动作不断上升。在这危急关头，我们终于用食物将它引诱上岸了。抓住渔线往外扯时，我发现我得两手轮换着拉，因为这只灰雁的嗉囊里的渔线大约有五英尺长。这件事让我为伊达尔提供鳗鱼的努力暂告一个段落。

出于同样的原因，灰雁也成了海上捕鱼之旅中的一种困扰。它们即便没有真正随船出海，也往往会在我们自以为甩掉了它们很久之后，又从远处发现我们。然后，它们掠过波浪，"嘎嘎"叫着落在船舷上，紧紧地围在倒钩鱼线周围，被鱼钩和拉上船舷闪着蓝银光蹦跳挣扎的鱼群所吸引。因此，我常常需要一只手控制住挂满鲭鱼的鱼钩,另一只手挡住灰雁们的靠近。在这样的时刻,我才明白,如果包括鸟类在内的野生动物都不怕人,那我们的生活该是多么困难,圣方济各的日常事务也一定会变得极其烦琐。

14

自从伊达尔来了以后,这幢房子发生了很大变化。在它来之前,我一直忙于改善房间的装饰,使之更舒适。现在,整个房子再次处于被占领的状态。出于更实际的考虑,我不得不放弃房屋装修的工作,并让每张桌子、每个架子都必须以某种方式抬升到伊达尔灵活探查的范围之外。挂在墙上的所有东西都必须再向上移动,就像洪水泛滥的城镇居民移向高处,在屋顶上寻求避难所一样。放书报的桌子再也不能摆在沙发的当头了,因为它第一天就把这个最近才新造的家具据为己有,还把那些脆弱的读物撕碎、揉成一团,直到做成一张适合它挑剔品位的床。它仰面躺在那张床上睡觉,头枕在一则描述伦敦出城道路拥堵的头条新闻上。

要将所有易碎物品都抬升到伊达尔够不着的高度极其困难,因为它踮起脚尖就能达到三英尺六英寸的高度。湿透时,它会拉下一条或多条毛巾来擦干自己;感到无聊时,它会抢过任何无意中引起它兴趣的东西，然后开始非常专注地以有条不紊的方式拆解它们。它的情绪来得快去得也快。有些日子，它像一只温驯的小狗一样沉静；有些日子，墙上简直没有足够的空间来容纳那些逃脱它掠夺的物品。由于居住环境的特殊性，卡姆斯费尔纳有很多橡胶靴，包括威灵顿雨靴和海靴；多年来，许多靴子都用红色橡胶片补过，而伊达尔早就发现，撕下这些红色橡胶补丁并扩大它们企图遮盖的洞洞，能给自己带来恶魔般的乐趣。

因此，它能进入的房间看起来就像乡村别墅公园，因为这些公园里的树木都呈现出常常让十八世纪末风景园林作家们深恶痛绝的"啃食高度线"。在这些公园里，从树木树枝的最低处离地面的高度，可以推断出主人饲养的是鹿、牛，还是马。通过类似的方式，我能够比较伊达尔和米吉体形的差距。如果一开始还有什么疑问的话，那么在它和我相处的第一个月结束后，我就确定它的体形肯定比米吉要大得多，而它比米吉被杀害时还整整小六个月。它的成长几乎肉眼可见，十分明显。五月时，马尔科姆·麦克唐纳估计它有大约四十二英寸长，二十五磅重。到八月，它已接近五十英寸长，我估计它的体重已近四十磅——那时它刚满一岁，而且由于没有进入发情期，很明显它的成长远未完成。在美洲赤道附近，那里的水獭体形和海豹一样大。如果那些水獭曾被驯养过，那么它们主人的房间一定会呈现出最奇特的样貌。

厨房兼起居室的墙壁空间有限，伊达尔不宜长时间单独待在那里，但在独自留守这件事情上，它比米吉的适应能力更强。如果它已充分外出活动过，也已吃饱喝足了的话，它可以满足地在家里待上五个小时或更长时间。乘船去村里或去斯凯岛时，我们会把它留在一个完全为它准备的空间，就是厨房上方那间没有家具的房间（米吉在世时，这间房间也有同样的用途）。在这里，有用汽车轮胎做成的床，上面铺着地毯。此外，在房间的一个角落里有一块铺着报纸的防水布，那是它的厕所，每当有需要时，它都会自觉地从厨房上楼去方便。房间里还有许多杂七杂八的玩具和盛水的盘子。但是，这个房间有一个很大的缺点：地板是单层的，而且位于客厅的正上方。虽然伊达尔喝水的碗是为狗准备的那种不倒翁型的，不易弄翻，可是对它而言，这水碗绝非"不倒"，在试过用杠杆原理将水碗翻倒却失败后，它便简单地用双爪捧起水碗，然后将之翻个个儿来。而且，正如我所指出的，天花板根本不防水。早期，它使用厕所时的命中率并不高，而更不幸的是，厕所的位置大致在客人通常坐的椅子上方。

对水獭来说，只要水在坠落或流动，水的价值就会成倍增加。伊达尔发现，如果在楼上打翻水碗后，马上窜到厨房里，它就能享受水滴从天花板上落下的双重红利。于是，我曾看到这样一幕：它趴在厨房的地板上，仰着头，张大嘴巴，接住从上面滴滴答答落下的每一滴水。

让伊达尔非常失望的是，它能见到的几条狗远远达不到当它玩伴的标准。总的来说，它们对待它的态度让我经常想到"种族隔离"这个词。显然，伊达尔对它们未能把它当作自己人而颇感懊恼，甚至很受伤。除了少数几次之外，它们对它的示好总是发出低吼、吠叫或咆哮。第一次，是一只沉静的金色拉布拉多母狗，它坐在火堆前，背对着伊达尔——这种态度就很明显了。伊达尔时不时地伸出一只猴子般的爪子，试探性地抚摸一下那毫无反应的黄色臀部，同时从喉咙里发出几声怨怼而渴望的呜咽声。显然伊达尔对自己未能与它建立友好关系感到困惑，它还不习惯被拒绝。

只有两条狗和伊达尔短暂建立过欢乐之谊，但很快，它们就发现它的性格太过强势。一次，詹姆斯·罗伯逊·贾斯蒂斯带来了一只特别古怪的黄眼睛指示犬。起初，它满足了伊达尔对玩伴的真正需求。它飞快地转圈奔跑，让人头晕眼花，而伊达尔则在抄近路的问题上表现出非凡的判断力——对于指示犬来说，这种判断力太过非凡了。这次玩耍以指示犬仰面朝天跌倒在小溪里，而伊达尔却在岸边嘲笑它宣告结束。这一事件导致了它们的疏远——指示犬警惕起来，随后是明显的敌意。当我对它这种缺乏耐性的行为表示遗憾时，它的主人回答说："它从没想过自己要陪着水獭一起玩耍，更何况还是一只叫'小圆饼'的水獭。"（像许多稀奇的宠物一样，自从伊达尔来到卡姆斯费尔纳后，它有了很多外号，其中这个或许还算好的。）

埃里克·林克莱特介绍了一只又高又瘦的英国塞特犬给伊达尔——它的名字叫"托普斯尔"，很漂亮。起初，它也愿意冒险与水獭在沙滩上玩耍，但是，跟指示犬一样，它发现，在水獭对半径的精准把握面前，自己绕着水獭转圈的能力不值一提。就这样，它一直被水獭耍得团团转，最后只能退缩到歇斯底里的狂叫中，而伊达尔则躲进了海里。尽管如此，我仍然希望有一天能找到一只像非洲的普莉希拉那样的狗，可以和它一起玩耍。

水獭和五只灰雁是卡姆斯费尔纳的家庭成员，不过在夏季，这里还有一些短期访客。在屋后，我们为伊达尔挖了一个小池塘，一只小斯拉沃尼亚䴙䴘从这片土地上众多的水域中选择这里作为栖息地，结果发现周围的铁丝网太高，无法再飞走了。一只可怜的瞎眼小田鼠，在滂沱大雨中，它的母亲将它从被洪水突然淹没的林业排水沟中抱走时弄丢了它，靠着从一只仿制的耗子奶嘴里费力地吮食，它又活了四天。我们还在房子附近捡到了一只受伤且羽翼未丰的银鸥，它在狂风暴雨中奄奄一息，但后来它活了过来，还学会了飞行，并对家里的残羹剩饭产生了一定程度的依赖。还有一只从村子里送过来的西方秧鸡，它被装在一个纸箱里，纸箱背面的标签上写着："这是什么鸟，通常栖息在火边吗？"原来，清晨主人下楼时，发现它莫名其妙蹲在空荡荡的壁炉边。在鹬类沼泽的灌木丛中，常常可见这种鸟在短距离低空飞行——这是最没有雄心壮志的空中飞行。最后它们会突然着陆，虽然看不见，但可以猜想到肯定是笨拙且无能的着陆。可以说，这是一种毫无特别之处的鸟，羽毛无甚可观，行动笨拙粗俗，生活习性畏缩，几乎到了没有一丝存在感的地步。然而，纸箱里的这只给我带来极大的惊喜。它是被迫靠近人类、与人类接触的样本，外表整洁，甚至可以说是衣冠楚楚，红宝石般的眼睛闪着愤怒的光，性格易怒好斗。它像一只斗鸡一样飞扑向任何企图靠近它的手，纤细的红喙很有迷惑性——实际上它可以像钳子一样紧紧抓住东西，显然它对自己被囚禁的每一个细节都深恶痛绝。它是傍晚被送来的，在确定它没有受伤之前，我不想放它走，因此让它在我的卧室过了一夜。为了它，房间地板上撒满了蚯蚓和其他难闻的食物——无论是为了追逐这些食物，还是单纯地展示自我，它整晚都在房间里踩脚。楼下房间里的人说，那声音就像老鼠穿了双钉着铁掌的靴子在到处爬。天亮后，我发现它周身无恙，躯体健全，于是让它重新回到广阔天地里，继续过它隐姓埋名的生活去了。

最后，一只野猫幼崽给我们留下了长久而深刻的印象。一天下午晚些时候，我们发现卡勒气罐（那年新引进的设备）里的燃气快用完了，于是决定立即坐船前往五英里外的村庄。那是一个碧蓝与金色相间的九月午后，岛屿之间的海面光滑得就像一块被切割并抛光过的石头。潮水正在退去，礁石之间露出了纠缠在一起的海带尖。我们本该绕过灯塔岛，从它的最外端驶过的，可是时间紧迫，村里的商店快要关门了，于是我们决定试试灯塔岛与邻岛之间的航道。当时我们觉得，与搁浅的危险相比，能够节省十分钟还是值得的。于是我掌舵，吉米·瓦特跪在船头，指挥我在礁石之间穿行。突然，他兴奋地叫我注意左舷船头的海面上有什么东西。

在十五码开外的地方，有一只半大的野猫幼崽，正犹犹豫豫地朝远处小岛的方向游去。（后来我才知道，野猫下水并不罕见，哪怕它们没有受到追赶，但当时这一幕看起来像鱼在陆地上行走一样奇怪。）那里水深大约两英寻，这只小猫游得很慢且浮得很高，整个背部和尾巴都在水面上，毛还是干的。我想把船朝它那边开，但就在这时，由于我们匆忙起航，舷外发动机支架在横梁处没有拧紧，从一侧松开了，导致我无法控制方向。让我们惊奇的是，这只猫随后朝小船游来，似乎是在寻求救援。我用一只手强行把引擎压入水中，得以将船头靠近它。从来没有跟一只活生生的野猫打过交道，我以为吉米至少会被抓伤，但是当他抓住猫的身体，把它从海里拎起，扔进柳条篮子时，它连哼都没有哼一声。我很难将这只温驯的、毛茸茸的迷路小猫和所有传闻中那种难以驯服的凶悍野性联系在一起，我想，这正是检验谣言真伪的好机会。但是，我很难想象卡姆斯费尔纳如何能同时平静地容纳一只野猫和一只水獭，于是想到了莫拉格。我认为，她会表示欢迎的，这是她童年时代的幽灵，因为很久以前，她曾养过一只父亲是野猫的杂种猫，并为失去它而感到难过。那时，她负责在白天照看离海岸四英里处的狩猎小屋，于是我们放弃了去充卡勒燃气的想法，转而朝岸边开去。可是当我们赶到狩猎小屋时，莫拉格已经乘坐邮政的路虎车回德鲁姆菲亚克拉赫了。我们在那里借了一辆车，继续从陆路赶往她家。此时，篮子里的小猫开始不安分起来，发出持续不断的低吼，这种威胁的声音说明它的野性虽可以暂时遏制，但无法持续如此。

当我得知莫拉格因为家务过于繁重而无法照顾一只野猫时，毫无疑问，我应该立即将它放了，但是，虽然我听说过许多关于野猫无法驯服的事例，也读过相关资料，我却还没有遇到过一个能亲自证实这个说法的人。而且我也知道，捕捉到一只毫发无损的野猫幼崽是非常罕见的，我觉得不应该随便放弃这个验证神话真实性的机会。于是，我又回到狩猎小屋，从那里打电话给莫里斯·伯顿博士。他是动物学家，在萨里郡的家中饲养和观察着各种各样的野生动物，一生致力于动物行为研究，对大多数英国动物都有研究心得。奇怪的是，他从来没有养过野猫，也不知道有谁曾尝试过驯服它们，不过他倒是认识一个人，这个人毕生的愿望就是获得一只健康的野猫幼崽来做实验。他提出给这位朋友打电话，称这位朋友会在接下来的半小时内给我回电话。果然，我接到了威廉·金翰先生的电话，他准备在第二天早上天亮时从伦敦开车过来接这只野猫。当时是星期五晚上，他预计在星期天早上完成这趟七百英里的旅程。

我拎着这个明显会发声的篮子，坐船回到了卡姆斯费尔纳。只有一个办法可以度过接下来的三十六小时：我把卧室让给小猫，自己搬去厨房睡。这么做我有些不情愿，并非预料到我的房间会变得乱七八糟，而是因为上一个客人刚离开不久，我搬回自己的卧室才三天。

当我们把船拖到房子下面的海滩上时，天已经黑了，当晚没有办法为野猫找到合适的食物。我把篮子敞开，放在卧室里，旁边放了一碟罐装牛奶和一些海鳟鱼卵。之后我又想了一想，用一团卷曲的铁丝网堵住了烟囱。

在厨房火炉旁的睡袋里过了一个并不新奇的夜晚后，次日清晨我粗略地检查了一下卧室，发现没有野猫的踪影——一些鳟鱼卵和所有的牛奶都不见了，我的床中央一片狼藉，还散发着恶臭，但是搞破坏的行凶者却没有任何踪迹。我记得，我们小时候也曾把刺猬关在连老鼠都进不去的房间里，但是，早上一醒来，我们脸不洗、头不梳就迫不及待去看刺猬时，却发现连它的一根刺都找不到，只以为是一场梦。我一直怀疑是大人们晚上做了手脚，但那时，我们既相信宿命又天真。

再仔细一看，原来猫就在烟囱里。它把"不称职"的铁丝网塞子拔了出来，猫头鹰般地蜷缩在壁炉两英尺高、偏向一侧的一个壁架上。我第一次带着试探的摸索把它逼到了更高的地方——昏暗的烟囱管道里，只有烟囱刷等可长距离操作的工具才能够得着。

这让我很苦恼，因为捕捉显然是必要的，但这对于驯化实验的对象来说，显然也是一次创伤。然而，我们别无选择。吉米·瓦特带着一根长绳和一个重物爬上了屋顶，而我则戴着厚厚的手套，准备等小野猫被逼下来，在我够得着的时候抓住它。

事实上，手套显然是完全多余的。令人欣慰的是，野猫虽然咆哮了几声，吐了几口唾沫，但没有任何反抗行为。它被解救下来，随即一跃跑入房间最暗的角落，一直待在那里，眼睛里发着幽光，我则干脆把烟囱彻底堵死。

星期天早晨到了，我卧室的每个角落都被毁坏殆尽，到处一片狼藉，而从南方来的救援还音讯全无。看来在夜里，我的俘虏兴致极高。它不是一心要逃跑，而是专心致志地搞破坏——它撕毁信件、把墨水瓶当球踢，气定神闲地攀上高高的书架——这是任何水獭都无法想象的。它还美美地吃了一顿，把蛎鹬的尸体吃得只剩下了翅膀上的羽毛和鸟喙。床中央的污迹又出现了——这么说吧，比之前更大、更明显。这只猫白天住在泥炭篓里——泥炭篓是我们在海滩上捡到的，用柳条编织而成，适于驮在马背上，现在它却被挂在墙上，成了水獭够不着的废纸篓。

为了喂养这只动物，我们必须在当地射杀鸟类，但这让我很不安。在卡姆斯费尔纳附近，许多鸟儿都比较温驯，跟那些经常有人拿着猎枪四处游荡的地方的鸟儿相比，它们更加信任人。我不愿意打破这种宁静，带着上了膛的武器从家里出发时，我觉得自己就像一个叛徒，正蓄意背叛我长期尊重的小小避难所。这几只灰雁让我的处境更加艰难。它们坚持要跟着我，有时是步行，有时是从远处发现了我，然后飞过来与我会合，而我却蹲在某个偏远的礁岩上伪装起来。我感到尴尬，隐隐觉得羞愧，因为它们目睹了我天性中凶残的一面。蹲在咸咸的海风和水雾中时，我发现自己不断重复着一句幼稚的小祷文："我这么做只是为了让小野猫活下来。"我在无意识中将这句祷文转变成了一首遗忘已久的赞美诗："他死了，我们才能活。"接着我才发现，我的潜意识跨越了我的理智无法接受的界限——毕竟，基督徒吃的是他们神的肉，饮的是神的血。

于是，我满怀厌恶，给这只野猫提供了一些我本希望它们活着的鸟类：一只翻石鹬、一只欧洲鸻鹬、一只蛎鹬和一只杓鹬，我那不情愿的客人津津有味地吃完了所有这些鸟，并继续在我床的正中间排泄。我在地板上放了一箱土，虽然到了早上，土总被挖得很深，而且散发着浓浓的氨味，但床仍然是它的主要排泄场所。

星期一，我收到一封电报，说金翰先生已于一天前抵达格拉斯哥，但因病不得不折返。之前我曾与他通话，他不知道那个电话距离海边有五英里远，让我当晚打电话给在萨里的他。

就这样，我每时每刻都在等待的解脱被无限期地推迟了。我又一次开着那艘舷外发动机摇摇欲坠的船动身前往村子。最终，这台发动机完成了北上的航程，但没有完成回程，我不时靠着自己划桨，直到深夜才回到家，带着一封承诺野猫未来命运的即时电报。

随后还有一系列的耽搁和误会，但在最初捕获野猫的一周后，一名特使到达了距离海岸线北部十二英里的火车站，并向卡姆斯费尔纳派出了一艘租来的汽艇。特使本人没有亲自前来。我原以为他会来这里住一晚，以便获得一些野猫生活习性的信息，所以我当时完全没有准备立即将小野猫打包装箱，可是汽艇就在外面等着，海水正在退潮。还好，虽然护送的人没来，但他送来了一个装满稻草、结实又宽敞的木箱，箱子里面还放了一只未拔毛的丰满小鸡。

对这只野猫幼崽来说，这第三次不可避免的匆忙捕捉可能会带来更大的创伤。从它的排泄物看，我隐约猜想它是只公猫。我发现它蜷缩在一个高架子上，躲在被水獭撞倒砸烂了的打字机的阴影里。我戴着手套的手刚一伸过去，它就发出了虎啸般的、极具威慑力的警告声。第二次再试时，它从架子跳到窗户边的桌子上，背对着玻璃窗蹲在那里，发出低吼。

这时，吉米赶来了。汽艇到达的时候，他在船上钓鲭鱼。他要求让他来。他戴上手套，怀着一股初生牛犊不怕虎的自信上场了。他刚想靠近，那只野猫就变了个样——几乎可以说，像是经过了某种蜕变，那时，它与毛茸茸的家养波斯小猫的最后一丝相似之处也消失得无影无踪，取而代之的是一只高贵、凶残的野生动物。面对着它的祖先所认定的敌人，它的耳朵不是向后竖起，而是从宽阔扁平的头骨上往下压，耳朵尖和耳朵里长出的一撮撮毛全部向上翘起。它龇出嘴里的每一颗獠牙，甚至连牙床都露了出来，那双充满愤怒和仇恨的黄色眼睛眯成了一道缝，环状的尾巴膨胀到原来的两倍粗。它背靠在窗玻璃上，高高举起一只爪子，露出长长的爪尖，另一只爪子却仍然放在桌子上，两条前腿似乎像望远镜的镜头似的拉长了。那柔软的四肢一瞬间从运动工具变为伸长的武器，可以抓挠挥砍。我从未见过什么能与这一景象所象征的原始凶猛相匹敌。它霸气、威武，可这是一场战争，对它和我们都是。

吉米只习惯于对付那些虚张声势的动物，虽然他并没有被这种威胁吓倒，但是他的手套和指甲被野猫一口咬穿后，他退缩了。我们似乎陷入了僵局，直到我们想到可以将野猫夹在板条箱的开口和窗玻璃之间，然后将它塞进箱子里去。这一策略立刻成功了，它飞速钻进箱子后面昏暗的稻草里，不声不响了。这是我最后一次见到它，不过，我们还可能再见面，因为它的新主人承诺，如果这只野猫像传说中那样被证明是无法驯服的，就会将它送回卡姆斯费尔纳，在这儿的野猫保护区放生。

现在是十月，我在卡姆斯费尔纳已经住了整整六个月。对面斯凯岛的山坡上传来了雄鹿的吼叫，昨天，野天鹅在铅灰色的大海上空低低飞行，往南迁徙。海湾周围潮汐带上堆满了被溪流冲下来的落叶，在寒冷的海风吹袭下，它们在沙滩上狂飞乱舞。拥有那种野玫瑰绽放、蔚蓝海水拍打着白色岛屿沙滩的景象的夏天已经过去。帚石楠已经枯萎，猩红的花楸果实也已掉落，接下来就是冬天短暂昏暗的日子。瀑布将会怒吼着砸在平坦的岩石上，白沫四溅，而夏天烈日下曾赤脚踏上的灼热岩石将不再温暖。寒冷、咸湿的海风会吹得窗户嘎吱作响，烟囱也发出低鸣。今年我不会在卡姆斯费尔纳看见和听到这一切了。家对我来说仍然是一个堡垒，我可以从那里出发去闯荡；家也是一个据点，我可以退回其中，在墙后舔舐新伤口，再策划下一次的远方冒险。然而，只要有时间，我一定会回来。

谢谢你
——路易斯·麦克尼斯

谢谢你，我友善的守护神，我们亲密得如影随形
为那些小黄花在古老原野上绽放的光阴，
为我少年时的岁月，那些耳目初张的日子，
为那些正手挥拍、体力充沛的时光。

谢谢你，我的良友，矮我一头，心境却淡泊澄明，
而我，你的门徒，行事总不那么明白清醒，
我的动物天使，你触感细腻，风趣温和
远古的夏日将你的脸庞晒得依旧黝黑。

谢谢你纵情的姿态，明朗的自信，
在这浮世表象的薄冰之上轻盈地滑行，
你握着我的手，要我别那么理性
在当令的季节派我去寻找浆果。

终有一日你会离我而去，或至多只能偶尔
在我睁开眼、深深吸气时，感受到你的存在；
也不再能常感受到你窃贼般灵巧的手
在我十指颤抖时，替我打开那些我无法开启的锁。

谢谢你，那些触电般的瞬间，那些奇异的光彩，
那些计时器下、拍卖槌声中的欢愉，
谢谢你为我竞价，冲破
间谍和哨兵的封锁，闯入那座尚未沦陷的花园。

也谢谢你慷慨的付出，
谢谢你在黑暗中的凝视，令我不枉此生。

附录一 动物译名对照表

阿尔萨斯狼犬	Alsatian wolfhound
白侧海豚	white-sided dolphin
白鲳鱼	butter-fish
白腹长尾猴	mona monkey
白鼬	ermine
北极狐	arctic fox
比目鱼	flounder
滨螺	periwinkle
苍鹭	heron
苍头燕雀	chaffinch
嘲鸫	mocking bird
蛏子	razor-shell
赤颈鸭	wigeon
臭鼬	polecat

大天鹅	whooper swan
大卫神父鹿	Pere David's Deer
大雁	wild goose
貂	marten
渡鸦	raven
蛾螺	whelk
翻石鹬	turnstone
方舟蛤	ark shell
鲱鱼	herring
葛氏瞪羚	Grant's Gazelle
蛤蜊	cockle
公鸭	drake
冠小嘴乌鸦	hooded crow
龟	turtle
海胆	sea urchin
海鸽	guillemot
海鸥	gull
海豚	dolphin
海象	walrus
海星	starfish
海燕	sea-swallow
河狸	beaver
河乌	dipper
黑背鸥	black-backed gull

黑水鸡	moorhen
黑鳕	coal fish
洪堡绒毛猴	Humboldt's Woolly Monkey
虎鲸	killer whale
环尾狐猴	ring-tailed lemur
獾	badger
黄盖鲽	dab
黄鼬	weasel
灰鹡鸰	grey wagtail
灰雁	greylag goose
货贝	cowrie
火烈鸟	flamingo
鹡鸰	wagtail
寄居蟹	hermit crab
家鼠	house mouse
江獭	*Lutrogale*
鹪鹩	wren
京巴狗	Pekinese dog
鵟	buzzard
蓝鲸	blue whale
老鹰	eagle
雷鸟	ptarmigan
蛎鹬	oyster catcher
里氏海豚	Risso's Dolphin

龙介科管虫	Serpulid tube-worm
龙虾	lobster
鸬鹚	shag
陆龟	tortoise
罗斯细嘴雁	Ross's Snow Goose
绿青鳕	saith
马鹿	red deer
麦鸡	lapwing
麦克斯韦尔水獭	*Lutrogale perspicillata maxwelli*
鳗鱼	eel
帽贝	limpet
猫鼬	mongoose
梅纳茨哈根大林猪	Meinerzthagen's Forest Hog
姥鲨	basking shark
牡蛎	oyster
牛背鹭	buff-backed heron
欧绒鸭	eider duck
宽吻海豚	bottle-nosed dolphin
青蟹	green crab
青鳕	lythe
鲭鱼	mackerel
狨猴	marmoset
蝾螈	newt
沙普乌鸦	Sharpe's Crow

沙蚤	sand-hopper
山地狐狸	hill fox
扇贝	fan shell
杓鹬	curlew
设德兰矮种马	Shetland pony
猞猁	lynx
史宾格猎犬	springer spaniel
鼠海豚	porpoise
水貂	mink
水龟	terrapin
水獭	*Lutra lutra*
斯拉沃尼亚䴘鹀	Slavonian grebe
斯特勒海鹰	Steller's Sea Eagle
斯特勒小绒鸭	Steller's Eider
松貂	pine marten
穗鹏	wheatear
隼	falcon
田鼠	vole
天鹅绒梭子蟹	velvet swimming crab
纹章红头鱼	heraldic gurnard
西方秧鸡	water rail
虾虎鱼	goby
雄鹿	stag
须鲸	rorqual

雪貂	ferret
崖沙燕	sand martin
鸭嘴兽	platypus
岩鱼	rock fish
燕鸥	tern
野猫	wildcat
野天鹅	wild swan
贻贝	mussel
银鸥	herring gull
英国塞特犬	English setter
婴猴	bush baby
疣猪	wart-hog
鼬	stoat
鼬科	*Mustelline*
原鸽	rock-dove
指示犬	pointer
蜘蛛蟹	spider crab
鳟鱼	trout

附录二 植物译名对照表

报春花	primrose
滨草	marram grass
枞	fir
大黄	rhubarb
地衣	lichen
毒蕈	toadstool
杜鹃花	rhododendron
风信子	hyacinth
海带	sea-tangle
海茴香	samphire
海石竹	sea pink
黑刺李	blackthorn
红花菜豆	runner bean
桦树	birch

花楸树	rowan tree
黄旗鸢尾	yellow flag iris
鸡油菌	chanterelle
金盏花	marigold
荆棘	briar
蕨	bracken
美味牛肝菌	*Boletus edulis*
牛筋草	goose grass
桤树	alder
忍冬	honeysuckle
菜荑花序	catkin
橡树	oak
野兰花	wild orchid
印度榕	india-rubber
帚石楠	heather
紫花欧石楠	bell heather
紫罗兰	violet

附录三　地名译名对照表

阿布·厄尔·纳比	Abd el Nebi
阿里塞格海角	Rhu Arisaig
埃格岛	Island of Eigg
奥利机场	Orly Airport
奥林匹亚	Olympia
巴拉岛	Isle of Barra
巴士拉	Basra
贝宁河	Benin River
本尼维斯	Ben Nevis
德鲁姆菲亚克拉赫	Druimfiaclach
迪宾	Dibin
第戎	Dijon
法恩湖	Loch Fyne
芬马克	Finmark

格拉斯哥	Glasgow
格兰瑟姆	Grantham
格伦加里	Glengarry
海斯凯尔	Hyskeir
赫布里底群岛	Hebrides
赫特福德郡	Hertfordshire
加洛韦	Galloway
加纳	Ghana
科尔丁厄姆修道院	Coldingham Monastery
库林山脉	Cuillins
拉各斯	Lagos
拉姆岛	Island of Rhum
刘易斯岛	Isle of Lewis
洛柴洛特客栈	Lochailort Inn
洛哈尔什凯尔	Kyle of Lochalsh
马尔岛	Island of Mull
马莱格	Mallaig
蒙里斯	Monreith
尼日尔三角洲	Niger Delta
欧宰尔	Al Azair
普洛克顿	Plockton
桤木湾	Bay of the Alders
切尔西	Chelsea
卡姆斯费尔纳	Camusfeàrna

卡纳岛	Isle of Canna
卡诺	Kano
萨里	Surrey
撒佩莱	Sapele
斯凯岛	Isle of Skye
斯拉宾湖	Loch Slapin
斯林布里奇	Slimbridge
斯特拉赫	Strachur
索厄岛	Isle of Soay
托里登	Torridon
威格敦湾	Wigtown Bay
威廉堡	Fort William
西高地	Western Highlands
西肯辛顿	West Kensington
西西里	Sicily
信德邦	Sind
因弗雷里	Inveraray
因弗内斯	Inverness
英属喀麦隆	British Cameroon
尤斯顿	Euston
詹姆逊河	Jameson River

加文·麦克斯韦尔其人其事（代译后记）

一个男人像古时的隐修者一样，逃离文明世界，寻求独处。他来到苏格兰西高地赫布里底群岛的桑代格，以一间小屋作为栖身之所，这里方圆一英里半无人居住，而三倍于这个距离的范围内除了一户人家，再无人烟。在这荒野之地，他好像卸下了所有压力，对周围环境有了强烈的意识，感官更加敏锐，心情更为振奋。瀑布、小溪、帚石楠、桤树、雄鹿、野猫、灰雁、鲸鱼、水獭……他为大西洋边缘地带变幻的天光云影而心醉神迷。他融入了这个世界，也写下了这个世界。

一九五八年，加文·麦克斯韦尔与出版社签下合同，他要写一本纪念水獭米吉比尔的书。他要写桑代格，写自由的精神，写那个天堂里的众多野生动物。

《闪亮的水环》第一部分讲述了加文在苏格兰西高地的偏远角落如何将一座荒废的小屋变成他温馨的家。其描述之生动，足以让读者羡慕嫉妒。小屋依山傍海，远离尘嚣。清晨，枕着瀑布声醒来。窗外，远处的赫布里底群岛尽收眼底，近处的天边勾勒着一排鹿角，溪边软沙上有野猫的大脚印，海湾里可见圆滑闪亮的海豹头，而耳边响起的不是瀑布的水流声，便是大雁的鸣叫……怎不叫人向往？看他为新家添置家具，又恨不能马上也去海滩拾荒。然而这部分内容，不过是为书中真正主角——那些迷人的水獭——铺设的舞台。加文说，不是人豢养水獭，而是水獭支配了人。书中第二部分通过一系列妙趣横生又深情款款的描写，将两只活泼可爱的水獭活灵活现地展现在读者面前，当然还有那五只呆萌的灰雁，以及他养过的各种奇奇怪怪的动物。

加文后来说，这是他第一本按时完成的书。"我几乎没有为这本书投入任何精力，大部分时候都是一边晒太阳一边悠闲地写作。"如果没有客人，他会坐在房子一楼书房兼卧室的书桌前写作。天气特别好的时候，加文就到瀑布边，坐在俯瞰水池的岩石上写作。无论在室内还是室外，他几乎总是手拿一支香烟，身边放一杯兑了水的威士忌。他整天都在不停地写，很少停下来思考，好像整本书都已经在他的脑子里写好了，他要做的只是纯粹机械的搬运工作，把它从脑子里转移到他面前的纸上。

他没有想到，一本全球畅销书即将问世。这本书改变了加文·麦克斯韦尔的人生，也改变了英国乃至全世界水獭的生活。

收到《闪亮的水环》手稿后，朗文出版社毫不怀疑这将是一本畅销书，他们决定以精装本的形式首印两万五千册。果然，一九六〇年九月该书一出版即引起轰动。出版三周后已进行第三次印刷,在英国发行的总数达到五万册,并且连第四次印刷两万册的纸张都已经在准备了。到十一月,印刷厂报告说,由于印量太大,铅字已经磨损,只能再印两万册,之后必须更换铅字。苏格兰最大的连锁书店 James Thin 则称《闪亮的水环》是"我们有史以来最畅销的书"。很快,英国的精装本销量突破了十二万册。在美国,它的精装本在短短几周内销量就达到六万五千册,连续四十三周位列畅销榜前十名。除了《圣经》和温斯顿·丘吉尔的战争回忆录外,这本书成为"二战"以来英语世界最畅销的图书之一。在二十世纪,它的英文版总销量超过两百万册,进入二十一世纪后仍在不断再版。

《闪亮的水环》拨动了读者心灵深处的某根琴弦。它吸引了无数渴望逃避都市化、工业化生活的读者,对叛逆的青少年、困于职场的白领、家庭中受束缚的主妇具有普遍的吸引力。他们把书中的生活视为一种理想的生活方式,一个逃离现实的出口。加文,这位荒野中的人、野生动物的朋友、步履悠然的旅人,成了自由、解放的象征。

加文·麦克斯韦尔究竟是怎样的人?面对这样一本轰动一时、经久不衰的书,我们怎能仅仅满足于阅读文字,怎能不对其作者心生好奇?

在介绍加文·麦克斯韦尔时,人们通常称他为博物学家和作家,但他的身份远不止于此。他是公爵的外孙和男爵的兄弟,是玛格丽特公主的前护卫;他曾在"二战"时,加入秘密组织"特别行动执行处"(Special Operations Executive)

担任教官，以少校军衔退役；战争结束后，他捕过鲨鱼、开过赛车；他还是画家、诗人、探险家、神枪手……他的伙伴都是底层民众和不谙世事的人：西西里岛的渔民和土匪、底格里斯河的芦苇沼泽地阿拉伯人、阿特拉斯山的柏柏尔山民。

小时候，加文体弱多病，常受同学嘲笑，而纵观他的一生，他也的确太脆弱，太容易受伤，孤独感深植于性格中。在功成名就、千金散尽之后，他曾感伤地对友人说："我没有家，没有孩子，没有爱。来，再喝一杯，朋友。"

并不是人人都喜欢他。在苏格兰高地，当地人习惯称他为少校，他一直想改变这一腼应的称谓，却未能如愿。加文的贵族身份、在公学和牛津的求学经历、带有外国口音的英语，使他成为一个富有的萨森纳人[1]。在当地人眼中，这个在赫布里底海岸边捕鲨的家伙不过是个冒险家、花花公子。加文喜欢驾着奔驰敞篷跑车在宁静的乡间呼啸而过，他的行为却被视为炫耀，他对威士忌的过度嗜好被视为放纵，而他自认同性恋则是当时当地的一大禁忌。

他像个中世纪的吟游诗人，与他所处的社会和时代对立。他害怕活在真实世界里，所以他活在理想中。他按照自己希望的方式，而不是按照自己现有的样子生活。他需要冒险和刺激，他把一切都提升到冒险和浪漫的极致境界，甚至他的朋友也必须是极端的、浪漫的、离经叛道的。在加文的世界里没有中间道路。他不能容忍傻瓜，厌恶人多的地方，绝不

---

[1] Sassenach，该名源自苏格兰盖尔语，意为外地人，尤指来自英格兰地区的人，略含贬义或民族主义色彩。

参加两人以上的探险活动。他无法忍受平凡的日常生活，所以他总在制造戏剧性，要么与朋友争吵，要么跑到国外探险。他安静不下来，脑子里总有许多想法、念头，不管是否可行，他总要去试一试。直到临死之前，几近破产的情况下，他还在张罗着，想在苏格兰高地开办一家私人动物园……与其说他是堂吉诃德，莫若说他是追逐白鲸的亚哈船长。

他热爱大自然，喜爱动物，热爱故乡苏格兰，这片神秘而孤独的土地为他提供了强大的精神与情感支持。一九四八年秋，加文以每年一英镑象征性的租金从友人手中租下苏格兰西高地的一座荒废的灯塔看守人小屋，此地位于桑代格（意为"沙湾"），在《闪亮的水环》一书中将其化名为"卡姆斯费尔纳"，即桤木湾。加文在此创作、饲养水獭，构筑起他的精神乌托邦。他曾向友人表示："这里是我的疗伤之处。我熟悉这里的每寸沙丘、每处洼地、每块岩石和每个海湾。这里的每一根树枝、每一块石头、每一棵蕨和每一朵花都承载着我的记忆。这是我的灵魂归处，也是我安放心和骨头的地方。"

或许只有这样一个人才能写出这样一本书。

加文承认，自己文学素养有限，很少阅读经典作品。但是在中学里，他学会了清晰而精确地写作，并对维多利亚时代的诗歌产生了浓厚兴趣。他喜欢那种浪漫、内省、忧郁、自然神秘的诗歌，后来受到凯瑟琳·雷恩[1]的影响，爱上了霍

---

1 凯瑟琳·杰西·雷恩（Kathleen Jessie Raine，1908—2003），英国诗人、评论家和学者。本书书名就取自她的诗歌《心灵的婚姻》（"The Marriage Of Psyche"），即开篇引诗"戒指"。

普金斯和叶芝的诗歌,并开始读一些当代诗人的作品。上世纪五十年代初,他发表过几首诗。

诗歌是加文最初也是最后的爱,只有当散文的文字接近于诗歌时,他才对散文产生兴趣。伊夫林·沃是他最喜欢的现代散文作家,也是对加文影响最大的作家。从伊夫林·沃那里,他学到了许多写作技巧。他会将无韵诗改写成散文,使枯燥但必要的段落变得生动有趣,潜在的抑扬格五音步节奏让文章读来朗朗上口。《闪亮的水环》一书中对斯凯岛上野天鹅的描述,原本是他写的一首无韵诗。

加文的第一本书《鱼叉冒险》(*Harpoon at a Venture*),于一九五二年在英国出版,描写了他的捕鲨事业,好评如潮。《泰晤士报》称赞加文是"一个像诗人一样写作的行动派人物"。这一赞誉伴随了他一生。有评论更将他与康拉德相提并论:"自从康拉德以来,我从未像读这本书时那样感受到大海的诗意和恐怖。"

一九五六年,他与威尔弗雷德·塞西杰一同前往伊拉克沼泽地区探险。回来后,他将此段经历写成《风吹芦苇》(*A Reed Shake by the Wind*)一书。此书赢得了皇家文学学会的海涅曼奖(Heinemann Literary Award),成为现代旅行文学经典,也展现出了精彩的"文学电影摄影"技艺。

加文在伊拉克期间,萌生了饲养水獭的念头。历经千难万险,他从伊拉克带回一只水獭——米吉比尔。他与米吉比尔在桑代格度过了愉快的一年,可惜后来米吉比尔不幸被当地一名筑路工人杀死。

加文曾称《闪亮的水环》"不过是一种私人日记",恰如梭罗佯称《瓦尔登湖》仅是林中一两年的记录一般。但实际上,两者都是精心设计的叙事,某种程度上可称为虚构:他把真实事件与自己的观察,经过文学和艺术的筛选、编排与凝练,使之获得了唯有小说才具备的对读者心灵的冲击力度。

这本书得到了大西洋两岸评论界一致的热烈好评。《星期日泰晤士报》的资深评论人雷蒙德·莫蒂默(Raymond Mortimer)写道:"他不仅拥有想象力、敏锐的观察力和对自然深切的情感,而且有着极其罕见的驾驭语言的能力。"美国评论界则称这本书为"一首诗",是用英语写下的最美丽的自然颂歌。杰拉尔德·德雷尔(Gerald Durrell)在《纽约时报》上写道:"我必须全力推荐这本书。"《芝加哥论坛报》则惊呼:"就算典当你的手表,也要买它。"

《闪亮的水环》作为一部"地方志式"的赞歌,与梭罗的《瓦尔登湖》、吉尔伯特·怀特(Gilbert White)的《塞尔伯恩自然史》(*The Natural History of Selborne*)比肩。加文凭借诗人的语言天赋、画家的视觉眼光和自然历史学家般精确细腻的观察力,成为过去一百年来最优秀的自然写作者之一,与约翰·巴勒斯(John Burroughs)、W. H. 哈德森(W. H. Hudson)和杰拉尔德·德雷尔齐名。[1]

成功让加文始料未及,在接受《生活》杂志采访时,他说:"也许是因为这本书以一种专注的方式揭示了一个简单而真诚

---

[1] 见《加文·麦克斯韦尔:一生》(*Gavin Maxwell: A Life*),道格拉斯·博廷(Douglas Botting)著,第316—317页、第321页。

的主题。"可惜加文后来迷失在成功里，他在桑代格扩建房屋、雇佣帮手，喂养了好几只水獭和多种动物，他有了车队和几艘船……总之，他把这里变成了他的帝国。桑代格（卡姆斯费尔纳）成了书迷们的朝圣地，无数的读者和游客穿越林地而来，寻找那份宁静和弥漫其间的魔力；也正因此，桑代格不再是从前的世外桃源。

遗憾的是，此后加文出版的几本书未能再获得这样的成功，自己的人生也一路下滑，经济上再度濒临破产，桑代格的那座小屋在一场严重的火灾后毁灭殆尽。多年来他饱受病痛折磨，却一直未能查明病因。直到一九六九年八月，他才最终被确诊患有癌症，可是太晚了，医生的预后诊断非常悲观，加文听后，只说了一声："妙！"

长期的病痛曾让他变得歇斯底里、幼稚、偏执、完全不讲道理，可是此时，他平静地接受了自己的命运。在生命最后的日子里，加文显示出巨大的勇气和尊严，表现出一切如常的样子，照旧忙于各项事务。最后在医院的日子里，除了读读诗歌，他还坚持记日记，记录病情与访客。加文中学时代的老朋友安东尼·迪金斯来医院探望他，他问加文觉得自己一生中最大的成就是什么，加文说："有一种水獭以我的名字命名——麦克斯韦尔水獭。"加文的日记展示了他逐渐衰弱的过程。每一天，圆珠笔的笔力都在减弱，纸上的笔迹越来越淡，最后，纸上一片空白。

九月六日，加文进行了肺部引流手术，手术给他造成很大的痛苦。晚上，当护士向加文道晚安时，他对她说："不是晚安，护士，是再见。"次日凌晨，加文那颗勇敢、脆弱、任性的心停止了跳动。

加文去世十一天之后，他的骨灰用他最爱的跑车运回了桑代格。此时的桑代格一派秋日景象，是一年中最美的时节。这里曾经是加文的家，是《闪亮的水环》这个传奇的诞生地。而此时，这一切都不在了，推土机已将火灾遗址推成了平地。骨灰盒安放的位置正是从前他写作《闪亮的水环》一书时书桌的位置……数步之外，已枯萎的花楸树下立着水獭伊达尔的纪念碑，上面铭文隽永：它曾带给你的欢欣，请悉数归还自然。

> 花楸树下的沉睡者
> 你已成为你的梦
> 天空，海岸和银色的大海[1]

就这样，一切都结束了。那座房子、那些水獭、那人，都不见了。只剩下那瀑布，那道闪亮的水环，日夜不休地流向大海。加文曾说过，瀑布是卡姆斯费尔纳的灵魂，如果人死后还能重回人间，他要回到瀑布这里。

---

[1] 摘自凯瑟琳·雷恩为怀念加文·麦克斯韦尔而作的诗歌集《在荒凉的海岸上》（*On a Deserted Shore*）。

明室
Lucida

照亮阅读的人

主　　编　陈希颖
副 主 编　赵　磊
策划编辑　闫　烁
营销编辑　崔晓敏　张晓恒　刘鼎钰
设计总监　山　川
装帧设计　之　淇
责任印制　耿云龙
内文制作　丝　工

版权咨询、商务合作：contact@lucidabooks.com

上海光之室文化传播有限公司　　　Shanghai Lucidabooks Co., Ltd.

图书在版编目（CIP）数据

闪亮的水环 /（英）加文·麦克斯韦尔著；陈新宇译. -- 北京：北京联合出版公司, 2025.9. -- ISBN 978-7-5596-8530-8

Ⅰ.I561.65

中国国家版本馆 CIP 数据核字第 2025QM2061 号

闪亮的水环

作　　者：［英］加文·麦克斯韦尔
译　　者：陈新宇
出 品 人：赵红仕
策划机构：明　室
策划编辑：闫　烁
责任编辑：管　文
装帧设计：之　淇

北京联合出版公司出版
（北京市西城区德外大街 83 号楼 9 层　100088）
北京联合天畅文化传播公司发行
北京市十月印刷有限公司印刷　新华书店经销
字数 184 千字　880 毫米 ×1230 毫米　1/32　9.25 印张
2025 年 9 月第 1 版　2025 年 9 月第 1 次印刷
ISBN 978-7-5596-8530-8
定价：58.00 元

版权所有，侵权必究
未经书面许可，不得以任何方式转载、复制、翻印本书部分或全部内容。
本书若有质量问题，请与本公司图书销售中心联系调换。
电话：(010) 64258472-800